リングサイド

林育德
Lin Yuh-Der

三浦裕子 訳

小学館

擂台旁邊（Ringside）

Sponsored by Ministry of Culture, Republic of China（Taiwan）

装丁　佐藤亜沙美

リングサイド　目次

『リングサイド』日本版　著者まえがき

涙の芸術　最強の人生技

『リングサイド』は、僕にとって一つの数奇な旅のようなものだ。そして、その旅は今も続いている。

頭の中で、さまざまなシーンがフラッシュバックする。故郷を離れ、大学を転々としていた頃、深夜のプロレス番組で深く慰められていた僕。それから台湾東部に位置する故郷の小さな街に戻り、卒業作品としてプロレスに関する小説を書こうと決めた僕。さらに二〇一六年の夏に、この作品は台湾で出版された。……そしていま、この本は海を渡り、空間と時間をくぐり抜け、言葉の境界までをも越えて、新たな姿で読者と出会おうとしている。

この出会いを生み出したのは、橋のような形をしているものかもしれないし、ワームホールのようなものかもしれない。だが、それはすべて「プロレス」という名前を持っている。

二〇二〇年はおかしな雰囲気が充満した年だった。全世界が疫病との共存を模索するなか、各地のプロレス団体はこぞって「無観客試合」を打ち出した。年の後半になって、ようやく徐々に通常の運営に戻りつつある。観客のいない試合は、プロレスにとって非常に残酷なものだ。プロレスとは、観客がいてこそ成立するものだからだ。だが、会場に行くことはできなくても、僕たちは中継やネットを通じて、プロレスと繋がることができた。「リングサイド」に最も近い場所にまでも、行くことができたのだ。

『リングサイド』が、プロレスの世界への招待状になってくれることを願う。かつてプロレスファンであった人、今でもプロレスファンである人、さらにはプロレスに対して疑念を抱いている人、すべての人が招待リストに載っている。会場は、かつてプロレスを放映した場所、プロレスと何らかの関係のあったすべての場所だ。時間は、台湾の日本時代に発し、近未来に至るすべての時間だ。そして最も大事なことは、僕たちは台湾から出発する、僕たちは自分の身近なところから出発するのだ。

プロレスに感謝している。プロレスは、「流血の魔術　最強の演技」であるだけではない。僕にとって、それは「涙の芸術　最強の人生技」なのだ。

プロレス団体の地方巡業でよく宣伝に使う「初上陸」という言葉を借りたいと思う。新人選手として日本に初上陸するこの小説を、皆さん、どうぞよろしくお願いします。

林育徳

このドラマの主人公またはげす野郎、つまり、何分か前に道徳的な激怒に取りつかれ、形而上学的な表象の一種にまで拡大された男が、レスリングのホールから、無感動に、人知れず、手に小さなかばんを、腕に妻をかかえて帰って行く時、何人もレスリングが見世物と礼拝に特有な質の変化への力を持っていることを疑えない。リングの上で、その自発的な下劣さのどん底そのものでレスラー達は神々である。なぜなら、彼等は何秒かの間、自然を開く鍵であり、善を悪からへだて、遂に明らかとなった正義というものの様相を露わにする身振りだからである。

ロラン・バルト「レッスルする世界」より

（篠沢秀夫訳『神話作用』現代思潮社）

退任の辞

辭職信 The Resignation Letter

投稿者：ringside99　「プロレスQ&A区」管理人
標題　：〔お知らせ〕管理人退任

「プロレス博物館」に参加のプロレスファン各位：

これは僕の、「プロレスQ&A区」管理人としての最後の投稿になる。

七年前、サイトオーナーからの一通のメールで、僕はこのプロレスQ&A区の管理人を引き受けることになった。いちプロレスファンとしてこの掲示板に参加したのは、さらに遡って今から十年ほど前になる。プロレスで例えるならば、ブルーノ・サンマルチノ選手のWWE史上最長の王座保持期間は二八〇三日——七年と二四八日だ。新日本プロレスのIWGPヘビー級チャンピオンでは、棚橋弘至選手が累計での最多保持日数一三九九日間の記録を持つ。*

　こんな数字を挙げたのはもちろん、僕の掲示板への貢献をプロレス界の巨人たちになぞらえて示したかったのではない。純粋に七年、あるいは十年とは、どれほどの歳月なのか、そしてこの間にどれだけのことが起こりうるかについて、想いを馳せてみてほしいからだ。

　七年の任期の間、嬉しいことも辛いこともあった。プロレスファンのみんなは、数年前、東部で起きたプロレス模倣事故のことを覚えているだろう。でも、事故の当日、彼らが掲示板に投稿した実行宣言を、僕が削除していたことを知る人は少ない。掲示板の規則に従って違反投稿を削除したのではあるが、そこから一歩踏み込んで、事故の発生を防ぐことはできなかった。僕の任期中、最も遺憾に思っていることだ。事故後、掲示板にアクセスが集中し、一時的にサーバがダウンしたことも古株の参加者の記憶に残っているはずだ。でも、冷やかしの人たちは去ってゆき、プロレスを愛する僕たちがここに残っている。あのようなことがもう二度と起きないことを、あの事故が永遠に、プロレスファンの戒めとなることを、心から願っている。

この数年、僕たちは一緒に、米国ＷＷＥの二度の台湾興行、数度にわたる新日本プロレスの台湾遠征、さらにはそれ以前の全日本プロレスの台湾大会を観戦してきた。大会期間中、掲示板への投稿数はうなぎのぼりに増加した。たくさんのプロレスファンが試合の感想をアップし、写真をシェアした。会場で観戦した人はその興奮や戦況を語り合い、行けなかった人は掲示板で会場の雰囲気を追体験して、共に盛り上がることができた。

海外団体の試合を観戦する予算がなくても、近年勃興してきた台湾のプロレス団体にはぜひ注目してほしい。ＩＷＬ、ＴＷＴから始まり、ＮＴＷ、ＴＥＰＷに至るまで。僕たちはさらに、東部にＰＣＬＷが誕生するのを、一緒に目撃してきた。プロレスが正式に中央山脈を越えたことは、台湾プロレス史の大事な一ページだ。これからも、台湾プロレスの発展を応援しよう。そして台湾のレスラーの中から、次世代の世界的レスラーが誕生し、成長していくのを、共に見守ろう。

テレビ局が横暴にも、真にプロレスを愛する実況アナウンサーを降板させるのを、僕たちの力で阻止できなかったのはとても残念だ。でも少なくとも、僕たちが連帯し、積極的に抵抗したことで、オレンジアナウンサー本人に、彼を支持する人がたくさんいるのを伝えることはできた。ここにいるみんなと一緒にプロレスのために戦い、声を上げたことをとても誇りに思う。

コレクターたちは、個人的に蒐集（しゅうしゅう）してきたコレクションをこの場で惜しみなくシェアしてくれた。中には、コレクションが続けられなくなったときに、貴重な蒐集品を掲示板の参加者に譲ってくれたコレクターもいた。共に分かち合い、共に励まし合う。これこそがプロレス博物館の精神だ。深く敬意を表したい。

死に向き合うこと。身近で起きた痛ましいプロレス模倣事故の他にも、僕たちは毎年、数多くのプロレス戦士たちの早すぎる死を見送ってきた。訃報に接するとき、アメリカン・プロレスファン、日本プロレスファンの垣根はなかった。レスラーが亡くなった日は、僕たちすべてのプロレスファンが喪に服した。

ここまでにしよう。かっこいいことを書きたかったが、だんだん感傷的になってきた。プロレスQ＆A区に質問を寄せてくれた人、回答を手伝ってくれた人、全員に感謝する。新任の二人の管理人と一緒に、これからも、智恵の結晶を新たに書き加え、アーカイブへ蓄積していってほしい。この掲示板に参加する未来のプロレスファンたちのために、彼らが抱きうる質問への回答を用意しておこう。心配はいらない。僕はプロレス博物館を去るわけではない。ただ、皆と共に学習し、答えを探す重任から離れて、優秀な後輩に引き継ぎ、ひとりのプロレスファンに戻るだけだ。

この七年の任期で見聞きしてきたあれこれを創作のモチベーションに、小説に書き上げ、皆さんの前にお届けしたいと思っている。内容は鋭意執筆中だが、タイトルはもう決めてある。

それは――『リングサイド』。

改めて、七年間のご支援とご指導に感謝します。

掲示板の発展と、皆さんの健康を祈って。

二〇一五年某月某日

「プロレスQ&A区」前管理人　ringside99

*訳注

1　IWGPヘビー級チャンピオンベルトの保持日数の記録

著者が本作品を執筆した二〇一五年時点では、本文中にあるように、棚橋弘至選手の合計七回のベルト保持における累計日数一三九九日が最多であった。その後、二〇一六年から二〇一八年にかけてオカダ・カズチカ選手が連続保持期間七二〇日の記録を樹立、二〇二〇年十二月時点での累計日数でも棚橋選手を抜いて最多となった（棚橋選手は二〇一九年に八回目となるベルト奪取に成功し、最多戴冠回数記録を打ち立てた）。

タイガーマスク

面具 Tiger Mask

「いらっしゃいませ。ご休憩？　ご宿泊？」

　こんなセリフを、俺は日に十数回も繰り返す。ベルーノの自動ドアが開くと、ほぼ条件反射で口に出る。バイトを始めたばかりの頃は、ドアが開いた瞬間、緊張して椅子から立ち上がっていた。今ではもう顔すら上げず、カウンター裏に設置された人間レコーダーみたいに、機械的に言うだけだ。

　俺はこの古くてボロいホテルでバイトをしている。客には「駅裏口から徒歩五分」って説明してるけど、実際はもう数分かかる。走ればまあ大丈夫だけど。俺も何度か走ったことがあるが、地下道の階段を踏み外してすっ転ばなけりゃ、最後の一秒で電車に飛び乗れるって保証する。だけど正直言って、こんなホテル、俺だって泊まりたくないぜ。降りる駅を間違えたらタクシーも拾えない時間だった、みたいな、どこにも行くところのない可哀そうなやつに残されたわずかな選択肢ってだけさ。だから、旅行者っぽい見た目の客なんて一度も来たことがない。俺と先輩はいっつも言ってる。ベルーノは「ご休憩」の客が来なけりゃ、とっくに潰れてるって。

先輩は、俺の学校の先輩だ。当たり前だって？　実を言うと、俺は先輩の名前を知らない。たぶん、聞いたけど忘れたんだろう。先輩と俺は交代で勤務している。深夜のフロント業務は男子がやったほうが安全だって理由だけで、俺たちが採用されたんだろう。夜八時から翌朝八時まで、このぼろぼろの貝魯諾旅社（ベルーノホテル）の番をしている。看板には「旅社」って書いてあるけど、「社」の部分の照明が壊れていて、遠くから見ると「貝魯諾旅■」ってなってる。マネージャーは修理する気はないらしい。

先輩と俺は、この近くの大学のぼんくら学生だ。俺は留年決定の四年生、先輩は六年生。先輩は退学寸前だったけど、この年、「二一制度」[*1]が廃止されてなかったら、先輩より先に俺が退学になるところだった。学校は有名でもないし、歴史もない。少なくとも、ベルーノよりだいぶ新しい。ただ、この時代の哀しさ、少子化だとか、高等教育全面崩壊だとかで、どんな腐った客でも受け入れないと生き残れない、っていう点では、大学もベルーノも似たようなもんだった。

「どんな腐った客でも、銭(ゼニ)さえ腐ってなきゃそれでいい」

俺を面接して採用を決めた後、マネージャーが言った。

この時の俺は、その後、このセリフを嫌(いや)というほど繰り返し聞かされるようになることをまだ知らなかった。どんだけ繰り返しかっていうと、俺が客に「ご休憩？　ご宿泊？」って尋ねる回数よりは、ほんのちょっと少ないだけってくらいだ。

ベルーノでのバイトは、まあ、楽だった。マネージャーっていうのは実はオーナーなんだけど、俺たちはマネージャーと呼ぶように言いつけられた。ここで守るべき決まりは三つだけ。遅刻をしてはいけない。ポン引きとしゃべってはいけない。マネージャーがオーナーだと警察に言ってはいけない。

——あ、あとな、「腐った客でも、銭さえ腐ってなきゃいい」この言葉はいつも復習しとけよ。来た客はとにかく泊めろ。まずはお会計、後のことは、まあ後で考えりゃいい。

●

カウンターの内側には超旧型のパソコン一台と、ちょっと旧型の（古いけど、性能はまあ悪くない）テレビが二台。パソコン脇にはノートが二冊置いてある。一冊は、宿泊客のデータを記録する台帳。もう一冊は合皮カバーのかかったやつ（合皮カバーは湿気にやられて、ちょっとべとべとしていた）。カウンターに作り付けられた木製の格子棚には十四個の枠があり、番号のところにその部屋の鍵を入れておく。ベルーノは三階建てで、各階に四つずつ部屋があるが、俺の記憶の限りでは、十二部屋すべてが満室になったことはなかった。格子棚のあと二つの枠は少し大きめになっていて、一つに全部屋のスペアキー、もう一つにはテレビのリモコンを置いていた——その日の当直がどっかに失くしていなければ。

勤務時間中、俺はまあ、真面目に集中してやっていたと思う。スマホの充電コードを忘れていなければ真面目にゲームに集中したし、真面目に集中してテレビを観てもいた。でも、今日はちょっと例外だった。

採用されたての頃、俺は、先輩が合皮カバーのノートまるまる一頁を使って書き込んだ、業務の手順ときまり、それに先輩直伝のちょっとしたコツなんかを参考に仕事をした。ふた晩ほど先輩が実習に付き合ってくれ、その後、俺たちは交代で勤務するようになった。マネージャーは、俺たちが一日交代で入るように言ったけど、俺はいつも土日連続で勤務し——その前か後に一日付け加えれば、休む方にとっては本当に〝休み〟って感じになるだろう？——、そのぶん平日は先輩が多めに勤務した。先輩は週末にはよく台北に帰るからだ。週末はデートがあるだろ、と先輩は言った。そうなのか。

自動ドアが開いた。

「いらっしゃいませ。ご休憩？　ご宿泊？」

二つの人影がのっそり入ってきた。俺は顔を上げ、そこに巡回の警官の顔を見ると、すぐに宿泊台帳を差し出した。そして椅子をするりと滑らせ、テレビの右後ろに手を突っ込んで、束になったコードの中の端子を一つ引き抜いた。アダルトビデオ配信用の端子だ。実際には警察にこれを調べられたことはなかったけど、マニュアルノートにはこう書いてあったし、いつもやっているからこれも条件反射のようになっていた。巡回の警官は、俺たちにとって敵じゃなかったけど、味方というわけでもなかった。臨検はルーティン業務みたいなもんだから、面倒なことを言わないでくれればそれでよかった。

今日、いつもの警官にくっついて来たのは新米のようで、緊張してきょろきょろ周囲を見回していた。見たところ、俺と何歳も違わない感じだった。

「怪しいやつは来なかったか？」

「来ましたよ。あんたたちが」

警官は一瞬眼をむいたが、すぐに戻した。

「〝配達〟はまだ始まらないのか？」

警官は、俺の背後にある時計をちらっと見て言った。

配達というのは、つまり女の子のデリバリーのことだ。九人乗りのワゴン車に女の子を乗せ、この辺りのホテルに出入りしている。客は、ホテルに「ご休憩」でチェックインし、部屋に入ってポン引きに部屋番号を伝える。ポン引きがホテルまで送ってきた女の子を客が気に入れば、金を払って取引成立。気に入らなければ、ポン引きがまた別の女の子を連れてくる。実のところ、ベルーノみたいなホテルの稼ぎの大部分は、彼らに頼っていた。うぶでシャイな若者カップルとか、人目を憚(はばか)って逢い引きする不倫組だけを待っていたら、とっくに倒産してる。

「ちょっとー、配達が何時から始まるとか、俺が知るわけないじゃないですかー」

「わざとらしいんだよ。行くぞ」

警官は、宿泊台帳をカウンターに放り投げてよこした。

新米警官があやうく自動ドアに突っ込みそうになったのを見て、俺は吹き出すのをこらえた。警官たちが出て行くとすぐ、ビデオ配信の端子を元どおりに繋げた。左側のテレビの分割画面の一番と二番に、二人がパトカーに乗り込み、ゆっくり走り去るのが映っている。十六分割された画面にはそれぞれ、十五台の監視カメラが撮影するベルーノ内外の様子が映し出されている。但し六番と八番のカメラは故障している。九番も、このところずっとノイズが入っているから、もうすぐ寿命だろう。でもきっと修理なんかされない。賭けてもいい。
いつもの俺なら、パトカーが近づいてきた時、すぐに臨検に対応する準備をしていた。赤と青の点滅灯が古いテレビの画面の中でつぶつぶの白い気泡のようにきらめきだした時点で、もう気づいているはずだ。でも今日は、あることに気をとられていて、少々もたついてしまった。

●

先輩と俺は、合皮カバーのノートに互いへの伝言を残していた。正確に言うと、マネージャーと、日勤のフロント担当者も伝言を書き込んではいたが、そのほとんどは業務上の連絡事項だった。例えば、このページ。

・303：クーラー壊れた。客入れるな。　夜勤
・4／28　302の客4泊目
（マネージャー：気にしておけ。自殺されるとまずい）

・205：ゴキブリ出たらしい
・~~2011：枕消えた~~（日勤：あった。クローゼットの裏）
・4／29　21：14　巡回
・5／1　20：42　巡回（今日は早い！）
・5／3　21：19　巡回

先輩と俺の伝言は、ノートの最後のページから書き始めていた。学校で親しいわけでもなかったから、最初はほぼ当たり障りのない無駄話だった。深夜番組は何が面白いとか、どのポン引きが連れてくる女の子の服がヤバいとか、そんな内容だ。テレビの深夜番組はたいして観るものもなくて、そのうち俺はXチャンネル[*2]で日本プロレスの番組を観るようになった。だけど、Xチャンネルのプロレス番組は、放映する順序があっちに飛んだりこっちに飛んだりめちゃくちゃだったし、時には試合の結末の前でぶった切って、強壮剤のCMを延々と流したりもした。こんなんじゃベルーノのアダルトビデオでも観たほうがま

だ面白いぜ。俺がノートに対戦カードを書き込んでおくと、試合の続きを偶然観た先輩が、結果を書き込んでくれることもあった。

そうやってやり取りしているうち、ノートの書き込みの大部分はプロレス関連の話になった。

ある日、先輩からこんな伝言があった。

もしかしたら、近いうちにマスクが手に入るかもしれん。要るか？　たぶんタイガーマスクのやつ。何代目か知らんけど。

タイガーマスク!!!!!　いいね!!!

マスク来た。パソコンの下の棚。おまえタイガーマスクの超ファンだろ。かぶって勤務しろよXD

俺がこの日、仕事に集中できていない原因はこれだった。俺は包装のビニール袋を丁寧に畳んで腿の上に敷き、その上にマスクを置いた。マスクの両側の白い毛を、指でそっと撫でてみる。マスクをかぶれば、白い毛はちょうど、もみ上げのあたりにくるだろう。客が途切れるたび、俺は膝の上のマスクをこっそり見た。俺が座っている角度からは、マスクの半分しか見えなかった。中学生の時、机の下に隠して漫画を盗み読んだみたいに、まずは半分眺め、満足したらマスクを回してもう半分を眺めた。俺は頭の中でマスクの全容を合成してみた。左右対称のデザインのはずだったが、マスクの右半分と左半分で、少し違っているような気がした。

賭けてもいいけど、ベルーノに出入りする人間（警察とポン引き含む）で、これがタイガーマスクのだって知ってるのは、俺と先輩だけじゃね？

金曜日の夜、マスクを受け取った俺は、ノートにこう走り書きした。先輩がこれを読むのは火曜日になるだろう。

俺が知っていたのは、これがタイガーマスクのマスクだってことだけじゃない。これは二代目タイガーマスクだ。

日本のプロレス史上、タイガーマスクは四代いるはずで、いま活躍しているのが四代目だ。残念ながら、台湾のテレビではもう新しい試合を放映しなくなったから、俺がタイガーマスクに関するあれこれを知ったのはネットでのことだ。プロレスファンなら誰でも知ってる掲示板「プロレス博物館」には、アメリカや日本のプロレスの最新情報が結構な量で上がっていた。掲示板の参加者には、マスクを山のように蒐集している愛好者もいた。羨ましいぜ。いったい何で稼いでるんだよ？　先輩には特にひいきの選手はいないようだったけど、俺はプロレスを観始めてほどなく、二代目タイガーマスクに魅かれるようになった。

俺はあるレスラーが好きになり、ネットで彼の試合動画を探した。画質が良いのも悪いのもすべて観終わった頃、彼が初期には二代目タイガーマスクをやっていたことを知った。俺が彼のことを知った時には、彼はもうマスクをかぶってはいなかった。そしてもっと悲しいことに、六、七年前すでに亡くなっていた。

それでもXチャンネルでは、いまだに彼の姿を観ることができた。こんないいかげんなチャンネルが、よりにもよって台湾で唯一、日本のプロレスを放映するチャンネルなんだぜ。Xチャンネルで懐かしの時代の試合を観たり、もう死んでしまったレスラーが出ているのを観たりすると思うんだが、テレビしか観ていない人は、彼らがとっくの昔に亡くなってしまっていることに全く気が付いていないかもしれないよな。それは果たして幸せなことなのか、哀しいことなのか。俺にはわからない。

「こんな夜中にまたプロレス観てんのか。お前の先輩と同じだな」

マネージャーはときどき、裏口から突然現れる。いつもならこの時間は、地下にあるマネージャー用の当直室で寝入ってるはずだ。ランニングシャツ姿の真夜中のマネージャーは、櫛(くし)を入れていない頭にうつろな目をして、まるで公園で相手をさがして将棋をさしている老人みたいだった。勤務時間中の、老紳士然とした姿とは全くの別人だ。

「今どきプロレスなんか観てるやついないよ」

「そんなことないですよ」

「俺が若い頃、台北の石牌(シーベイ)に住んでたんだよ……、あ、お前が小城出身[*3]だってこと忘れてたよ。どこのこと言ってるか、わかんないだろ? あの頃、テレビ持ってるってのはすごいことでさ、かき氷屋でも雑貨屋でも、テレビさえ置けば商売繁盛まちがいなしだったよ。当時俺たちが観ていたのは、ビデオに録画した日本のプロレスだった。力道山とか、馬場とか、猪木とか、聞いたことあるか？
　あの頃、近所でポップコーン売ってる陳錦池（チェン・ジンチー）って男がいたんだが、こいつが目端が利くやつでな。プロレスやらなんやらの番組を、自分ちのビデオプレーヤーから繋いで、近所の家に配信し始めたんだよ。これが大当たりしてさ。ケーブルテレビ局[*4]なんつうのは、ヘタするとこいつが発明したんじゃないか？　そうとう儲けてたよ。やつのテレビ会社は『新幹線』とか何とかっつう名前だったよ。だけど、もうそんな時代じゃない。プロレスなんて誰も観ないよ」

「えっと、さっきテレビ点（つ）けたらたまたまこのチャンネルだったんですよ。夜中は観るもの無いっすよね。マネージャー、そろそろ寝る時間でしょ」

　なんで突然、こんな昔話を長々と語りだしたか知らないが、夜に寝付けない老人ってのはなんだか可哀そうだ。ここで働き始めてからずっと、マネージャーに聞いてみたいと思っていた。なぜホテルの名前を貝魯諾（ベルーノ）にしたのか。読みづらいし、へんな名前だろ。でも、聞くタイミングを逸している。マネージャーは、俺に適当にあしらわれているのを察したようで、聞き取れない声で何かをぶつぶつつぶやくと、手をひらひら振って、地下室に戻って行った。

夜勤を続けるうち、身体がおかしな感じに変わってきた。勤務中にぽっかり空く時間が、一日で最も明晰に思考できる時間になり、逆に家にいる時とかごくごくたまに学校に行った時には、なんだかぼんやりして元気も出なかった。だから俺はマスクを家に持ち帰らず、ベルーノのスタッフ用ロッカーの中に置いたままにしておいた。当直の時にカウンターまで持ってきて、勤務中に取り出して眺めた。触っているだけで、すごく満足した。

俺はネットで調べるうち、プロレスラーのマスクにはいくつかの種類があることを知った。最高級のものは試合用バージョンで、レスラーがリング上の試合でかぶるのとまったく同じ素材、同じ仕上げのものだ。レスラーがかぶったことがあるものなら、さらに価値が上がる。次に来るのがコレクションバージョンで、試合用に比べると素材の質が少し劣る。そして最も手に入りやすいのが量販バージョンだ。素材は良くないし仕上げも大量生産レベルで、ビニールっぽさが半端ない。台湾でプロレスのマスクを入手するには、誰かに代理購入してもらうか、ネットオークションで運に賭けるしかない。自分が欲しいマスクがたまたま売りに出ていた、なんて幸運はめったにはない。日本やアメリカでだって、市場に出ているマスクの大部分は量販型だ。もちろんその三種類のマスクを見比べてみたことはないけど、いま俺の手にあるこのマスクは、少なくとも量販型ではなさそうだ。ネットオークションに出したら数千元にはなるんじゃないか。先輩はいったいどこからこれを手に入れてきたんだろう？　先輩にとっては大したことないものかもしれないけど、俺にとってはでかいプレゼントだった。


男が一人、カウンターに近づいて来た。

「いらっしゃい。ご宿泊？　ご休憩？」俺は聞いた。

「ご休憩が終わるのを待ってんだよ」このあたりで一番景気のいいポン引きだった。

「おっと」——ポン引きとしゃべってはいけない。

ポン引きはカウンターにもたれてタバコに火を点け、灰皿あるかと聞いてきた。俺は出してやった。今はどこも禁煙になったが、こんな場所では客は神様だ。密告されない限り、消極的に協力はするさ。

「プロレス観てんのか。それって、芝居なんだろ？」

俺はちょっとうなずいたが、返事はしなかった。彼はカウンターの中のテレビをチラッと見た。今日も、昨日と同じ試合を放映していた。まったく、このテレビ局、スタッフがちゃんと出勤してんのかよ。

「お前もR大の学生だってな？　お前の先輩が言ってたぞ。そんで、俺たちとしゃべるなってマネージャーに言われてるって？　おかしいよな。俺としゃべると死ぬのか？」

やつは俺に向かって煙を吹きかけてきた。ちくしょう、やっぱり先輩は死ぬほどテキトーだぜ。

「万が一、何かあっても、ホテルは一切関係ないことにしておいたほうがいいからじゃないですか」

こう言うのは〝しゃべってる〟うちに入らないよな。ポン引きがコンビニにタバコを買いに行って、店員に、お会計のほうがいくらになりますこちらレシートになりますお返しのほういくらになります、って言われるのと同じだ。会話してるうちに入らないだろう。

「管区の警察にはちゃんと挨拶してるんだよ。そう毎日何か起こりゃしねぇよ」

「マネージャーもう寝てるし、ちょっとくらいしゃべってもいいかな」

もういいや。確かに、死ぬわけじゃない。

「俺だってお前の先輩なんだぜ。タバコいるか？」ポン引きは俺の顔の前でタバコの箱を振った。

「いらない。吸わないから」俺は顔を上げてポン引きと目を合わせた。「え？　先輩なの？」

「俺はR大シャセイ（射精）学部——社会政経学部卒だぜ、ハハハ」

「……全然面白くない」

女の子が一〇二号室から出てきて、ポン引きにちょっとうなずくと、二人して裏口へ向かっていった。

「後輩、またな」

「後輩なの？」歩きながら、女の子がポン引きに聞いていた。

誰が後輩だよ。

俺は身体の向きを変え、テレビで十三番と十四番のカメラの映像を見た。二人がワゴン車の方へ歩いて行く。女の子が後部座席のドアを開ける。乗り込む。ドアを閉める。ポン引きがもうひと口タバコを吸い、地面に投げ捨てる。踏み消さない。運転席に乗り込む。灰色のワゴン車のヘッドライトが灯る。駐車場を出て行く。

俺は空っぽになった駐車場の映像を眺めながら、頭の中でさっきの綺麗な女の子の姿をリピートしていた。左耳の後ろに、星の形のタトゥーを入れている。新入りだ。初めて見る子だった。

しばらくすると、一〇二号室の客の男が鍵を返してきて、正面玄関から出て行った。俺は男の方を見なかった。男も俺を見なかった。この手の客は俺たちと目を合わせようとしない。俺はパソコンに、一〇二号チェックアウト、要清掃、と打ち込んだ。

既に午前四時だった。もう客は来ないだろう。俺はタイガーマスクのマスクをそっと手に取り、カウンターのデスクの上に置いた。べとべとする合皮カバーのノートにマスクが触れないように気をつけた。やはり家に持ち帰ったほうがいいかもしれない。

俺は手を上げて、掌で片方ずつ交互に目を覆ってみた。視力検査の時のように。それから手を下ろし、片側半分ずつのマスクの姿と、完全なマスク全体の姿の違いをよくよく見比べた。こんなふうにマスクを眺めながら、勤務が終わる時間までずっと、左耳の後ろに星の形のタトゥーのある女の子のことを考えていた。

●

そうとは限らん。知ってる人も多いかもよ。
かぶりもしないのに誰も気づかないとかわからないだろ?
プロレス観るようなやつってシャイなんだろ。気づくやつもいるんじゃね?

先輩の言うことにも一理ある気がした。先輩がいったいどうやってマスクを手に入れたのか聞くのと、ついでに礼を言うのはまた忘れた。

　この日、ポン引きは、連続で三、四回女の子のチェンジをくらい、超不機嫌な様子でタバコを吸いながらロビーで電話をかけていた。しばらくすると、もう一台のワゴン車が裏の駐車場に入ってきた。ポン引きは言った、こういうのは同業支援って言うんだよ。

「最近、面倒な客が多いんだよ。他所（よそ）の女の子呼んだ時は、車代も補填してやらなきゃいけない。やつらのあがりになるかどうかは別だけどよ」

「なんで？」

「ああいうやたらチェンジする客は、最後になって〝やっぱり最初の子が良かった〟とか言いやがるんだよ。くそっ！　こちとら一晩中あいつに付き合わされてんだぜ。細かい難癖つけやがって」

　ポン引きは、ときどき冗談で、お前卒業後どうするつもりだ、俺の弟子になればいいじゃねぇか、と言ってきた。

「お前なかなか真面目そうだしなぁ、もしかして向いてるかもしれねぇぞ」

「全然ほめられてる気がしないんだけど」

「お前、この仕事やり始めたら、すぐ俺みたいになっちゃうかもしんないな。後輩」

　卒業後に何をしたいかわかっていたら、留年なんてしてない。

　最初、俺はただ、十八年暮らした小城を離れたい一心で、遠く離れたこの大学に入学した。とにかく東部を離れることができれば何でもよかったんだ。R大学は、控えめに言っても悪くない学校だ。台中の市街地から近くも遠くもない。一時間もあれば着く。大半の学生は中部出身だから、週末になると大学周辺はほとんど空っぽになる。俺が実家に帰ろうとしたら、片道四、五時間、往復だとほぼ一日使ってしまう。大学に上がったばかりの年は比較的よく帰っていたが、今では夏冬の長い休みに帰るだけだった。

だけど、俺は最近、故郷に帰ることを考えている。

こんな生活続けているのはまずいんじゃないだろうか。学生の身分に隠れて、ボロい旅館の夜勤で端(はし)た金を稼いで、買春客とかポン引きとか夜回りの警察とかの相手をしてるだけなんて。雇い主はなんだかやたらと秘密を抱えてそうなじじいで、同僚は俺に輪をかけてろくでもない大学六年生。毎日順序のめちゃくちゃなプロレス番組を観る以外、何の目的もない。くだらない世間話と引継ぎ事項をノートに書き込むだけで、なんとなく生活は送れている。でも結局のところ、俺の人生はろくでもない泥沼に首まで浸かってるんじゃないだろうか。このまま浸かり続けたら、身動きのしかたも忘れちまうかもしれない。

明日は中間テストがあるから、今夜十二時から当直を交代してくれと、先輩に頼まれた。

「世の中にテストってもんがあるって、まだ覚えてたんですね、先輩」

「うるせぇ。この単位取ればもう卒業できるんだよ。履修するの四度目だし、教授と仲いいんだよ」

「仲良くなりすぎて、卒業させてくれないんじゃないですか」

「言ってろ。じゃあ行くぞ。二階の二部屋が宿泊、三階も一部屋。今日は変だな。ご休憩は無しだ」

俺はカウンターにつき、先輩の申し送りを聞きながらパソコンで宿泊状況の記録を確認した。

「あ、そうだ、マスク持ち帰ったんだろう？　どうしてずっとここに置いていたんだ？」

先輩が聞いた。

「家に持って帰っても見ないから。ここにいる時のほうがゆっくり鑑賞できるし」

「ありゃかぶるもんだ。鑑賞するもんじゃない。そうだ、お前んとこの田舎のニュース見たか？」

「何のニュース？」

先輩は下を向いてスマホをいじり、ニュースサイトを俺に見せた。

　総面積八〇〇〇平米あまりに及ぶ小城市街地広場の再開発プロジェクトを大手デベロッパーが十億元で入札。六つ星クラスのホテル、ショッピングモールなどの建設を計画。

小城県知事は実現に期待。

また俺の田舎の公地売却のニュースだ。小城まるごと売っ払われる日も近いぜ。高校の同級生、ラオチー、サル、アディ、ホーザイたちはどう思ってるんだろう。

「お前んとこの県知事すげえな。五つ星だってよ。この売却上手め。地元の飛翔前夜だぜ。とっとと帰って、小城の夜明けに備えろよ」

「くだらないっス。俺だって、この学期終わったら休学して帰ろうかと考えてたけど、でも、このろくでもないこととは関係ないですよ」

「ハハハ、また今度話そうぜ。とりあえずは明日のろくでもない中間試験をなんとかせんと、だ。じゃあな」

この数年で、小城は大きく変わった。見ておきたい場所はいま見ないと、もう二度と見られなくなるかもしれない。やっぱりこの学期が終わったら、帰ることにしよう。

●

「あんたたちのこと呼びたいときは、どう電話したらいいの?」

俺はポン引きに聞いた。

「水臭ぇな。直接言えばいいじゃねぇか。俺とお前の仲だろ」

「違うよ、友達が聞いてほしいって」

「やさしいねぇ、客を紹介してくれんのか。じゃあ電話番号書いてやるよ、ペン貸しな」

ポン引きは名刺大の紙に電話番号と合言葉を書き込んだ。警察に挙げられていなければ、合言葉は毎月変わるからな、来月になって呼ぶときは、また俺に聞けよ。ポン引きが言った。

「おい待て、お前この番号やたらと外に漏らすなよ。お前、警察の手先じゃねぇよな？」

「違うよ、本気で聞いたんだ」

「もし俺を陥れやがったら、大勢集めて、アッベイ大旅社ごとボコボコにしてやるからな」

ポン引きは笑いながら言った。

「アッベイってなんだよ、ベルーノだよ」

「ベル何とかっつーのは俺だって知ってるけどよ。読みづらいから、俺たちはアッベイって呼んでるぜ。どうせマネージャーは爺さんだから、覚えやすいだろ」

「今度マネージャーの前でそれ言ってみてよ」

「嫌だね。言ったところで相手にされねぇよ」

紙片に書かれた合言葉を見て思った。なんだよこれ、恥ずかしくて口に出せないじゃん。

「なんで相手にされないの？」

「お前、新入りじゃねぇんだろ？　ポン引きとしゃべっちゃいけないって知らないのか？」

●

雨の夜、俺はすかすかのバックパックを背負い、パーカーのフードを深くかぶって半分顔を隠し、足早にベルーノの正面玄関前を通り過ぎた。先輩がカウンターについているのが見えた。たぶんプロレスを観ているんだろう。

それほど遠くないところにある「聖瑪提旅館（セント・マーティホテル）」に着いた。外観からするとベルーノと同年代らしいけど、この年代のホテルはどうしてこういう妙な名前なんだろう。カウンターの中年男に聞くと、休憩も宿泊もベルーノより少し高かった。俺たちにぜんぶ客を取られているのももっともだ。休憩の料金を払い、二階の部屋に入った。強烈なカビ臭に襲われる。唯一の窓は隣家の壁に面していて、外が完全に見えなかった。

俺はポン引きに電話をかけ、やっとのことで合言葉を言った。左耳の後ろに星形のタトゥーのある女の子を指名すると、ポン引きが上っ滑りなお世辞をぺらぺらと並べた。おやよくご存じですね新入りの子ですよ、全くお目が高い。アッペイ大旅社にお連れしますか？あー、アセンのほうね。よろしければね、次回はアッペイになさい。安くてサービスもいい。私の後輩が受付やってます。で、何号室です？

「了解、十五分でお届けしますよ。服はまず着たままで。気に入らなければチェンジオーケーです」

配達を待つ気持ちって、こんなだったのか。俺はバックパックを開けた。

●

ドアがノックされた。スコープから覗(のぞ)くと、彼女だった。

彼女は、ドアが開く勢いには驚かなかったが、俺を見てやっぱりちょっと驚いた。

「私、オーケー?」彼女が言った。

俺の視界は通常よりもだいぶ狭くなっていた。俺はうなずいた。

「うん。じゃあちょっと待って」彼女は部屋に入ると、ハンドバッグをベッドの上に放り投げ、スマホを取り出した。たぶんポン引きに連絡しているんだろう。

「なんでマスクなんかかぶってるの?　変なの」彼女は、少なくとも十センチ以上あるハイヒールを脱いだ。

彼女が、俺の方に近づいてきた。いや、マスクの方に近づいてきたと言うべきだろう。

「これ、水に濡れても大丈夫なの?　トラ?」

「タイガーマスクだよ。え?　水に濡れるって?」

「じゃなきゃどうやってシャワー使うの？」キラキラこぼれ落ちる星くずみたいな声だった。

「シャワー？」

「まさか、初めて女の子呼んだんじゃないよね。じゃあどこで私のこと知ったの？　あー、マスクに気をとられて忘れてた。悪いけど、先払いだから」

彼女は俺に向かって手を伸ばした。俺はポケットに準備してあった金を取り出し、彼女に渡した。

彼女は金額を確かめて金をしまい、俺のそばに座った。彼女のつけている香水が、見えないブレスレットのように俺をとりまいた。彼女はマスクの上の方についている耳をいじった。マスクの下で、俺の耳が熱を持ち始めた。

「これ何のためのマスク？　よくできてるね」

俺のペニスがゆっくり膨張した。

「えっと、シャワー使わなくてもいいかな？」

「どういう意味？　だめだよ。シャワー使う。コンドームつける。じゃなきゃやらないよ」

「しなくてもいいんだ」

彼女は、肩の下まである髪を手で整えた。薄暗いライトの下では、それがどんな色に染められているのかよくわからなかった。

「じゃあ何？　私が自分でするのを見たい？　それか、何？」

俺は彼女の耳の後ろの星形のタトゥーを見つめていた。彼女が黒いタイトスカートをおろすと、黒いレースの下着が露(あら)わになった。

「君と、友達になりたかっただけなんだ。時間どのくらいある？」

「一コース四十分。延長は追加料金だよ」彼女は俺の前で、タイマーをセットしたスマホを揺らした。「あと三十五分」

「ねぇ、マスクマン、ほんとにしないの？」

「しない。話せればいいんだ」俺は自分のペニスに嘘をついた。

●

俺の首の、自分では見えない位置に、マスクの跡がはっきりとついていた。駅裏口の前にあるコンビニに座っている。マスクはもうバックパックの中にしまってあった。俺は無糖緑茶を一口飲み、ジェンとの会話を思い出していた。

真(ジェン)というのが彼女の名前だ。でも、真実(ほんとう)の名前かどうかはわからない。俺はもちろん、彼女に名前を聞いた初めての客じゃない。

先にそっちの名前を教えてよ。彼女が言った。じゃぁ、阿虎（アフー）って呼んで。なんで？　これはタイガーマスクだから、阿虎。覚えやすいだろ。何がタイガーマスクじゃん。タイガーマスクっていうのは、日本のプロレスラーだよ。これは二代目のマスク。何代目とかあるの？　ゲームみたいだね。これ高いんでしょ？　知らない。人にもらったから。ねえマスクマン、……阿虎か、あなた、なんかこっちの職業の人みたいな話し方するね。どういう意味？　いろいろ話してるようで、実は何も言ってないってこと。まだ君の名前教えてくれてないよ。

阿虎ってすごい嘘っぽい名前だよね。じゃあ、私のことは真（ジェン）って呼んで。

どの字？

真実の真。

それって芸名？　それとも偽名？

どう思う？

わからない。

両方。

「耳のタトゥーのこと聞いてもいい？」

「お客さんみんな聞きたがるんだよね。うざい。いつ入れたとか、なんで入れたとか、何の意味とか聞きたいんでしょう？　答えても、全部嘘かもしれないよ」

「じゃあ俺はそういうのは聞かない。ねえ、聞いてもいい？　そのタトゥー、いつ消すの？」

「ハハハ、バーカ」ジェンはもうスカートをはき直していた。

　職業軍人とか、徴兵の休暇中とかなの？　ジェンが聞いた。憐れな留年大学生だと俺が言うと、ジェンは、どこが憐れなのよ、私だって本当は大学に行きたかったのに、と言った。高専の美術デザイン科に通ってたの。それ本当の話？　うん、本当。ねーあんた友達いないからわざわざ女の子呼んでおしゃべりしてるの？　だって勃たないわけじゃなさそうだし、こんなの無駄遣いじゃない？　ただ君と友達になりたかっただけなんだ。私のことどうやって知ったの？　見かけたんだ。タトゥーを見て覚えてた。

　えー、どこで見かけたの？　友達が私を呼んだことあるとか？

　言わなくてもいいかな。

　秘密だらけだね。まあいいや、お互いさまだし。

　俺たちはこんなおしゃべりを続けた。真実かどうかを追究しなくていい話題だけを。

　俺は我慢できず、もうすぐ田舎に帰るつもりだということをジェンに告げた。

「田舎って、どこ？」

「小城、東部。山紫水明にして何もない。行ったことある？」

「ない。海と山がきれいだって、お客さんに聞いたことある。でもすごく遠いんでしょ？」

「うん。すごく遠い」

ジェンは俺に電話番号をくれた。私しょっちゅう番号変えるからね。でも、もし次にまた無駄遣いしたくなったら、かけてきて私とおしゃべりすれば？　こうやってお金だけもらうのも悪いし。でも、外で会うのは無しだよ。バイバイ。

バイバイ。

コンビニの全面ガラスに映った俺の姿は、マスクで押さえられて癖のついた髪が、すごく変だった。

●

その後、俺は二回ほど、セント・マーティホテルでジェンと会い、毎回ちゃんと金を払った。そして、やはり何もしなかった。

ポン引きは電話で俺をからかった。おや、また持久力抜群の兄さんだよ。今日もジェンをご指名？　兄さん強いね。俺いつも下で待ちぼうけよ。あんたみたいなすごい客なかなかいないよ。もしかしてジェンのサービス足りない？　いや、だったら毎回指名しないよね。ふだん何食ってるとそんなに持つの？

俺はポン引きと話す話題はなかったし、あまり長く話して声で俺だとバレるのを恐れた。

でも、ベルーノでポン引きに会うと、俺は無意識に自分の顔を触ってしまった。まだマスクをかぶっているような気になったからだ。

「後輩、顔に何かついてんのか?」俺は頭を振った。

ベルーノでジェンを見かけることもあったが、彼女はカウンターの方をちらりとも見なかった。しかも、彼女がチェンジを食らうことはほとんどなかった。

「またあんたなの? ねえ、電話でおしゃべりすれば?って言ったじゃない。無駄遣いして」

ジェンは今日、ポニーテールにしていた。

「忙しいんじゃないかと思って。こうやって制限された時間で会うのになんか慣れてきたし」

「バカねー。あんたもしかしてすごい金持ち? いっそ私のこと囲っちゃえば?」ジェンはそのまま横になった。

「疲れたー。仕事中に横になれることめったにないよ。このまましゃべるね」ジェンは目を閉じた。

「いいよ。……ねえ、俺の顔見てみたいとか思わない?」

「思わない」

「どうして？」

「あんたは私に興味あるけど、私はあんたに興味ないから」

ジェンのつけている香水の匂いが、室内のカビ臭さを覆い隠していた。

彼女にそう言われて、俺はどう話を続けていいかわからなかった。

「でもさぁ、正直言って、あんたほんとに変な人だよね」

「どう変？」

俺も彼女の隣に横になった。ジェンは軽く身体をくねらせた。俺はうっかり勃起した。

「聞かなくてもわかるじゃん。自分のこと阿虎とか言ってるけど、あんたのこと考えると——」

「俺のこと考えると？」

「あんたが思ってるような〝考える〟じゃないよ」

「俺何も言ってないけど」

「つまりね、あんたのことを考えると、使い捨てタオルのこと思い出す」

「使い捨てタオル？」

「そう。使い捨てタオル。いつからか知らないけど、安いホテルではぜんぶそういうの使うようになったよね」

「不織布（ふしょくふ）のやつのこと？」

「そうだよ。あれ、すごく臭い。そう思わない？」

なぜあれを使っているか、もちろん俺は知っている。本物の布タオルのおしぼりを配達してもらうより、ずっと安いからだ。たぶん衛生的でもあるんだろう。でも俺は何も言わなかった。

「可笑しいと思わない？　明らかに不織布なのに、〝タオル〟って呼んでるとか。あんたが自分の名前を阿虎だって言い張って、私がジェンだって名乗ってるみたいに。あんたがマスクをかぶってて、何にもしないみたいに」

「〝あれはタオルだ〟ってみんなが思えば、タオルなんだよ」

「うん、すごくばかばかしい。でもほんとにそうだよね。みんな本物のタオルみたいに使ってる。どんなに使いづらくても。あんたのことを思い出したとき、いつも浮かぶのがそれ」

「使い捨てタオルって言い出したとき、プロレスのこと言ってるのかと思った」

「プロレスって？」

ジェンが目を開き、俺の方に顔を向けた。「このマスクのプロレスのこと？」ジェンは手を伸ばして俺の額に触れた。いや正確にはタイガーマスクのマスクの額に触れた。マスクの眉間にには、フェイクの宝石がはめ込んである。俺は赤い宝石のバージョンを見たことがあるが、俺が今かぶっているのは緑色だった。

「みんなプロレスは嘘くさいって言うけど、俺は本物だと思ってる」

「結局、本物なの？　嘘なの？」

「俺にとっては本物だ」

「うん」

ジェンは本当に眠ってしまった。スマホのアラームが鳴るまでずっと。帰る時、ジェンはドアのところで突然俺にキスをした。

「お得意さん特典だよ。今月末の週末は仕事が休みなんだ。時間があったら電話して。お金要らないから」

「ねえ、もう一回聞くけど、ほんとに俺の顔見たいと思わないの？」

「別に」ジェンは笑った。「こうやってマスクで制限された顔で会うのになんか慣れてきたし」

俺はキスされたあたりの顔、いやマスクを撫(な)でた。

「なぁ、顔に到達してないんだけど」

「自分でマスクかぶってるんじゃん。バイバイ」

ジェンの姿は俺の視界から消えていった。香水の匂いだけが残った。

「バイバイ」俺は言った。

俺はついに、先輩がマスクを手に入れた経緯をノートで読むことができた。どこかのマスクコレクターが、コレクションの全てを放出したらしい。事情は誰も知らない。ただ先輩だって、俺のためにわざわざオークションで競り落としてくれたわけじゃないだろう。そのコレクターのマスクは、かなり良心的な開始価格でネットオークションに出され、あっという間に落札された。一部のマスクはタダで贈られた。先輩はたぶんその心優しき人がタダで放出したマスクを手に入れたんだろう。でも、これはそんな安っぽい、価値のない量販型のマスクとは思えない。心優しき人がとり違えたんじゃないだろうか？　でも、俺はそれ以上追究しなかった。

ジェンに言うのを忘れていた。この月末、俺は小城に帰る。

大学の休学手続きは済ませていた。学部事務所の前を通りかかったら、掲示板にクラスメートたちの大学院の合格者名簿が貼り出されていたが、俺とは何の関係もないことに思えた。今日バイトに行ったら、マネージャーにも伝えるつもりだ。先輩にはマネージャーから伝えてもらうのと、俺が自分で言うのと、どちらがいいだろう？　やっぱり自分で言うか。

広場の工事がもうすぐ始まるとニュースで報道していて、俺はそれを地元のやつらに伝えた。俺たちは、最後に広場をひと目見ようと電話で相談した。工事が始まれば、もう二度と見ることはできない。俺は広場でプロレスをやろうと提案した。タイガーマスクのマスクがあるから、俺が帰るのを待てよ。みんな喜んで、マスクを連れて早く帰ってこいと言った。

マネージャーはただ、今月の給料は丸めて払ってやる、徴兵祝いだ、とだけ言った。早めの給料を受け取りに行った日は、先輩が宿直だった。なんだよお前も六年まで残ると思っていたのによ、先輩が言った。せめて後任決まってから行けよ、俺ひとりに肝臓やられるまで夜勤させるつもりかよ。先輩は俺の胸をどんと突いて、祝福の一撃だぜ、と言った。

アパートはもう空っぽだった。送り返した荷物は、今ごろ小城に運ばれていく途中だろう。身の回りのものだけ、手荷物にまとめてある。四日後の列車を予約した後、ようやくジェンに電話した。小城に帰る前に一度だけ会いたい。

どこで会う？　ジェンは聞いた。駅裏のコンビニにしよう。

いつもなら、午後は俺の睡眠補填の時間だった。だが数日かけて空っぽにした部屋にいても、全く眠気が起きなかった。

空っぽの棚の上で、スマホが鳴った。地元のやつらからのメッセージだった。読んで、俺は今夜、小城に帰ることに決めた。


俺は慌ててジェンに電話して、今日会えないか？　と聞いた。

「なんでそんなに急いでるの？」

「今夜、田舎に帰ることになったんだ」

「じゃあ田舎から戻ってから会えばいいじゃない」

「もう戻ってこないと思う」

「どういう意味？　学校は？」

「休学した」

電話の中で、ジェンはしばらく黙っていた。

「わかった。じゃあ駅裏のコンビニにする？」

「うん」

「何時の電車？」

「十一時前」

「今ちょっと家に帰ってるんだ。これから電車で戻って、たぶん九時過ぎになると思う」

「少なくとも一時間は会える」

「ねえ、どうしてそんなに焦って帰るの？」

「しょうがないんだ。会ってから話すよ」

「わかった」俺はそう言っているジェンの表情が目に浮かんだ。

「ねえ、マスクかぶって来ないでね」

「じゃあ、どうやって俺だってわかるの？」

「ばーか。あんたから声かけてくれればいいじゃん。電話もあるし」

「わかった。後でまた」

バイバイ、と言おうとしたが、電話はもう切れていた。

●

青地に白い文字で駅名が書かれた看板。その真ん中にある大時計の上を、時間は刻々と流れていく。刻々と、ジェンの乗った列車が到着する時間に近づいている。

俺はクラフト紙の袋を握り、駅裏口のホールの方に向かっていった。四日後の切符を今日に変更する。平日だったから、まだ空席があった。ホールに入ると、時刻表の電光掲示板で、直近の電車すべての後ろに「遅延」の表示が出ているのが見えた。

はじめは二十分の遅れだった。つまり、ジェンと俺の最後の面会は、わずか四十分ということだ。いつも会うときと同じように。

それから遅れは三十分になった。ジェンがショートメッセージで、隣の県のある駅を出てすぐのところで電車が停まっていると知らせてきた。どこかで事故が発生し、臨時停車していると車内放送があったそうだ。俺はクラフト紙の袋を取り落とし、慌てて拾い上げた。中のものは無事だった。切符売り場の窓口へ行き、駅員に状況を聞こうとした。駅員は、詳しいことはわからないが、何かが線路内に侵入したようだ、もし人身事故なら、遅れはさらに拡大するかもしれない、と言った。駅員はさっき切符を変更した俺を覚えていて、大丈夫だよ、君の乗る列車は反対方向だから、影響はないよ、と付け加えた。

列車が動き出したとジェンがメッセージを送ってきた。でもそれが最後だった。俺はあらゆる状況を想像したが、結局、最悪の結果に終わった。俺は、発車一秒前に、青い列車に飛び乗った。小城を終点とする唯一の鈍行、俺を故郷へと連れ帰る夜行列車。俺が列車に飛び乗ったその頃、ジェンの乗った電車が一旦動き出し、その数分後、トンネルの奥深くで再び停車して、電波が一切届かない状態になっていたことを、俺は後になって知った。

ジェンがメッセージを見て、駅に着いた後、裏口の改札から出て、切符売り場の窓口に俺が残したクラフト紙の袋を受け取ってくれるといいと思う。紙袋は、焦った俺が握り締め、よれよれになっている。緊張してかいた手汗もついているだろう。ジェンが紙袋を手にした時、中のものが無事に残っているといいと思う。それは、彼女が見たことがある俺の姿、彼女が見たことがあるタイガーマスクのマスクだ。そして俺の匂いもするかもしれない。彼女の左耳の星形のタトゥーが放つ匂いには比べようもないけど、でも、絶対に使い捨てタオルの臭いではない。

いつか、ジェンに俺の本当の名前を教えて、マスクを脱いだ俺の本当の顔を見せることができたらいいと思う。

そして、俺はなんでもないように彼女に言う。バイバイ。

いつか。

*訳注

1　二一制度

中華民国の国立大学で一九九〇年代まで採用されていた、必修科目の単位を二分の一以上落とした学生を退学させる制度。二〇一〇年代に入り、各大学で規定の緩和、廃止が相次ぎ、二〇一九年の政治大学での廃止をもって、すべて廃止された。

2　Xチャンネル

実在のケーブルテレビチャンネル「Z頻道（Zチャンネル）」をモデルにしている。Zチャンネルは、一九九六年に放映開始、日本のプロレス、日本の時代劇、釣り番組などを二十四時間放映するケーブルテレビ局。

3　小城

中国語で「小都市」の意味。この作品内では台湾東部の小都市、花蓮のことを指している。

4　ケーブルテレビ局（原文「第四台」）

台湾でのテレビ放映は、一九六〇年代から七〇年代にかけて、台湾省政府系の「台湾電視公司」（台視）、国民党系の「中国電視公司」（中視）、教育部、国防部系の「中華電視台」（華視、現「中華電視公司」）がそれぞれ放送を開始した。九〇年代初頭まで、中華民国行政院新聞局の正式な認可を得て合法的に放送を行っていたのは、この政府系の三つのテレビ局、いわゆる「老三台」のみだった。

七〇年代はじめ、本章に登場する台北・石牌地区の陳錦池をはじめ、花蓮、基隆などで、日本のテレビ番組の録画などをケーブルで配信する非合法ケーブルテレビ局を経営する者たちが出現。これらは「老三台」に対して「第四台」と呼ばれ、娯楽の少なかった当時の庶民の人気を集めた。一九九三年「有線電視法」が成立、以降、老三台以外の「第四台」と呼ばれるケーブルテレビ局が合法化され、現在は一〇〇前後のテレビチャンネルが観られる。

西海広場

廣場 West-Sea Plaza

……サルとアディは二十分ほど組み合った後、二人して膝に手をつき、ぜいぜい荒く息をしていた。

「そろそろ終わろうぜ。警備員が戻ってくるかもよ」俺は言った。

アディはちょっとうなずくと、突然サルにスピアーを食らわせ、地面に押し倒した。それから、はぁはぁ言いながら、傍に積んであった型枠用パネルの小山によじ登り、そのてっぺんに立った。よくは覚えていないが、少なくとも建物一階分くらいの高さはあったと思う。パネルは整然と積まれていて、つい最近搬入されたばかりのようだった。もうすぐ起工式だからな。もちろん俺はそれが搬入される様子を目撃したわけではないから、勝手に推測しただけだ。そして俺は、アディがあんな技を繰り出すつもりだとは全く予想もしていなかった。

俺は、この場面を記念に撮影するんだったと思い出し、アディに〝待った〟をかけた。スマホを出し、アディと、地面に仰向けに倒れているサル、レフェリー役のラオチーの全員が画面に入る位置まで後ずさった。

カメラの感度が十分なことを俺は祈った。建設用地は暗かった。何か月か前に新しく替えたばかりの仮囲いが、周囲からの光を遮っていた。囲いは一般的なものよりかなり高級そうなやつだった。よくあるぼろぼろのトタンみたいなやつじゃない。高さも、隣に立つホテルの一階ロビーの吹抜け天井と同じくらいあった。仮囲いの外側に貼られた特大の広告シートには、六つ星ホテルとショッピングセンターの完成予想図が描かれ、さらにすごくダサい書体で、

「東台湾の新たなランドマークがまもなく誕生」
「文化を体現し　時代を超越する　至高のプリンシパル」
「県知事の英断に応え　小城の新しい未来をここに創造」

とか何とかの怪しい文言が印刷されていた。

傍らのファストフード店の巨大な黄色い電飾看板と、夏の夜をわびしく照らす街路灯の光だけがわずかに仮囲いを越え、俺たちがプロレスをしている場所をかろうじて照らしていた。光がようやく届くあたりの地面に、巨大な樹の影が落ちていた。建設用地の隅に生えている古いマツの樹影のようだった。俺たちが子供の頃から、この樹はここにあった。その隣にはマツよりさらに大きなガジュマルも生えていたが、今はもうない。

「カメラマン、準備まだかよ。ここ、すっごい汚いんだよ」地面の上で、制圧される体勢をとったまま、もどかしそうにサルが言った。

「もう撮るよ。アディ、技の名前決めた?」

「名前か。そうだな……、俺たちは、西海広場が財団に売りとばされて、六つ星ホテルとショッピングセンターになっちまうのに抗議するんだから、『ウェストシー・シックススター・スプラッシュ』にしようぜ! よし! くたばれ宿敵! 財団の手先ザルに俺の必殺技をお見舞いするぞ!」

アディはどこからかまたパネルを何枚か引っ張ってきて、自分の足もとにさらに積み重ねた。アディの立っている位置は、もうかなり高くなっていた。

「ちくしょう、役を間違えたぜ。そんな高いところから跳ぶのかよ。財団の手先なんかになるんじゃなかった」サルは言った。

「お前がジャンケンに負けたんだろ。グダグダ言わずに、メモリーマンの必殺技を受けろ！」アディが吠えた。

「大声出すなよ、恥ずかしいよ」レフェリー役のラオチーが注意した。やつはずっと、今回のことに反対していた。

「ホーザイ、撮影の準備できたか？　撮り直しになったらお前が代わりにここに寝ろよ」

「オーケーオーケー、連写モードにしたから安心しろ」準備はできた。

「メモリーマン、ちゃんと跳べよ。……おい、アディ、やっぱちょっと高すぎないか？」

「俺が平気なのにお前がビビるなよ。サル、よく見てろよ、行くぞ――」


プレス技、いわゆるスプラッシュとは、自分の身体を相手の身体の上に投げ出し、押さえつける決め技だ。双方の選手が腹と腹とでぶつかり合う。多くの有名プロレスラーが、これをクライマックスの決め技にしている。例えば故エディ・ゲレロは、フロッグ・スプラッシュを好んで使っていた。コーナーポストのてっぺんから跳び上がり、蛙さながら平泳ぎをするかのように、空中で一旦すくめた四肢を完全に伸ばしきる。極めて高い身体能力を持つロブ・ヴァン・ダムは、フロッグ・スプラッシュに改良を加え、より高く跳躍し、さらには空中で身体の方向を変えて相手へ躍りかかっていく。通常のフロッグ・スプラッシュではないので、「ファイブスター・フロッグ・スプラッシュ」と呼ばれている――と、俺はネットの掲示板「プロレス博物館」で読んだ。

メモリーマンが、右の拳で自分の胸を叩いた。そのあと両腕をまっすぐに伸ばし、両の人差し指で地面に寝ている財団のサルをさした。サル目がけて身を躍らせ、スプラッシュを繰り出す。メモリーマンは財団のサルの身体に飛びかかり、勢いでそのままサルを押さえつける。すぐさま片手で太ももを抑制し、サルが技から逃れようとするのを防ぐだろう。レフェリーのラオチーもすぐに二人の脇に腹ばいになり、カウントをとり始めるはずだ。一秒ごとに、手で地面を打つ。「ワン！　トゥー！　スリー！」勝負あり。レフェリーはメモリーマンの腕をとって掲げ、試合の終了が宣告される。

メモリーマンが財団のサルを打ち負かし、西海広場の仇をとる。そして俺たちは記念撮影し、SNSに投稿する。投稿には、ジョンをタグ付けして死ぬほど悔しがらせるのも忘れない。ひと仕事終了、解散だ。

――この財団の手先め

――俺の「ウェストシー・シックススター・スプラッシュ」を喰らえ！

――俺たちの西海広場を返せ！

三、二、一、跳べ！

俺の手が震え出した。スマホのスクリーンに、カメラが連写で捉えたシーンがコマ送りのように流れていく。フラッシュをオンにしていなかったのを後悔したその時、視界の端で、跳ぶ寸前のメモリーマンが足をもつれさせたのが見えた。最後に載せたパネルが、メモリーマンが踏み込む反動でずれ動いた。

実際には一瞬の出来事だったのかもしれない。

でもいま思い出すととてもスローに感じる。

どんなにスローでも、もう止めることはできなかった。メモリーマンの身体が、積み重ねたパネルの山を離れた。できそこないの跳躍だった。いや、跳躍したのかどうかも怪しい。メモリーマンは地面に向かって落ちていった。何か音がしたかもしれないが、覚えていない。サルが寝ている場所から、だいぶ距離があった。

メモリーマンは落ちていった。腹でぶつかっていくはずだった。

アディは落ちていった。頭から。

地面の上で、アディはぴくりとも動かなかった。

頭から何かの液体が滲み出ていたが、よく見えなかった。

俺は、落としたスマホのところに駆け戻り、ぶるぶる震える手で電話のキーを押した。

一番近い病院は、建設用地から遠くない道の角にあったが、俺たちが忍び込んだ電動ゲートの隙間からアディを運び出すのはどう考えても無理だった。もう永遠に誰も来ないんじゃないかと思い始めた頃、ようやく赤い点滅灯の光が、仮囲いの下の方の隙間から射し込んできた。

ラオチーが電動ゲートの隙間をくぐり、反射ベストを着た人たちを連れてきた。彼らはしゃがんでアディの様子を見たり、首に触れたりした。トランシーバーを持った人が、しゃべりながら首を横に振っている。別の人が何かの器具をアディに取り付け、アディの身体を反転させて首を固定した。サルが担架を運んでくるのを手伝っていた。反射ベストの人は、とりあえずアディを動かさないように俺たちに指示した。それから、今度は赤と青の点滅灯の光が建設用地に射し込んだ。警官が何人か入ってきて、うずくまってアディのことを調べ、反射ベストの人と言葉を交わした。警官は懐中電灯で俺たちの顔を照らし、身分証を確認して手帳に書き込んだ。男が一人あたふたとやってくると、ゲート脇にある仮設の警備室に駆け込み、鍵を出してチェーンを外した。電動の伸縮ゲートがようやくゆっくりと開き始めた。

俺は、ゲートが開くときのモーター音を覚えている。アディが二度と聞くことがない音だ。

西海広場は、俺たちの思い出の場所だ。

　小城に観光客が押し寄せ、至る所にホテルが建設される何年も前、広場の脇の西海飯店は十分に立派なホテルだった。

　小城初のファストフードチェーンの店がオープンしたのも、この広場のすぐそばだ。放課後は、娯楽の少ない小城の学生たちでいつも満席だった。俺たちはここで転校生の送別会をやったし、タバコを吸うことを覚えた後は、店のトイレで匂いを消してから家に帰った。ラオチーが初めて付き合ったガールフレンドが、やつをふるのに選んだのもこの場所だ。ここは小城の若者たちの課外活動センターみたいなもんだと言ってもおおげさじゃないだろう。

　大学に上がると、長い休みの時しか小城に帰らなくなったが、俺たちはやっぱりこのファストフード店に集まった。車で来た時は広場に駐車した。あの頃は、小城の中心部でも有料駐車場なんてものはなかった。俺は、先に免許をとったサルに付き合ってもらい、夜中に広場で運転の練習をした。広場は、俺が生まれて初めて車を運転した場所だ。以前の広場は車を停められるだけでなく、時おりテントを張って家電の販売会をやったり、役所が主催する週末イベントをやったりした。つまりは小城市街地の貴重な空き地だった。昔ここに市役所があったらしいが、それは俺が生まれる前のことだ。

西海広場と肩を並べるもう一つの空き地が、海ぎわの方にあった。いまは新しい夜市の隣で駐車場になっている場所のことだ。小城市民は七期再開発区と呼んでいた。二つの広場というか空き地は、よく催し物の会場になったが、他にも小城の歴史と密接に関係する、忘れてはならない重要な用途があった。選挙の時の集会会場だ。

小城が県になって以来、長いこと青い政党[*1]が政権を握ってきたが、緑の政党の支持基盤もそれなりに盤石だった。青の長期政権が揺らがなかったのは、双方の勢力にあまり消長がなかったからにすぎない。俺の記憶では、以前、小城選出の立法委員の議席が二つあったころは、いつも青が一席、緑が一席を占めていたが、議席が一つに減らされて以降は、緑は議席を獲得できなくなった。一方、青の方では内輪もめや分裂が起きた。総統選と立法委員選のダブル選挙の年、[*2]第三次政権交代の怒濤(どとう)のような追い風を受け、地道に支持層を増やしてきた緑が、ついに議席奪還の悲願を果たした。これは全国的な関心を呼び、ニュースや政治討論番組のテーマにもなった。

市街地の絶好の場所にある二つの空き地、しかも互いにほどよく離れている。毎回の選挙の前、特に選挙日前夜には、緑が西海広場に集まれば、青は七期再開発区に陣取って気勢を揚げる、あるいはその反対。一つの色に一つの広場だ。

一時期、緑陣営は負け戦続きでやる気をなくしたのか、青い政党の候補者同士の戦いとなることもあった。その時でも、やつが西海なら俺は七期とばかりに、両候補者はどちらかの空き地に陣取って選挙運動を展開した。選挙期間終盤には、両陣営の支持者が中正路を挟んだ両側でスローガンを叫びながらデモ行進した。両陣営はそれぞれ市街地のひと区画をぐるっと巡って広場に戻り、明日は絶対勝つぞ、投票に備えて今日は早寝だ、と最後のシュプレヒコールを上げた。

刺激の乏しい小城では、選挙運動の盛り上がりは、政治的熱狂というよりは、野次馬のお祭りと言ったほうがよかった。選挙前日になると、俺と悪友たちは七期と西海の間を何度も行ったり来たりした。お前、手旗何本もらった？　俺ベストと帽子もらったぜ。なんだよそっちで弁当配ってたのかよ、早く言えよ。なあ白状しろよ、デモに参加したら金もらえた？

県が、七期再開発区を売却する噂が先に流れ、その後、西海広場の売却が発表された。小城の地方紙も、まさに飛翔しつつある小城経済についての特集記事を組んだ。どうやら本当に売却されるらしい。県外にいてこのニュースを見た俺は、あわててFacebookにコメント付きでシェアした。

――小城の大事な空き地が２つとも消える。売り飛ばされようとしている。
イベントができる空き地はなくなっちまう。俺たちの思い出も売り飛ばされるぞ。

西海広場の入札成功なら　七期再開発区も起死回生の可能性
価格は市場次第　制限を設けるべきではない（小城日報）

いいね！13人　　コメント９件　　シェア

アディ　わー、合計でほぼ20億かよ。小城まる儲けだな
ラオチー　市民の懐に入るわけじゃない。みんなの土地なのに。……誰も抗議しないのか？
サル　取引２つで小城の議員ウハウハ、なんて言わないぜ!!!!!
ラオチー　夏休み帰ったら一緒に見に行こうぜ。もうなくなっちまうんだ
ジョン　着工前に空き地で記念に小便してやろうぜ（ついでに抗議も）
アディ　+1　ついでに一本ヌクのはどうだXD
サル　+1　上のやつ汚ねー
ラオチー　+1　よしXDDDDDD　帰ったら行こうぜ
ホーザイ　なんかでかいことやろうぜ。俺たちの青春の広場だ～

その後、俺たちはSNSで相談を重ね、おおよその時期までは決定した。でも、西海と七期で具体的に何をするのかまでは、なかなか思いつかなかった。結局その夏、サルはやたらと単位を落として夏休みに補講を受けるはめになり、小城に帰って来られなかった。俺たちの青春の記念式典は、こうして延び延びになっていった。

ところが、七期再開発区と西海広場の売却案には、それぞれ変化が起きていた。

まず七期のほう。この土地はここ数年、何度も入札にかけられていて、直近では、八億いくらで落札された。だが、代金支払いの期限になっても落札業者からの入金がなく、最終的には放棄したものとみなされた。聞くところでは、一定期間内に開発を完成させろだのなんだの、県の要求がうるさすぎたらしい。付近にある葬儀場を移転させるさせると言いながら、十何年もそのままになっていることが、業者の意欲に影響したのだろうと言う人もいた。その後、県は、海浜夜市の屋台をすべて七期の隣に移転させ、新しい夜市を作ってみることにした。こうして七期は引き続き、駐車場や、年越しカウントダウンのイベントショーや、小城県知事がこよなく愛する花火大会つきコンサートの会場として使われることになった。

そして西海。入札開始日から三か月もしないうちに、県は、今回の入札は条例に従って取り止めとし、後日改めて公募する、と発表した。さあ大変。七期は落札後に放棄、今度は西海の入札取り止めで、小城市民からの議論が百出した。

この数年、西海広場に興味を示す大手企業は少なくなかった。あの有名な高級おしゃれ書店集団の董事長が、役員たちを従え、建設計画書と経営企画書の分厚い束を引っ提げて小城県知事を訪問したこともあったが、結局はそれも立ち消えになったようだ。県の面目丸つぶれなのは、当初、二十億元を期待していた売却予定額に対し、十数億ぽっちの入札価格で不落が続いたことだ。最終的には十億前後の入札があったらしいものの、理由も明らかにされないまま入札取り止めが発表された。

西海広場の入札取り止めは、小城の地方紙で大きな議論を呼んだ。ある人は、入札が取り止めになったのであれば、県は西海広場を緑地として整備し、小城市街中心部の肺として機能させればよい、と提案した。別の一派は、小城には何にもないが緑だけは売るほどある、莫大な経済効果を産み出しうる土地に草花や樹木を植えるなんて案は、頭がどうかしているのであって、そんなことでは小城の経済発展は永遠に低迷したままだ、と痛烈に反論した。

実際は、この数年、増え続ける観光客のおかげで、小城の経済発展は低迷するどころか激しく勃興していて、それに伴う街の変化に市民の忍耐が必要になるまでになっていた。市街地の路上でも、駐車料金が徴収されるようになった。あちこちにホテルが建設され、千軒を超えるペンションの営業許可が新たに申請された。許可なしでやってる宿も、その数倍はあるだろう。もともと狭い市街地の道が渋滞するのは、以前なら年に一度、正月の時だけだった。それが今では毎週末、つまり週に一度のことになった。三日以上の連休ともなれば、小城市民はお互いに、この数日は絶対出かけるなよ、血を吐くまで渋滞に巻き込まれるぞ、と声を掛け合った。それから小城市民とは無縁の、紅サンゴやら猫目石やらの観光客向け工芸品店が、コンビニの出店スピードを超える勢いで開店していった。

　西海広場の管理も企業へ外部委託され、自由に出入りできない有料駐車場になった。その後、駐車場の経営は失敗したが、出入り口に置かれたコンクリートの車止めはそのままにされ、車が勝手に入れなくなった。「対岸の」企業が、なんらかのコネで密かにこの土地を入手した、という噂も流れた。必要書類が揃い、手続きが済んだら、来月にも建設工事が始まるそうだ。だが、何年経ってもその「来月」は来なかった。他にもさまざまな噂や憶測が駆け巡ったが、そのほとんどが根も葉もないものだった。市民の目の前には、西海広場が相も変わらず広がり、何ひとつ起こらないのだった。

　空き地と広場の売却は失敗に終わり、俺たちが広場で何かでかいことをやるという計画も、みんなの記憶から次第に抜けていった。

　だが、俺たちが大学を卒業するこの年になって、西海広場にようやく動きが起き始めた。

この年の夏休み、ラオチーと俺は大学院に受かった。アディはとりあえず兵役に行くことにした。サルは順当に落第し、もう一年大学に残ることになった。

ある夜、俺たちは、母校にバスケットボールをやりに行き、後輩たちと十時までぶっ続けでスリー・オン・スリーをやった。俺たち四人は、順番で一人ずつ休みながらプレイしたが、結局、後輩たちに惨敗した。これでも高校時代の俺たちは、クラス対抗バスケットボール大会で優勝したスターティング・ファイブだったんだぜ。時の流れは残酷だな。大学も四年目、激太りしたやつは跳べなくなり、タバコ吸ってるやつは息が続かなくなった。現役高校生たちは、俺たちを豆腐みたいに打ちのめした。

スターティング・ファイブのあと一人、張充忠（ジャン・チョンジョン）――ジョンは、中部の大学に行っていた。電車で五、六時間はかかるから、めったに帰って来ない。ふだんは小さなホテルで夜勤のバイトをしているそうだ。俺たちは高校近くのコンビニの外でダベっていて、何となくジョンの話になった。

「そういえばさー、ジョンはふつうに卒業できるのかな？」サルがタバコをくわえたまま聞いた。

「お前が聞くのかよ、留年ザル」

「なんだよー、俺たちのスーパー・ポイントガードを心配しちゃいけないのかよー」

「やつが留年するとしてもだ、それは学費ローンを返すために働いてるからだろ。ヘタするとホテル王になって故郷に錦を飾るかもしれないぜ」

「そうだよ。自主的に留年するのと、留年させられるのはぜーんぜーん違ーう」

サルとアディが揉め始めた時、俺のスマホが鳴った。ジョンからだった。俺はスピーカーモードにして、四人でジョンの声が聞けるようにした。みんな順番に、お前がいないせいで大変だったぞ、他のやつらなんか足手まといだ、とやつに愚痴った。

だがジョンはバスケットボールの話には乗ってこず、西海広場が売却されたことを知っているかと俺たちに聞いてきた。

「情報が中部まで伝わるのに、そんなに時間かかるのかよ？　何百年も前に売り出されて、結局、流れたじゃねーか」

「違うだろ、前回のは入札取り止めだ、流れたんじゃない。今回は本当に売却されたんだ。それで、本当に工事が始まるぞ」

「お前なんでそんなこと知ってるんだよ？　こっちにいないのに」

「もう全国紙で報道してるよ。しかも今月末に着工だぜ」

「ちくしょう、まじかよ。どの新聞だよ。リンク送れよ」

ジョンがリンクを送ってきた。小城県知事が台北でのイベントに出席した際、西海広場の着工日について、自らメディアに発表したニュースだった。

「クソっ、でたらめじゃねえか。陰でこそこそやりやがって」

「もっとでたらめなのがさ、五か月も前に起工式やったらしい。でもその後、何も始まってないだろ？」

「どうして？」

「最近、西海広場の仮囲い、新しいのに替わってないか？」

「そうだよ。先月の台風の時、中華電信に近いあたりの囲いが倒れたからな」

「そういう口実もあるよな。地方紙で、台風の季節が過ぎてから着工したほうがいいって、口裏を合わせてるし」

「だから、それはどうしてだよ？」

「どうしてって？　お前らこそ小城にいてどうして地元紙読まないんだよ？　リンク送ったから読めよ、説明してらんないよ。月末、本当に着工すると思うぞ。工事が始まったらもう中で遊ぶ機会はなくなる。ついでに言うけどな、俺の夜勤も今月末までだ。帰るから待ってろよ。逃げんなよ！」

「どうして今月末までなんだよ？　体、壊したのか？」

「心が折れたんだよ。留年も決まったけど、もう大学通う気なくなった。先に兵役行くぜ」

「まじかよ？　決めたのか？」

「まじだよ。月末に小城に帰る」

「夏休みにもロクに帰省しないお前が、西海広場のために帰ってくるとはなぁ。感動したぜ」

「ちくしょう、これが最後の機会だからな。しかも広場で何やるかも思いついたぜ！」

「何をやるんだよ？」

「俺たちでプロレスやるんだよ。五人なら、ちょうどタッグマッチができるだろ。二対二だ。腰抜け野郎のラオチーはレフェリーやればいい」

「くそっ、なんでプロレスだよ？」

「小便したりヌイたりするより面白いな。でもなんでプロレスだよ？」

「先輩にすげえマスクもらったんだ。タイガーマスクだ。だからプロレスやろうぜ。俺がタイガーマスクをやる！　小城のために戦う善玉タッグが、悪の財団に立ち向かうんだ。どうだよ？」

「おい、俺、お前らみたいにプロレス詳しくないぜ、どうやるんだよ？」

「ホーザイとアディは少しくらい観たことあるだろ？　簡単だよ、二人に指導してもらえ」

「クールだな、俺はやるぜ！」

「俺がレフェリーをやることに文句はない。羽目をはずしすぎなきゃそれでいいよ」

「決まりだな。おっと、バイトの時間だから今日はここまでだ。俺の帰りを待ってろよ」

俺たち四人は、自分のスマホを取り出し、ジョンが送ってきた地元紙のリンクを読み始めた。

南根腐病に感染　さよなら、西海広場のガジュマル
小城日報：黄先勇　報道

小城県が売却した「西海広場」で、落札業者による工事用仮囲い設置作業の際、建設用地内の樹齢一〇〇年近い二本の巨木、マツとガジュマルが、共に病気に侵されていることが判明した。そのうちガジュマルについては、樹根が海綿化、空洞化しており、倒伏の恐れがあることから数日前に伐採された。一方、県の依頼を受けて現場を調査した農業委員会林業試験所の専門家は、初歩的な検査の結果、マツはガジュマルとは異なる病気に感染していると判断しており、目下、マツを救うことに全力を尽くしていると発表した。

現在、西海広場には仮囲いが設置され、中の状況を見ることはできないが、小城市民が何代にもわたって親しんだガジュマルの生えていた場所は、すでに整地工程が終了し、

ほぼ痕跡もない。

　農業委員会林業試験所森林保護チームの樹木医である傅春旭氏は、次のように述べた。小城県農業局提供の資料とスタッフによる現地調査の結果から判断すると、ガジュマルが感染したのは樹木の癌とも呼ばれる「南根腐病（みなみねくされびょう）」である。南根腐病はいまだ治療薬がなく、樹木を救う唯一の方法は、感染した樹根や樹幹部分を切除することであるが、樹木の支持力を損なうこととなるため、生存率は非常に低い。県が倒伏の危険性を考慮し、ガジュマルの伐採を決めたことは、非常に適切な判断である。傅氏はさらに、「新しくここに樹木を植える際には、事前に土壌を消毒する必要がある」と指摘した。一方のマツの老木について、傅氏は、外観からの観察によれば「マツ材線虫病」による被害が認められ、現在、樹幹に穴を開け、薬剤を注入する治療を試みている。南根腐病の感染状況については、樹根を掘りおこして更なる検査を行う必要がある、と述べた。

　長年にわたり小城の中心に立ち続けてきた二本の老樹は、西海広場の最大のシンボルでもあり、小城市民一人ひとりの大切な思い出でもある。ガジュマルの枯死に対し遺憾の意を表明する市民も多く、マツを救うことに全力を尽くし、開発前の西海広場の風景の一部を保存してほしいとの声が、関係機関と業者に多数寄せられている。

「わぁ……、今までずっとなんともなかったのに、買い手がついたとたん、樹が枯れるなんてな」

「ずいぶん都合がいい話だよな」

●

俺たちは手分けして準備を進めた。サルとラオチーが現場を下見し、どこから建設用地に忍び込むか、時間はいつがいいのかを検討した。俺とアディはジョンほど熱心なファンじゃなかったけど、以前はよく三人で一緒にプロレス番組を観て、あれこれ討論していた。あの頃、ドウェイン・〝ザ・ロック〟・ジョンソンの人気はどれほどだったか。今じゃ、彼がプロレスラーだったことを知ってる人も少ないかもしれないが。俺とアディの二人で、全体の流れの検討と、その他もろもろを担当した。

週末、アディが俺の家に来て、〝台湾で最も専門的なプロレス論壇〟と称されるネット掲示板「プロレス博物館」を見て、資料を探した。

「サルが言ってたけど、建設用地はもう空っぽらしいぜ」アディが言った。

「え、中に入ったの？」

「ファストフード店の二階から見たんだよ。それに、警備員がかなりいいかげんでさ、夜はサボってどこか行っちゃうらしい。ラオチーたちがもうちょっと確認するってさ。あと、サルはハードコアマッチにしようって言ってる」

「サルも少しはプロレス知ってるじゃないか。門外漢はラオチーだけか」

「どうせやつはレフェリーだから、〝参加してる感〟を与えとけばいいだろ」

「ハードコアマッチだったら、凶器使うのか？　セメント袋とか、材木とか……」

俺の頭に、建設用地で手に入りそうな凶器があれこれ浮かんだ。

「やめとこうぜ。その時間、あそこは真っ暗だろ。危なすぎる。やっぱルールはあったほうがいいよ」

アディが、俺の妄想を止めた。

「じゃあ、せめてクライマックスはかっこよくしよう。小城を象徴する善玉が、巨悪の財団を成敗する」

「もちろん。だから何かイカした決め技がないか、もうちょっと探そうぜ」

「イカしてて、あんまりハードじゃないやつをな。バスケで高校生に負けた俺たちにもできるやつを」

「……そこが難しいところだよな」

さんざん検索した結果、タッグマッチ向きの決め技の多くは、それなりに難度が高いことがわかった。特に今回の問題は、足場が悪いことだ。俺たちは専用のリングもマットもない。建設用地で投げ技をキメるのはさすがにまずいだろう。どうやら打撃技か固め技で探してみるしかないようだ。投げ技ができないのは冴えないよな。アディが言った。俺たちは引き続き、掲示板の「エキサイティングな決め技」リストのところで技を探した。突然、俺に考えが浮かんだ。

「なあアディ、俺たち掲示板に何か投稿しないか？」

「掲示板で決め技のアイディアを募るってこと？」

「違うよ、技は俺たちで探す。そうじゃなくて、俺たちの試合のことを投稿しないかって」

「やめとけ、そういうのは超恥ずかしいぜ。それに掲示板じゃ、プロレスの真似を投稿するのは厳禁だろ。外人のガキが家でプロレスごっこしてる動画だってUPできないんだぜ」

アディは真面目な顔で言った。

「じゃあ、少し思わせぶりにしたらどうかな。つまり、広場の話を冒頭に持ってくるんだよ」

「そんで？」

「俺たちにムネアツな計画がある、プロレスに関係のある方法で抗議活動をするのだ、ってさ」

「で？」

「全部終わってから、みんなで写真を撮って、俺たちはプロレスマッチをやりました！って投稿するんだ。一生に一度の機会だぜ、俺たちしか知らないなんて、もったいなさすぎるだろ」

「まぁな。じゃあ当日、写真撮ろうぜってみんなに言ってくれ。それと、お前、自分のアカウントからUPしろよ。俺のアカウント停止されたくないからな」

「わかった。掲示板に投稿して、Facebookでもチェックインする。お前、チェックイン好きだろ？」

「チェックインと、掲示板の投稿は別だよ」アディは笑った。

●

ラオチーとサルの偵察結果をもとに、俺たちは綿密な打ち合わせを開いた。建設用地に侵入するルートは、警備室わきの電動伸縮ゲートの隙間だ。夜になると警備員はどこかへ行ってしまう。たぶん、警備室の中が暑すぎるんだろう。明け方近くにようやく戻ってくるが、自分が出入りしやすいように、ゲートに人ひとりが通れるくらいの隙間をあけたままにしてあり、一番外側の横柵と門柱をチェーンでくくっていた。腰を低く屈める必要があるが、そこから何とか建設用地に入れることがわかった。

「着工直前までは延ばせないぞ。直前になったら機材とかが搬入されて、プロレスができる状態じゃなくなる。やるならこの数日しかない」

はじめは一番気乗りしない様子だったラオチーが、計画を前倒しするべきだと強く言い出した。じゃあ、ジョンはどうするんだよ？　俺は聞いた。

「しょうがないよ、写真UPするときにタグ付けしてやろうぜ」サルが言った。

急遽、今夜、決行することになった。


四人になったので、一対一のシングルマッチに変更するしかなかった。ラオチーはもとの予定どおりレフェリーを担当。俺、アディ、サルでジャンケンし、勝った二人が対戦する。残る一人は撮影兼見張り係だ。

俺は真っ先に負けた。アディがサルに勝ち、アディが善玉、サルが悪玉をやることになった。俺はジョンにメッセージを送った。やつはこの時間、夜勤に備えて昼寝しているはずだ。タイガーマスクのマスクを見たいのはやまやまだが、諸々の理由により待てなくなった。それに、貴重なマスクは建設用地に持ち込まないほうがいいだろう。お前が帰ってきたら、必ずもう一度やるから。

「今日は俺に勝たせるよな？」サルがぶつぶつ言った。

「まずは財団の手先がアディを……、お前のキャラなんて言ったっけ？　とにかく、先に財団に勝たせる。ジョンが帰ってきたら、タイガーマスクがアディの敵を討つんだ」

「だめだだめだ。七期再開発区と西海広場、二つとも財団の標的にされてるんだから、お前も俺に二回やられないとだめだ」アディは強硬に言い張った。

「俺のキャラはまだ決めてない。現場に着いたらひらめくと思う」

「わかったよ」サルは意外とあっさり説得された。

「最後に聞くけど、なんで悪玉の設定は〝財団の手先〟なんだよ？　県は？　県だって悪者じゃないのかよ？」サルが聞いた。

「県も財団も、同じ穴のムジナだろ？」

「うん。それもそうだ」

●

メモリーマン――。

建設用地に入った時、アディは俺たちに、彼のリングネームをそう告げた。

サルは、時間の余裕はせいぜい二、三時間ってとこだ、と言った。しかも、できるだけ二時間以内に収めたほうが安全だ。ラオチーはキャラ設定に疑問を投げかけた。

「こんなの、なんか社会運動みたいじゃないか？　プロレスにこういうの、ありなのか？」

「もちろんありだ」アディが言った。

「メキシコで、居住の権利のために活動する団体が、シンボルキャラクターの覆面レスラーを大統領選挙に担ぎ上げたことがあった。政府はこのレスラーの正体を特定できなくて、逮捕することも買収することもできなかった。その後もこの団体は、この覆面レスラーがさらにアメリカ大統領選挙にも出馬すると宣言して、アメリカとの国境近くで選挙運動を展開した。国境周辺での不法移民と麻薬取引に対する過剰な取り締まりを痛烈に風刺したんだな。メキシコのドキュメンタリー制作団体も、〝ユニバーサル・エコロジスト〟とか何とかいう名前のレスラーを祭り上げたことがあって、このレスラーは、苦行や絶食のパフォーマンスで反原発を訴えた。彼のライバルは〝プレデター(掠奪者)〟とかいう名前の、環境破壊怪人の設定だった」

アディは俺たちに、メキシコのプロレスの社会運動史を講義して聞かせた。たぶん、これも「プロレス博物館」で読んだんだろう。まったくメキシコってやつは、国を挙げてのプロレスマニアかよ。

「お前の話聞いていると、俺たち、ガキの遊びじゃなくて、理想のために戦う活動家になったような気がしてくるな」ラオチーが言った。

「パフォーマンスアートをやってるんだと思えよ。さぁ、始めようぜ、メモリーマン」サルは袖をまくり上げた。

俺は咳払いをし、俺たち四人だけに聞こえるくらいの音量で、選手の入場アナウンスを始めた。

レイディース・エン・ジェントルメン！

今宵、小城・西海広場でのハードコア建設用地一本勝負を行います。

青コーナー、小城の歴史と記憶を背負い、溝仔尾(ガアベイ)からやって来た——メモリーィイマァアン！

対する赤コーナー、巨利を貪(むさぼ)る招かれざる客、県庁と財団の手先——財団の、サァァァ・ルゥウゥ！

選手と観客のみなさん、この試合は時間無制限ですが、できれば一時間以内に終わってください。

引き分け無し、反則無し、場外乱闘無し。「メモリーマン vs.財団の手先サル」、試合——始め！


二人ががっつり組み合う。メモリーマンが財団のサルにラリアットを食らわせた。財団のサルも、負けずとモンゴリアン・チョップの連打を返す。どうやらサルは日本プロレスびいきらしい。それから固め技に入る。メモリーマンは財団のサルにネックロックをかける。財団のサルは地面から摑んだ砂をメモリーマンに浴びせて脱出し、すぐさまメモリーマンに向かってトーホールドをかけた。二人とも、知っている打撃技と固め技を全部試す気らしい。昔テレビで観たアメリカン・プロレスの場外乱闘さながら、双方とも闘志むき出しだった。

あらゆる技が出尽くし、残すは最後の大技のみになった。

——この財団の手先め
——俺の「ウェストシー・シックススター・スプラッシュ」を喰らえ！
——俺たちの西海広場を返せ！

三、二、一、跳べ！

俺は今でも、跳ぶ直前のメモリーマンの足もとで、不安定に重ねられたパネルがずれて動き、メモリーマンが足を滑らせるシーンを夢に見る。メモリーマンは地面に向かって落ちていく。ひどくゆっくりと。

少しずつ、少しずつ、地面が近づく。

少しずつ、少しずつ、メモリーマンがアディに戻っていく。

アディの頭が地面に触れる一秒前、驚いて目が覚める。

無音の夢。

建設用地の夜間警備員はクビになったそうだ。警備スタッフが新たに増強され、出入り口の管理も厳しくなった。起工式は数回にわたって延期され、建設業者が坊さんを呼んで何度か法会をやった。法律上、俺たちは住居侵入罪のごく軽い処罰を受けただけだったが、家族はけっこう長いこと記者たちに付きまとわれた。

事件の後、俺とラオチーはそれぞれの大学院に進学した。サルはもう一年留年した。アディの徴兵通知は二度と配達されなかった。ジョンが俺たちに見せてくれると約束したマスクのことを、もう誰も話題にしなかった。アディのことを思い出して、プロレスを観るときもある。ただ、もう誰かとプロレスについて語る気にはなれなかった。

度重なる病害に負け　西海広場のマツ枯れる
小城日報：尤如慈　報道

小城の西海広場内のマツの老樹について、県が依頼した農業委員会林業試験所の専門家による調査が昨日行われ、病原菌による感染病で既に枯死していたことが最終的に確認された。

老樹は小城県の保存樹木第三六〇号として登録、管理されていたリュウキュウマツで、度重なる病気の被害を受けてきた。南根腐病で枯死したガジュマルに隣接して生えていたため、マツの樹根もその影響を受けており、建設業者と農業署の協力の上、樹木医による積極的な治療が施された。絡みついたガジュマルの樹根の除去、土壌の消毒、さらに砂質土への入れ替えによる排水の改良等が行われ、同時にマツ材線虫病と病原菌に対する薬剤も注入されたが、病害には勝てなかった。

傅春旭博士は、マツの枯れた主要な原因は、まず南根腐病の影響を受け、さらに病原菌に感染したことである、と述べた。県は毎年、マツ材線虫病の薬剤を注入して予防措置をとっていたが、最終的にマツは病原菌に感染し、枯死したものと推測される。この日の現地調査結果によると、マツは枯死してから既に一定の時間が経っていた。病原菌による感染症は、マツ材線虫病のように感染から一か月程度の短期間で樹木の外観に明らかな変化が出るものではなく、感染から発症、枯死までに半年の時間を要することもある。また、樹体が大きいほど発症までの時間が長くなる。県の農業署長は、専門家がマツの枯死を確認した後、規定に従って保存樹木指定を解除し、処置を行うと発表した。

マツの生えていた敷地では、現在、六つ星ホテルの建設プロジェクトが進行している。県庁は、建設業者は環境アセスメントの手続きに従って、施工範囲を調整するなど、最大限の配慮を施しており、対応に問題があったとの指摘はできない、との見方を示した。市民の間で流布している、マツの枯死は、建設用地に侵入し事故で死亡した大学生の祟りではないか、との噂について、関係機関と建設業者は、全く根拠のない憶測であり、検証に値しないとコメントした。

半年後、俺は地元の新聞でこんな記事を読んだ。そう言えば、俺はずっとあの夜に撮った写真をチェックしていなかった。掲示板に投稿した文章は、二度と更新することはなかった。

＊訳注

1　青い政党と緑の政党

台湾の二大政党である、青をシンボルカラーとする中国国民党（国民党）と、緑をシンボルカラーとする民主進歩党（民進党）のこと。国民党は一九四九年に中華民国政府が台湾に遷移して以降、政権政党として長年一党独裁の政治を行ってきた保守政党。民進党は、戒厳令下で政党結成が違法とされていた一九八六年、国民党に抵抗するリベラル勢力として結党され、一九八九年に合法化される。民進党は一九九〇年代以降、地方、中央の政局において徐々に勢力を拡大。二〇〇〇年の総統選挙で陳水扁が総統に当選したことにより、国民党の独裁に終止符を打つ。その後、二〇〇八年の選挙では馬英九が当選し、国民党が政権を奪回するが、本作で言及される二〇一六年の総統選挙で、民進党の蔡英文が当選し、三度目の政権交代が起きる。蔡英文は二〇二〇年の総統選挙でも再選された。

2　総統選と立法委員選のダブル選挙の年

二〇一六年一月の、台湾の総統と立法委員の同時選挙のこと。総統選では、現職の国民党・馬英九を蔡英文が破り、民進党が八年ぶりに政権交代を達成。立法委員選挙でも、それまでの野党・民進党が全一一三議席中六十八議席を獲得する大躍進を見せた。

紅蓮旅社

紅蓮 Hotel Crimson Lotus

金曜日の夜になると、観光客がどっと小城に押し寄せる。

だが彼らはほどなく、小城のナイトライフが哀しいほどお粗末であることに気づくだろう。あるのは、ネットで何度か話題になった店、平坦な夜景、それと多少は名の知れた夜市くらいだ。あれ、夜市は二つあったはずじゃない？　なんで一つしかないの？　グルメブログの紹介どおりに一つ一つクリアしていき、観光客ならではの我慢強さを発揮して行列する。三十分なんて、並んだうちに入らないさ。

観光客は、小城市民の交通マナーの自由さに驚く。だが〝自由〟というのは、道を大胆に逆走するとか、黄信号を加速して突っ切るとかのことではない。心ここに在らずでぼんやり道を走り、何拍も遅れた反応をすることだ。エンジンの性能に何か制限が加えられているかのような小城のバイクが、車体の大小、高速低速の区別なく車道の真ん中をのんびり走っている様には、ここではよその県とは異なる交通法規が適用されているのか、と疑いたくもなる。それから、頭のてっぺんにヘルメットをちょこんと乗っけた爺さん婆さんのスクーターが、左ウィンカーを出しながら最終的には右折するとか、何か思い出しでもしたかのようにいきなり車道を横切るとか、道路標識もない狭い路地に無理やり突っ込んで行くとかも。他の都市のテンポと比べたら、なるほど、ここはさすがに〝スローライフの街〟と言われるだけはある。

だけど、こんな事はすべて、李愛芝（リー・アイジー）――AJとは何の関係もない。

彼女は先月、量販店の家電売場で売上トップを獲得した。以前なら褒賞金も出たはずだが、世の景気悪化にともない、口頭の表彰だけになった。幸い、副賞の部分は省略されず、来月の勤務シフトで優先的に休みを入れることができた。こんな副賞には会社側のコストは発生せず、同僚たちを妬（ねた）ませるだけで済むからだ。まあ、それもしょうがない。李愛芝はそう思っていた。

実際のところ、彼女はひと月で大型テレビを四台売ったに過ぎない（それでも好楽買（ハローマイ）小城店では十分に立派な成績だが）。そのうち二台は、店の今季キャンペーンで通常の二倍の業績としてカウントされる、最新型の六十インチ国産液晶テレビだった。全国トップクラスの大富豪が出資するブラック工場で生産され、やたらとCMを見かけるやつだ。この二台分かける二倍の業績で売上トップの座が確定したが、さらに四十インチを一台と、五十数インチを一台売った。リタイアした元教師夫婦が優遇利率で運用している株の儲けがもう少し出ていたら、六十インチテレビはもう一台売れていたはずだ。

でも、李愛芝はそこで思い直した。会社が儲かるだけで、自分には褒賞金が出るわけでもない。たとえ業績が三倍、五倍でカウントされたって、自宅のテレビはあいかわらず古い三十二インチブラウン管式のままだ。しかも、甲斐性なしの夫に終日独占されている。夫がテレビの前から離れるのは、飲み友達と徹夜麻雀に行くときくらいだった。あとは家でぐだぐだして、テレビを観ているのかテレビに観られているのかわからないような有様だった。

明日から新しい月が始まる。李愛芝はうきうきしていた。今日の勤務は早番で、客が詰めかける金曜日の夜を避けることができた。小城市民が一家で連れ立って遊びに来る、量販店にとって受難の土日も。彼女は制服のベストを脱ぎ、黒いフラットシューズも脱ぎすてた。申し送り事項をメモし、新しく買った、膝まである珈琲色のブーツに履き替えた。少し空腹を感じる。週末に二日連続で休めるのは久しぶりだ。李愛芝は折りたたみ椅子に座って、新しいブーツはちょっと靴擦れするが、あと何回か履けば擦れなくなるだろう、と考えた。スタッフ休憩室の壁の掲示板に目をやると、そこに貼ってある賞状が見えた。

好楽買小城店家電課　李愛芝殿
貴殿は今月の売上トップの成績を収められました。
その功績に好楽買のスタッフ一同感謝し、ここに表彰いたします。
貴殿は好楽買の誇りです。今後も引き続き精進し、共に成長いたしましょう。

その下に、量販店のマネージャーと家電部門の同僚がメッセージを書き込んでいた。

・よくやった。
（好楽買小城店　店長印）　店長　林新遠
・おめでとう！　テレビ売上チャンピオン　李愛芝さん
（好楽買小城店　家電課課長印）　課長　薛月貴
・家電課の花：AJ〜〜　テレビの売り方教室を開いて教えてね：）
綿秤
・売上クイーンに会社から60インチテレビ1台プレゼントしたらどうですか？
業績底辺チャンピオン　小郭
・すごいすごいすごい！　会社だけじゃなくこうして私たちも祝福してるんだから、褒

賞金より価値があるよ！　　阿海
・ＡＪ先輩愛してる！　キスしちゃう❤❤❤❤❤❤❤❤　　懶妹
・毎週１台売るなんて本当にすごいですね。（僕がいた）他県の支店にも負けないです。　　徐文二

徐文二はもともと小城出身だった。北部の支店で何年か働いた後、課長に昇進するチャンスを蹴って、故郷への転勤希望を出した。ＡＪや他の同僚とまだ馴染めていないようで、コメントが堅苦しかった。彼は小城に戻ってまだ半年だが、毎月の業績はほぼトップスリーに入っていた。以前の支店でも、かなりの好成績を上げていたらしい。県外で鍛えられた人はさすがに違う。彼のセールストークは小城で普通に行われているような、情に訴えるとか、メンツに頼るとかのやり方ではなかった。

彼が商品の特徴とか性能を説明していると、その言葉そのものが生き生きと動きだして、お客さんのお財布やクレジットカードを誘惑してくるみたいに聞こえるんだよね。……ほら、私なんか、彼が接客する様子すらうまく表現できないんだから、彼とは比べものにもならない。

好楽買小城店の開店以来、家電課からよその都市に転出していく者はいたが、よそから転入してきたのは徐文二ただ一人だった。ここは売上が上がらないから、前の課長が定年退職したこのタイミングでなければ、よそからの人員が補充されることもなかっただろう。新しく昇進した課長は、座ったばかりのポストを自分の尻が温める間もなく、徐文二に奪われるのではないかと警戒し、せこい手段を使って彼の業績を取り上げた。

家電課のテレビ売場は李愛芝と徐文二が二人で担当していた。例の二台の六十インチ大画面テレビは、常連客が経営する民宿の備品として購入したのだが、最初に接客したのは徐文二だった。そこに課長が横槍を入れ、あの客はずっとＡＪの馴染みだったのだ、と言い張った。徐文二は反論もせず、黙って手柄を差し出した。会計の時、常連客がＡＪに言った。君らのとこの新しい店員、３Ｄテレビとか、次世代の発色技術とか何とかの説明、やたらとうまいね。聞いてたら、二部屋分だけ改装することにしたの、ちょっと後悔したよ。ＡＪは、自分が徐文二の業績を奪ってトップを獲ったように思え、申し訳ない気持ちになっていた。

徐文二が、慌ただしくスタッフ休憩室に入って来た。彼は今日、遅番だった。ＡＪに向かってちょっとうなずき、何か申し送りはあるかと聞いてきた。彼女は少し考えた。徐文二が話しかけてくる前、ＡＪは、夕飯に何か買って帰ろうか、それとも家に帰ってから夫と一緒に外に食べに出かけようかと考えていた。徐文二に話しかけられた時、ＡＪは携帯の充電器を探していた。持ってきていなかったようだ。帰ってから充電しよう。

あぁ、陳さんのテレビが修理から戻ってくるけど、メーカーの補償期間中だから。涵園ホテルが六台追加購入だけど、うちの在庫は三台しかないから待ってもらってる。もしかしたら問い合わせが来るかも。わかった。全部うち経由で納入するの？　ううん、メーカーから直納もしてもらって、うちから出した分は、後で補充してもらう。納品の時、設置を手伝いに行く必要があるかも。課長にもう一度確認しておくね。わかった。課長を見かけなかったけど、どこ行ったんだろう？　たぶんフードコートが混む前に食事に行ったと思う。わかった。

李愛芝は、徐文二に詫びを言おうと思っていたのだが、彼はもう荷物を置いて制服のベストを着込み、スイングドアから出て行こうとしていた。

徐文二は突然振り返ると、ＡＪに言った。

「二連休だったよね？　ゆっくり休んで。君が戻って来るまでに、僕もテレビ何台か売ってるかもしれないよ」

ＡＪがブーツの中で足をもぞもぞさせて、痛みが出ない位置を探していると、ゆっくりと閉まったドアが再び押し開かれた。

「そうだ、よい週末を。じゃあね」

徐文二が、ＡＪに向かってぎこちなく笑った。

李愛芝はとりあえず家に帰ることにした。

路地を入ったところで、夫の車が家の前に停めてあるのが見えた。ワイパーが二本とも立ててあり、まだ水が滴っていた。夫が車を洗うたび、必ず雨が降る。だがこの銀色のフォード・フォーカスは、家の中で唯一、この男が自分で手を動かして洗うものだった。彼女は、アクセルを用心して軽く開き、つま先立ちでゆっくり進みながら、スクーターを家の敷地に乗り入れた。夫の車に傷をつけないように気を付けて。

彼らが住んでいるのは夫の両親の家だった。築数十年の古い一戸建て。特別に裕福だというわけではなく、土地は広いが人は少ないこの小城では、一戸建てに住むのはふつうのことだった。義父は早くに亡くなった。義母は老いて認知症を患い、愛芝のお腹にいた子供は無事に生まれたのだと思い込むようになった。その後、症状が進むと、大事な孫は悪者に攫（さら）われたのだと隣近所に触れ回って歩いた。夫は我慢できなくなり、とうとう義母を介護施設に入れた。

李愛芝は、玄関の外で靴を脱いだ。珈琲色のブーツは流行のすてきなデザインではあったが、履けば靴擦れし、脱ぐのにやたら時間がかかった。やっとのことで左足を脱いだところで、李愛芝はバランスを崩し、体ごと金属のドアにぶつかっていった。茶の間にいた夫が出てきてドアを開け、いきなり大声で李愛芝を罵った。

びっくりさせんじゃねえよ、李愛芝！

……ごめんなさいごめんなさい。

ごめんなさいじゃねえよ。夕飯は？

……あ、外で食べない？

お前ふざけてんのか？　俺はさっき車洗って死ぬほど疲れてんだ。

……お祝いしようと思って。

何のお祝いだよ？　お前がドアにぶつかったお祝いか？　テレビがぶっ壊れたお祝いか？

テレビが壊れた？　どうりで夫の機嫌が悪いはずだ。李愛芝はバッグを下ろすと、テレビのところへ行き、電源スイッチを押したり、プラグを抜いたり差したり、リモコンで操作しようとしてみたり、あれやこれや、四回も五回も繰り返した。

お前はテレビ売ってるだけで直せるわけじゃねえだろ。壊れちまったんだ。お前の同僚に取りに来させろ。

……取りに来させるって？　取りに来てどうするの？

工場で修理させるに決まってんだろ！

……こんなのもう廃番だよ。古すぎて、修理しても割に合わないし、メーカーでも修理してくれないかもしれないよ。

じゃあ新しいの買うしかねえだろ！

……あんたが変な投資してなければ、とっくに新しいの買ってるよ。

俺はまだ銀行に金返してるんだよ。お前仕事でテレビ売ってるのに、なんで自分は買わないんだよ？

……私が買うの？　私の給料は全部お義母さんの施設代に当ててるじゃない。あんたの給料は？


ぶつぶつ言っていた夫が何の予兆もなくブチ切れ、李愛芝はそのまま十数分間怒鳴られた。

「私の給料は全部お義母さんの施設代に当ててるじゃない」で止めるべきだったのだ。「あんたの給料は？」は余計だった。

こんなのは、彼女が想像していた週末の光景ではなかった。

夫が車を洗ったのは機嫌がいいからだと思っていた。それなら夫と一緒に、売上トップのことを喜べたのに。そして、週末を丸ごと満喫することができた。正しい週休二日だ。

何年か前のように、夫と小城の街をぶらぶらし、思いっきりおいしいものを食べてお祝いしようと思っていた。ところが実際には、夫は仕事から帰るとテレビが壊れていたので、洗車して時間をつぶしていたのだった。頭に血が上っているところに、帰宅した李愛芝がドアにぶち当たる音に驚かされ、その後は昔のあれこれをぐだぐだ蒸し返された。実は、昨夜麻雀でごっそりすり、その腹いせで李愛芝に八つ当たりしているのでもあった。そのことがばれたと思って逆切れしたのだが、それは愛芝の知るところではなかった。

李愛芝と夫は、高専の同級生だ。あの頃の、まだ中年太りしていない夫は、学校でも一目置かれる生徒だった。とはいえ、演台に上がって賞状を授与されるような類(たぐい)の〝一目置かれる〟ではない。警笛(けいてき)を吹き鳴らす指導教官二、三人がかりで学校中を追いかけ回される類のほうだった。

当時の夫は、バイクで通学していたが、毎日遅刻するか早退するかのどちらかだった。改造できるところは全て改造したバイク。彼は放課後、これに李愛芝を乗せ、松園別館下の美崙坡(メイルンポー)大カーブをぐるりと攻めて家に帰るのが大好きだった。これ以上できないところまで低く車体を傾け、アクセルを限界まで握り込んで、カーブに張り付くように激走した。途中、いくつもの赤信号を無視した。愛芝はただ必死で彼にしがみついていた。

当時まだ、速度違反取締カメラとか、ネズミ捕りなんてものは導入されていなかったから、違反切符を切られたことは一度もない。無免許運転のほうは？　現役の軍人である指導教官たちにも捕まらない彼が、警察なんかに捕まるわけがなかった。

二人は疾風怒濤のようなライドの後、小城市街の中心にあるファストフード店の前にバイクを停め、Ｌサイズのフライドポテトを分け合って食べてから家に帰った。エンジンを少し休ませなきゃ、と夫は言った。それに制服を着替えて、タバコを一服してからな。

少女だったＡＪは、夫に聞いたことがある。なんで私のこと好きなの？　当時まだ彼氏だった夫は、わざと遠い目をしながら答えた。

ファストフード店の前の西海広場な、二本のでかい樹があるだろう？　俺は学はないけど、大きいほうの、髭みたいなやつが猛り狂ってぼうぼう生えてるのがガジュマルだって知ってる。隣の真っ直ぐ伸びているのは、マツだ。俺がガジュマルで、お前がマツなんだよ。

どういう意味？

お前はいつも真っ直ぐだから、マツだ。俺は何者にも抑えられない。つまりガジュマルなんだよ。俺たちは小城でサイコーに似合いのカップルだ。あの二本の樹のようにな。

今思うと、あの頃が、夫が最も彼女のことを気にかけてくれていて、そして最も優しい時だった。通勤で西海広場を通りかかると、時おりＡＪはそのことを思い出した。でも、西海広場は売却され、大手資本がホテルとショッピングモールを建てることになっている。もうすぐ完成するらしい。あの二本の樹は？　広場の売却後、前後するように病気で枯れたそうだ。そう言えば、広場の工事が始まる直前、事故で大学生が一人亡くなって、小城中が大騒ぎになったっけ。

卒業直前、愛芝の生理が数か月来なかった。検査すると、おめでただった。夫は生まれて初めて、信号無視で切符を切られた。彼は卒業したらすぐに愛芝を嫁にすると約束し、両親も説得した。愛芝のほうの両親は、当初、少々不機嫌だった。だが小城ではよくあることだが、両家はよく知っている間柄でもあり、祖母の代からの近所付き合いもあることから、最終的には縁談が整った。猛スピードで結婚式を終えると、夫は徴兵で海軍陸戦隊[*1]を抽（ひ）き当てた。

義母に付き添われて行った妊婦検診の超音波検査で、愛芝の子宮に稀（まれ）な悪性腫瘍が見つかった。出産には大きなリスクがあると、医師から強く手術を勧められた。子供は中絶するしかなかった。

夫は除隊後、石材工場で日勤の警備員の仕事に就き、現在に至っている。愛芝は、露店を出してものを売ったこともあるし、保険の営業をやったこともある。数年前、好楽買が出店する際、ようやく家電の販売員としての職を得た。夫は昔の親友に声をかけられ、ある事業に出資した。だが、家を抵当に入れてまで賭けた投資は失敗し、少なくない額の負債を背負った。二人は生活を切り詰めた。

義母は直接口には出さないものの、遅鈍（ちどん）な愛芝にもわかっていた。子宮の腫瘍は手術で切除されたが、孫を産めなかったことについての嫁姑の間のわだかまりは、たぶん一生取り除くことができないのだと。だからこそ、後に義母が介護施設に送られることになった時、愛芝はその費用を自分が負担することを申し出たのだ。そして夫はそれについて、何も意見を言わなかった。

外から雨音が聞こえてきた。ほら、洗車すると必ず雨になるのよね。愛芝は下を向いたまま、可笑しくなって笑い出した。夫は、くどくど言うのを中断して愛芝に怒鳴った。お前なに笑ってんだ頭おかしいんじゃねえか俺のお袋と同じだな！　そして窓の外を見て、さらに悪態をついた。

「……私、今月の売上トップになったの」

言葉が突然、愛芝の唇から飛び出した。トップってなんだよ？　夫は怒気を込めて愛芝を睨みつけた。

「どうしてこんなに怒られなきゃいけないの？　たかがテレビじゃないの。テレビテレビって、私は毎日テレビ売ってるのよ！　夕飯作らなくて謝るわよ。謝ればいいんでしょう」

愛芝はバッグを手にとると、靴箱の上にあった鍵をつかみ、身を翻して出て行こうとした。夫が腕をつかんだ。どこ行くんだ？

「謝ってるじゃないの！　私の大事な休みを、こんなふうに始めたくないの！」

彼女は夫の手を振り解いた。ブーツは、場の空気を読んだかのようにするりと履け、愛芝は思いっきりドアを閉めた。

おい！　李愛芝！　戻って来やがれ！

李――愛――芝――！

ＡＪは銀色のフォーカスのロックを解除し、エンジンをかけて発進させた。雨足が強かった。ワイパーをオンにすると、アームが空中をでたらめに舞った。彼女は路地を何本か過ぎたところにあるコンビニまでそろそろと運転していき、そこでようやく車から降りてワイパーを元の位置に戻した。

ＡＪは、ついでにコンビニで食べる物をいくつか買った。いつもは夫に禁止されている高カロリーのスナックをわざと選んだ。仕事が終わる頃、すでにかなり空腹だったし、その後、立ちっぱなしで怒鳴られ続けた。きっと血糖値が下がりすぎて、こんなにキレてしまったんだろう。家に戻って、夫にしっかり謝るべきだろうか？

車に戻ったとき、ＡＪはいつもの習慣でつい助手席に座ってしまい、シフトレバーのところを乗り越えて運転席に移らなければならなかった。ブーツのヒールがかすり、レバーの脇に泥汚れがついた。

ＡＪは車を運転するのが大好きだった。免許を取ってから運転したのは数回だけで、夫の代わりに修理場に車を持っていく時くらいだったが。彼女は、結婚後、少なくとも車の運転ができるようになっていた自分を褒めた。そして、小城が車を運転するのが楽しい場所で良かったな、と思った。

ＡＪは、日本からの輸入チョコレートを口の中でゆっくりと溶かした。実はもう、夫への怒りは治まった気がしていた。いつもなら、二言三言怒られてもさほど気にしていない。とっくに慣れてしまったから。

でも今日は、一緒にお祝いしようと思って帰ったのに、それを言い出す前に夫の怒りに出迎えられたのだ。テストで一〇〇点とったのを母親に報告しようと思ったら、玄関を開けるや否や、部屋が汚いと猛烈に小言を言われたみたいだった。ＡＪがテストで一〇〇点をとったことなどほとんどなかったのだけれど。もういいや。今日は家に帰らない。ＡＪは自分にプレゼントを贈ることに決めた。業績トップに輝いたお祝いの、そして、カレンダーの赤文字の日に、連続二日のお休みがとれるお祝いのプレゼント。一緒に祝ってくれないなら、自分だけで祝うからいいよ。アホ男！

ＡＪは土砂降りの小城市街地をゆっくりと運転した。街並みはだいぶ変わってはきたが、やはり子供の頃から慣れ親しんだ場所だった。

駅付近で側溝を乗り越えた時、シャーシのあたりで何か音がするのが聞こえた。慌てて車を道端に停め、手で雨を遮りながら下車して調べてみたが、何も異状は見つからなかった。車に傷をつけたりしたら、また怒られる……。そんな思いが頭をよぎった。だが、すぐに自分を諫めた。こんな状況で、まだ怒られることを気にしてるの？　ほうっておけ。

彼女はバッグと、スナックと飲み物でいっぱいの袋をつかみ、駅の近くのホテルに向かって歩き出した。

ロックする時、フォーカスの後輪が駐車禁止の赤線の上に乗っていることに気づいた。しかも小城名物「剝皮辣椒（青唐辛子の漬物）」の店の入り口を塞いでいる。ＡＪは一瞬うろたえた。だが彼女はすぐに、友達でもない徐文二が〝良い週末を〟と言ってくれたのに、夫はおめでとうの一言すらかけてくれなかったのを思い出した。

車なんかレッカーされちゃえばいい。どうせ私の名義じゃないもの。帰りはタクシーに乗ればいい。

雨足はかなり強く、ＡＪは小走りでアーケードの下に逃げた。遠くないところの建物に、「紅蓮旅社」という薄暗い看板が出ているのが見えた。古いホテルのようだった。ブーツの靴擦れは悪化していて、これ以上歩きたくはなかった。もうここにしよう。

カウンターにいたのは初老の男性だった。斜めを向いて腰掛け、何かに集中していた。ＡＪが男性の視線の先を見ると、壁ぎわの隅に小さなテレビが設置してあった。ＡＪの家のものよりも小さくて、もっと古かった。彼もXチャンネルを観ていた。ＡＪの夫が朝から晩まで張り付いて観ているチャンネルだ。一日の半分以上の時間は日本のプロレスを放映しているが、いまは『暴れん坊将軍』をやっていた。日本のゴールデンタイム時代劇で、もう何十年も続いているらしい。九時台の『暴れん坊将軍』が終われば、翌日の午前中までプロレスが流れ続ける。

　男性は、誰かがカウンターに近づいてくるのに気づき、身体の向きを直して言った。ご宿泊ですか、ご休憩ですか？　宿泊です。ＡＪは答え、内装の古さを差し引いてもまあ安いと思える料金を支払った。身分証明書をお願いしますよ。お一人様ですか？　ＡＪは一瞬言葉に詰まった。夫は後から来ます、と言いそうになった自分に呆れ、はい、私一人ですと答えた。男性は老眼鏡をかけ、身分証明書のナンバーを写した。ＡＪは、地元住民でありながらここに泊まりに来たことを気づかれないかとひやひやしたが、男性は何も言わなかった。

　窓からこの通りが見える部屋にしてもらえますか？　ＡＪは言った。通りが見える部屋ね、どれどれ、じゃあここでいいかな。ＡＪは鍵を受け取った。部屋が二階で良かった。エレベーターはないようだったから。駅前にこんな古いホテルがあったなんて。ＡＪは思った。

　プロレス観るんですか？　ＡＪは男性に尋ねた。おや、お嬢さんも観るの？　いいえ、夫が好きなんです。でも『暴れん坊将軍』のほうが面白いですよね。男性は笑顔を返した。そうだ、シャワーのお湯は十時までですよ。十時以降にお湯を出したいときは、お手数ですが、内線で宿直の者まで連絡してください。

はい、と返事をして、ＡＪは狭い階段の方へ向かった。男性は身体をテレビの方に向け直した。『暴れん坊将軍』は、最後の十分になっていた。

部屋の様子は、ほぼＡＪが想像していた通りだったが、わりと清潔だった。彼女は荷物を下ろし、安っぽい緑色のカーテンを開けた。どうして携帯はちっとも鳴らないんだろう？　夫は電話してきていないのだろうか？　不思議に思ってバッグから携帯を取り出すと、電池が切れていた。ＡＪは窓辺に寄りかかった。息で窓が少しずつ曇っていく。外は相変わらずの大雨だったが、しっとりと濡れた小城の風景はやはり美しかった。

ＡＪは窓から通りを見下ろし、小声で笑い出した。ビンゴ！　銀色のフォーカスはもうそこにはなかった。夫は、洗車が無駄になった上に、罰金と、車の保管料まで払う羽目になった。癇癪を起こさなければ、こんな出費しなくて済んだのにね。ＡＪはもう長いこと、こんな悪戯をする楽しさを味わっていなかった。ハハハ、いつ気がつくかしらね。何も悪いことをしていないのに怒鳴られるんだったら、何か悪いことをして怒鳴られるほうがまだ割に合うというものだった。

ＡＪは部屋のテレビを点けた。テレビは意外と新しいモデルだった。あまり大きくはない。三十二インチか三十六インチだろう。正確に言えば、テレビではなくモニターだった。以前はテレビとモニターでかかる関税がだいぶ違ったけど、最近はさして差がなくなった。ＡＪはあれこれチャンネルを替えてみたが、すぐに飽きてしまった。リモコンが自分の手にあるのに、どの局を選んでいいかわからなかった。やっぱりXチャンネルを観ようか。この時間、夫もきっと観ているだろう。いや、家のテレビは壊れたんだった。ＡＪは笑った。

Xチャンネルには、良いのか悪いのかわからない特徴があった。夫が言うには、Xチャンネルはずいぶん長いこと、放映内容を更新していないということだった。徐文二も、確かこう言っていた。日本のプロレスラーが興行で台湾に来た時、Xチャンネルを観るのを楽しみにしている。日本ではもう観ることができない昔の試合を放映しているからだ。ベテラン選手は自分の若い時の姿を見ることができたし、若い選手は自分が生まれる前の試合を見ることすらできる。

「ええ!?　そんなことあるの？」

夫は同好の士に出会い、宴会の間、ずっと徐文二としゃべっていた。あれは、去年の忘年会でのことだ。徐文二が好楽買小城店に転勤してきて間もない頃だったから、彼の歓迎会も兼ねていた。家族も参加してよかったので、夫を連れてきたのだった。その時までに職場でＡＪが徐文二と交わした会話は、初対面ですっかり仲良くなった夫と徐文二が、この場で話した会話の半分もないかもしれない。まるでタイプが異なるこの二人が、こんなマイナーな趣味で意気投合するなんて。ＡＪは、徐文二のこれほど楽しそうな顔を見たことがなかった。結婚後、夫がこんな表情を見せることも少なくなっていた。男って変なの。

ＡＪは缶ビールを開けた。Ｘチャンネルのプロレス番組を冒頭から観ることはめったになかった。いつもは洗い物を片付け、洗濯物を干し、簡単に掃除をした後だった。あるいは遅番の日、夫とテレビの前に座り込んで夜食を食べながらだったので、試合はいつももう半ばになっていた。誰が誰だか一向にわからなかったので、実況中継の字幕から、この名前はどの選手なのか、自分で推測するしかなかった。

夫はときどき興奮して大声を上げた。特にＣＭに入る時には、よく怒鳴った。Ｘチャンネルのプロレス番組でのＣＭの入り方は奇妙だった。ふつうＣＭというのは、一つの番組の中で一定の時間ごとに挿入されるはずだが、Ｘチャンネルの広告は、ある場所に集中して挟まれた。例えば（まあ、これはよくあることだが）クライマックスのタイミングでＣＭに入り、その後、十数分間続いた。昼間のＣＭは作りが冗長なだけだったが、深夜になると内容も成人向けになった。

いま放映されている番組は、『ノア大特集』のようだ。

ノアは日本のプロレス団体の名前だ。社長は緑のタイツを穿いた三沢光晴。その前に所属していた団体を脱退し、彼が自分で立ち上げた団体だ。団体名は、聖書の中のノアの方舟に由来するのだろう。

聖書と言えば、小城ではよく自転車に乗った二人組を見かけた。彼らの多くは外国人で、地元民はほとんどかぶらない自転車用のヘルメットをかぶり、白いシャツとスラックスの組み合わせ、さらにはネクタイまで締め、あちこち走り回っては誰かを捕まえて布教活動をしていた。ＡＪは彼らがモルモン教会の宣教師だと知っている。彼らの本部は、王母(ワンムー)娘娘(ニャンニャン)の廟の近くにあった、たぶん、教堂とか教会とか呼ぶほうが正しいのだろう。

　ＡＪは信号待ちをしていてモルモン教の宣教師を見かけると、ものすごく緊張した。そもそも人に話しかけられるだけで緊張するたちなのだ。後になって、夫は彼女に、そういう時はこう言えと教えた。すみません、うちはお線香あげて拝拝(バイバイ)*2するんですよ。これでやつらもすぐわかる。

　赤信号で宣教師に会うたび、ＡＪは必死で、私の方に来ないで、と念じていたが、ある日とうとうスクーターの右と左一人ずつで挟まれた。ニーはお、ちょっといいデすか？わタしたち、中国語話せマす。

「……あああ、ごめんなさい、あの、うちは〝拝拝〟なんです。お線香あげて、紙銭(しせん)燃やすの。ごめんなさいごめんなさい」

　あれはＡＪが小城で体験した一番長い信号待ちだった。ハイ、わかりマした。謝ることありマせん。バイバイとてもＯＫデす。でワ、素敵な一日ヲ。時間アれば、教会で英語習えマす。タダです。お金いりマせん。ＡＪは窒息する寸前だった。信号が青に変わると同時にスクーターを猛発進させ、もともと曲がるつもりのなかった路地に突っ込んだ。

よく考えると、自分は聖書というものを読んだことがないような気がする。ノアの方舟の物語とは、一体どんなのだろう？　携帯の電池が切れてしまったので、ここで検索することもできない。いつか調べてみなくちゃ。それか、時間ができたらモルモン教の教会に行ってみてもいいかもしれない。外国人が言うように、本当にタダで英語が習えるのだろうか。私、英語全然だめだもんね。ＡＪは思った。

深夜の時間帯になって、Ｘチャンネルのにだらだら続くだけでなく、強壮剤の宣伝などの扇情的な内容が増えてきた。強壮剤のＣＭの作りはいつも同じパターンだった。夜の関係がうまくいってない夫婦。夫は妻を満足させられず、会社でも覇気がない。同僚が彼の肩をポンと叩き、ある薬を紹介する。場面は実験室のような場所に切り替わる。試験管や顕微鏡の並んだ実験台。白衣を着た外国人。字幕で、彼が米国なんとか大学薬物学研究室の権威だと紹介される。外国人は強壮剤の特徴を説明し始める。一〇〇％天然原料使用で副作用の心配なし。有名な某強壮剤と比べても、リーズナブルで効果も持続する。外国人のセリフは中国語の吹き替えになっているが、口の動きと声が合っていなくて滑稽だ。シーンは再び夫婦の寝室に切り替わる。薬の効果は抜群、妻は幸せそうに夫に寄り添い、夫はカメラに向かって親指を突き立てる。最後は、通販のホットライン電話番号が出現する。

ＡＪは初めてこのＣＭを最後まで見た。ふだん夫は、このＣＭになるとチャンネルを替え始める。だが、もと観ていたチャンネルから前後にいくつか替えるだけなので、坊さんが念仏を唱えたり法話をしたりしている宗教チャンネルばかりが続く。ある坊さんは朝から晩まで放生(ほうじょう)、[*3]放生と連呼し、しかもしょっちゅう水子供養の話をするので、ＡＪはいつも心が重くなる。

その後、いくつか投資指南チャンネルが続く。ここに来ると、夫は抑えきれずにぶつぶつ愚痴をこぼす。そんなに予想が当たるんなら、他人に教えずに自分で儲けとけばいいじゃねえか、誰が信じるかよ。——自分だって、将来有望とか安定収入とか誰かの言葉を信じて、家まで抵当に入れてじゃぶじゃぶ投資したんじゃないの？　ＡＪは心の中で混ぜっ返した。

その次にはスポーツ専門チャンネルが来た。ＬＶ育楽チェンネルでもプロレスを放映していたが、こちらはアメリカン・プロレス専門だった。夫はアメリカン・プロレスを見下していた。いつもこのチャンネルまで来ると、ほんのちょっとだけ観て、すぐにまた替えた。アメリカン・プロレスは嘘っぽ過ぎるんだよ。夫は言った。

忘年会で、夫と徐文二がアメリカン・プロレスの話を始めた。徐文二はアメリカン・プロレスをかなりよく観ているようだった。うちのダンナ、アメリカのプロレスはすっごく嘘っぽいって、いっつも言ってるよ。ＡＪが口を挟むと、夫が振り返って睨んだ。そんなことねえよ。俺は〝わりと〟嘘っぽいって言ったんだよ。徐文二は生真面目な顔で説明し出した。実際のところ、みんな同じなんだよ。プロレスはエンターテインメントだからね。アメリカ映画も日本映画も、全部映画だよね。ただスタイルが違うだけだ。夫はしきりとうなずいた。それだよ、スタイルだよ。好みが違うっていうか。吉野家とマクドナルドの違いだよな。ＡＪはとても驚いた。アメリカのプロレスは嘘で、日本のは本当に戦ってると思っていたからだ。でも、それ以上口には出さず、夫と徐文二が目をキラキラさせて語り合い、何度も何度も乾杯するのを眺めた。

今日の『ノア大特集』では、三沢光晴の試合はやらないようだった。三沢光晴は、お笑い芸人の白雲（バイユン）*4を若くして、少しだけかっこよくしたような感じがする。三沢はプロポーションが良いわけではないし、腹も出ている。だが体力には驚くべきものがあった。夫は言った。あのな、腹がでっぷりしてるのがプロレスラーとして理想の肉体なんだよ。ＡＪは理解できなかった。夫はたぶん、自分自身の中年太りの言い訳をしているんだろう。

他の試合はＡＪにはつまらなかったが、三沢光晴の試合にはある種の魅力を感じた。彼はやたらと打たれ強くて、永遠に負けを認めないように思わせる気迫があった。もし負けたとしても、それは持てる力を全て出し切り、もうこれ以上どうしようもなかったということが観ている側にも伝わってくる、そういう負け方だった。そして三沢光晴の眼光は、いつもとても真摯（しんし）だった。プロレスでは、裸の男たちがくんずほぐれつするというかなり奇怪な光景が展開される。だがその中で、三沢のまなざしは、俺がやっていることはとてつもなく厳粛で真剣なことなんだ、と観る者に告げているかのようだった。

ＡＪは、あの時の医師のことを思い出す。医師は、慰めるように義母の腕に軽く触れ、それからＡＪの方に向き直って言った。——李さん、お子さんのことより、あなたの健康を優先させるべきだと思うのです。手術がうまくいけば、この先また子供を産む機会はある。逆に、健康に問題がある母親は、子供にとって一生の負担になります。よく考えてください。あの医師のまなざしは、とても厳粛で真剣だった。

次の番組は『戦女時代』で、女子プロレスが中心の番組だった。部屋にチェックインしてから、ＡＪはブーツを脱いでいなかった。身体がべたべたしていたので、シャワーを浴びようと思った。ブーツはこの時はなかなか言うことを聞かず、さんざん苦戦した後にようやく抜くことができた。リングでは六人タッグの試合が行われ、双方の選手が相手に向かって何かをわめき立てていた。ＡＪは女子プロレスのほうが好きだった。女子プロレスラーのリングコスチュームはみんな美しいし、服とコーディネートしたブーツも素敵だから。ヒールのないブーツだけれども、あれを履いてリングの上を走り回ったり、人を投げ飛ばしたり投げ飛ばされたりするのは、やはりよっぽど大変に違いない。

ＡＪは買ってきた三缶のビールを全部飲み干し、スナックもあらかた食べ尽くした。ポテトチップスのクズだらけになった手を洗おうと浴室に行くと、水洗タンク上のタイル壁に、あまり上手いとは言えない字で「温水の供給時間　10：00〜22：00　その他の時間はフロントへお電話ください」と書かれた紙が貼ってあった。紙の上から、何重にも重ねてセロファンテープを貼ってあった。防水のつもりだろう。

ＡＪは手を洗って部屋に戻った。電話は鏡の前にあった。さっきの貼り紙と同じ筆跡で「フロント：ダイヤル０」と書かれた大きめのタックシールが、電話機に貼り付けてあった。

ＡＪは受話器をとり、０を押したが、何の音もしなかった。受話器を肩に挟み、片手で電話機を持ち上げて、もう片方の手で化粧鏡の後ろに垂れているコードを引っ張ってみた。たいして力を入れてもいないのに、ぷっつりと途切れたコードの先端が引っ張り出されてきた。ＡＪは電話を元の位置に戻し、コードを鏡の後ろに押し込んで、受話器を置いた。

フロントまで下りて行くのであれば、またブーツを履き直さなければならない。部屋には、安物のビニールのスリッパが、赤と青、一足ずつ置いてあったが、見るからに汚そうで、とても履く気にはならなかった。

もう、面倒くさい。いま下りて行っても、フロントの人は寝ているかもしれない。宿泊客としてごく普通のお願いをするだけなのだが、やはりお詫びの言葉から始めなければいけないだろう。こんなに遅くにすみません、お手数をお掛けして大変申し訳ないのですが……。家では夫に謝り、職場では客に謝り、ホテルに来てまで、すみませんとかごめんなさいとか言いたくはなかった。

電話が壊れているんだったら、とりあえずシャワーは諦めよう。

ＡＪの身体は熱っぽかった。もともと酒は弱いのだ。ビール数缶でもう酔っ払っていた。

ＡＪは上着とスカートを脱いだ。上着は椅子に掛け、スカートは、ダブルベッドの空いている側に広げておいた。倒れていたブーツを、揃えて壁に立てかけた。ちょっと迷ったが、ブラとショーツも脱いだ。ランジェリーメーカーのＣＭで宣伝していたワインレッドの上下セット。流行のやつだ。でもそれは、今年の流行ではない。何年前だっけ？　もう覚えていない。それでもＡＪは下着を上下セットでつけるのが好きだ。

ＡＪは部屋の明かりを消した。カーテンをベッドが隠れるあたりまでひき、それから枕を二つ重ねて、素っ裸でベッドに横たわった。本当はバスタオルを敷くべきだった。シーツが清潔かどうかわからない。でももうそれをする気力はなかった。ＡＪは無糖緑茶の大型ペットボトルを開け、引き続きＸチャンネルを観た。さっき買った日本のチョコレート、すごくおいしい。もっと買えばよかった。

『戦女時代』の次の番組は『最強の女傑』で、やはり女子プロレスだった。前後のつながり通りに放映される試合もあったが、大部分の試合は脈絡なくバラバラに放映された。その後に続いた『太陽の戦神』と『王者の神殿』は、また男子のプロレスの番組だった。こうして観ていると、Ｘチャンネルの番組タイトルは、内容と何の関係もなかった。単に一時間ごとの区切りが必要だから、タイトルをつけているだけよね。ＡＪはそう推測した。

男子のプロレスの間、ＡＪは宗教チャンネルに切り替えて、放生会の様子を眺め、お坊さんが水子の霊の障りについて説法するのを聞いた。最初のうちはもっともだと思って聞いていたが、番組の最後に、全国各地の分寺での水子供養会の日程と予約ホットラインの宣伝画面が出た。量販チェーン店として考えれば、水子供養は、今季の重点販売商品なのだろう。売れると、放生会の何倍の業績でカウントされるんだろう？　毎月の業績トップのお坊さんには、どんな褒賞が出るのかな？

そんなことを考えながら、彼女はまたXチャンネルに戻した。

まったく、夫はもう寝てしまっただろうか。あるいはまた麻雀でもしに行った？　麻雀に行っていなくて、まだ眠っていなかったら、私のことを心配しているだろうか？　ＡＪは少しだけ家に帰りたくなった。でも、そんな気になったことを自分では認めなかった。

家を飛び出してひとりで外泊するなんて、本当に良かったのかな？　テレビは再び二時間の女子プロレス枠だった。『女子プロレス特選』と『夢と希望　女王への道』。ＡＪはうつらうつらしたが、その度にすぐ目が覚めた。彼女は、眠り込んでしまわないよう、ベッドの上に胡坐をかいて座った。ＡＪは髪を染めた時とか、あるいはただ面倒だったとかで何日か髪を洗わないことがあったが、シャワーを浴びずに眠ったことはなかった。

窓の外の空は次第に明るくなってきた。番組は『激戦最前線』。またもや女子プロレスだった。メインイベントは、プラム麻里子選手と尾崎魔弓選手のシングルマッチだ。

尾崎魔弓の全身を包むのは真紅のリングコスチュームだ。ボンデージ感のあるセクシーなデザインで、彼女の持つある種、邪悪な気をひき立てている。プラム麻里子のほうはブルーとパープルの生地が切り替えになった、スカートのないコスチュームで、清純で健康的な雰囲気を出している。時に女子プロレスの試合は、男子のプロレスより壮絶に思える。力と力の単純対決ではなく、自分と相手を極限まで追い詰め、息の根を止め、引き裂こうとするかのような緊迫感がある。尾崎魔弓とプラム麻里子は、痛々しい関節技を休みなく相手にかけ合った。苦痛に叫び、のたうち回る姿は、とても演技とは思えなかった。

　試合後半、プラム麻里子と尾崎魔弓はコーナーポストからの飛び技を連発した。最後にはプラム麻里子の仕掛けた投げ技をふり解き、尾崎魔弓がプラム麻里子をリングに沈めた。尾崎魔弓はリングに腰を下ろしたまま、自分の左脛（ひだりずね）をきつく抱きしめてあえいでいた。プラム麻里子は頭を抱えたままリング上に横たわり、体を震わせていた。二人とも気力も尽き果てたようだった。手に汗握る試合だった。

　ＡＪは緑茶の最後の一口を飲み干した。外はもう完全に明るくなっていた。Ｘチャンネルのマラソン式プロレス放映もここまでだった。次は釣り番組の『釣りセンス』だ。

　ＡＪはテレビを消し、半開きになったカーテンに向かって大きく伸びをした。雨はもう上がっているようだった。

ＡＪは身支度をすることにした。一枚ずつ服を着て、チェックアウトしてタクシーで家に帰ろう。帰ったら尾崎魔弓とプラム麻里子のことをたっぷり検索するのだ。あのサイト、なんて言ったっけ……そうだ、「プロレス博物館」だった。きっとそこに載っているだろう。夫と徐文二はそこの長年の常連のようだった。もし夫に謝る気があるのなら、一晩中プロレス番組を観た話をしよう。ふだん夫が観ている番組を全部観たと。よく理解できなかった部分も多かったけれど、どんな試合をやっていたかは話せるだろう。夫が聞こうとしなければ、職場に行って徐文二と話せばいい。どうやって切り出せばいいのか、ＡＪはまだ考えていない。でも徐文二ならきっと真剣に聞いてくれるだろう。それとも、彼は職場ではこんな話をしないだろうか？　それから、課長に社員割引でテレビを買う相談をしてみよう。うまくいけば売上トップの成績を鑑(かんが)みて、多めに割引してくれるかもしれない。

李愛芝は、紅蓮旅社の階段を降り、ロビーに向かっていった。足が痛くならないブーツを買いに行ってもいいかもしれない。プラム麻里子が履いていたみたいなのがいいな。夫があの日本のチョコレートを一箱おごってくれるなら、許してやらないこともない。ＡＪはそう考えながら外に出て、タクシーに向かって手を上げた。

週末の小城の街には、観光客の車が増え始めていた。もう少しすれば、また渋滞が始まるだろう。だけどそんなことはＡＪには関係がなかった。カレンダーの赤文字の日にようやく取れた二連休は、まだ一日半残っている。

＊訳注

1　海軍陸戦隊

中華民国海軍の一部隊。二〇〇八年以前の台湾において、十八歳以上の男子は二年以上の兵役に就くことが定められていた。兵役期間は一般的には二年だが、海軍陸戦隊のみ三年となっており、訓練も厳格であったため、徴兵手続き時のくじ引きでこれを抽き当てることは、非常に運の悪いことと考えられていた。その後、兵役期間は徐々に短縮され、二〇〇九年以降は一年となり、二〇一三年からは、一九九四年以降出生の男子については四か月の軍事訓練の義務が課せられるのみとなった。

2　拝拝

台湾の民間信仰で、道教の廟や家庭、会社などで、神や死者の霊に供え物を捧げ、線香を持って礼拝すること。

3　放生

功徳を得るために、捕らえられた鳥や魚などの生き物を放す儀式。

4　白雲

台湾の俳優、コメディアン、タレント。一九七〇年生まれ。体重一二〇kgを超える巨漢キャラを売りにしていたが、二〇一三年に胃を一部切除する手術を受けて減量。現在はバラエティー番組の司会などとして活動している。

無観客試合

無人的所在 Empty Arena Match

「徐文二、お客さんだよ」

徐文二は同僚の李愛芝に呼ばれ、解体していた細長い段ボール箱を下に置いた。まだ二、三個つぶしたばかりで、片付けなくてはいけない箱がたくさんあった。徐文二は、量販店の家電売場入り口の方へ歩いて行った。売場の二つの壁面いっぱいにテレビが並んでいた。徐文二はテレビを見ていま何時か確認しようと思ったが、どれを見ていいのかわからなかった。午前中のこんな時間に来るのは、大量に発注してくれるペンションやホテルの業者か、時間つぶしにおしゃべりしに来る常連客だ。だが常連客であれば、小城に転勤してきてまだ長くない徐文二を呼ぶはずがない。もしかして、何かクレームをつけに来た客だろうか？

「なんだ、君か。誰かと思った」徐文二は、そこに立っていた若い女の子に向かって言った。彼女の後にもう一人、眼鏡をかけた女の子が立っていた。二人は同じくらいの年齢だった。

「あれ？　真面目そうな顔して、こんなかわいい女の子の知り合いがいるんだ？」

　李愛芝が笑って言った。

「プロレス団体の後輩だよ。ＡＪ、ここの段ボール、裏に持って行ってくれないかな。この子たちとちょっと話すから。ごめんね」

「ああ、例の『パジロ』でしょう？　いいよ、行ってきなよ。ここで突っ立ってないで、カウンターの椅子に座れば？」李愛芝はレジの方を指差した。「でも言っとくけど、もしこのお嬢さんたちがテレビを買いたいってことなら、業績は私に半分ちょうだいよね」

「全部あげるよ。異議はない」徐文二は女の子たちをカウンターのスツールに座るようにうながした。

「君たちが買うわけないよね。冗談だよ」徐文二はレジ側の椅子に座った。

「桃、今日は講義ないの？」桃はうなずいた。「こちらは？」徐文二は眼鏡をかけた女の子を見た。

「初めまして。私、桃のルームメイトで、華東大学の学生新聞の記者です。〝鴨子（ヤーツ）〟って呼ばれてます」鴨子は手を差し出した。

「つまり、……取材？」徐文二は鴨子の手を取らなかった。

「週末に、市内の区民センターで練習してるって桃から聞いて、かっこいいな、って。まさか小城にプロレスサークルが……、いえ、台湾にプロレスサークルがあるなんて思いませんでした」鴨子も手を引っ込め、そのまましゃべり続けようとした。

「ちょっと待って」徐文二は鴨子を遮り、桃を見た。桃は肩をすくめた。

「正確には、サークルじゃなくて『団体』だよ。桃、練習の時に連れて来ればいいじゃないか」

「きっと断られるよ、って説明したよ」桃は言った。「期待させないほうがいいかと思って」

「あー」徐文二は頭を掻いた。

「正直に言うと断りたいけどね」彼は鴨子を見た。

「あの、じゃあ、少なくとも断る理由を聞かせてください」

「第一にね、僕はいま仕事中だ」徐文二は自分が着ている制服のベストを指差した。

鴨子は気まずそうにもじもじした。桃は声を出さず、唇の形で「ほらね」と鴨子に言って見せた。

「それに、僕が独断で決められる話じゃないんだ。僕は確かにパジロの発起人だけど、取材とかそういうことについては、やっぱり他の人の意見も聞かないと」

徐文二は、場の雰囲気がこれ以上気まずくならないように言った。

「他の人って？」

「僕以外には、石灰、阿華（アファ）、アパロの四人が正式な選手で、練習生には桃と二人の男子学生がいる。これが僕たちのメンバーの全てだ。しかも僕たちにはリングもないんだよ。何もかもまだ始まったばかりなんだ。それでも取材したいの？」

鴨子は助けを求めるような眼差しで桃を見た。

「悪魚（アルユイ）兄さんの言いたいのは、つまり……」桃は補足しようとしたが、徐文二に再び遮られた。

「外でリングネームを呼ばないでくれよ。つまり、僕たちはまだ何も準備ができていない。いま取材を受けても、何も出せるものはないし、君にも悪いよ」

「『アルユィ』って？」

「徐文二兄さんのレスラーとしての名前だよ」桃がふてくされたように言った。

「リングネームか、なるほど」鴨子は、いつの間にかノートを手元に出していた。「じゃあ、あなたを取材するのはいいですか？」

鴨子はノートに「二魚（アルユイ）」と走り書きし、その前に大きなクエスチョンマークを書いた。

「悪魚、だよ。邪悪の悪」徐文二は鴨子のノートの書き間違いを指差した。「量販店でテレビを売ってる店員を取材したいの？」

「違います。レスラー悪魚としてのあなたを取材したいんです」鴨子は誤字の上に線を引いて消し、書き直した。

閑散とした平日の午前、どうやら客も来なそうだ。

「わかった。取材じゃなくて、おしゃべりってことにしよう。でも、お客さんが来るまでだよ」徐文二はまた頭を掻いて言った。

「何か飲む？　下のスーパーで買ってくるよ。すぐに戻るから」

●

「徐文二は？　あなたたちをおいてどこに行っちゃったの？」

李愛芝が寄ってきた。徐文二が途中で放り投げた仕事を片付けたようだった。

「飲み物を買いに行きました」桃が言った。

「本当に女子の練習生がいるんだ？　うちの旦那がそう言ってたけど、また適当なこと言ってるんだと思ってたわ」「旦那さんですか？」「そう。うちの旦那もプロレスファンでさ。会社の忘年会で徐文二と会って、お互いにプロレス好きってわかって、盛り上がってた。ときどきパジロの練習を見に行ってるよ」「ああ、石灰兄さんの同僚の人でしょう？　石材工場で働いている」「石令堅（シー・リンジェン）のことだよね。彼は作業員のマネージャーで、うちのは警備員やってる」「そうなんですね」「あなたのブーツとても素敵だね。試合の時に履くやつ？私も新しいブーツ買ったばかりだけれど、勤務中は履けないんだ」

　鴨子は、李愛芝の胸のネームプレートをちらっと見て言った。「愛芝さん、ここの仕事、面白そうですね」

「なんで？」

「テレビがたくさんあって。勤務中見てていいんでしょう？」

「ハハハ、もう見飽きちゃったよ。自分が見たいチャンネルに変えることもできないし。ほら、テレビは徐文二と私の二人で担当してるからね、お互いに協力もするし、競争もするのよ。ちょうど壁二面にテレビが並べてあるからさ、こっちの側のテレビのチャンネルは私が決めて、あっち側は徐文二が決めてる」李愛芝は並んでいるテレビの方を示して言った。

「スポーツチャンネルを流している方は、徐文二兄さんの担当でしょう？」桃が聞いた。

「そうよ。さすがにプロレスは流せないけどね。お客さんに変に思われるし、プロレス番組やってるテレビ局は画質良くないからね。私の担当の側は、ぜんぶネイチャーチャンネルに固定してるの。動物のきれいな映像を観て、テレビ買いたくなるお客さんも多いからね」

　テレビの画面には、数頭のヒグマが川辺で鮭を捕るシーンが映し出されていた。色彩にあふれた映像は、テレビを観ていることを忘れさせるほどの鮮明さで、ヒグマの鼻の頭できらきら光っている水滴のひと粒ひと粒を数えることができるほどだった。ただテレビは全て、消音設定にされていた。

「僕の悪口言ってた？」

徐文二が無糖緑茶のボトルを三本持って戻ってくると、李愛芝はその一本を抜き取った。

「ちょっと、それ僕のだよ」

「段ボール箱片付けてあげたお礼にもらっておくよ。なんでもう一本買ってこないの？私、裏で在庫チェックしてるから、何かあったら呼んで」

徐文二は緑茶を桃と鴨子に手渡し、苦笑しながら李愛芝を見送った。視線はそのまま、数十台のテレビで構成された壁に留まった。もちろんスポーツチャンネルの側だ。

スポーツチャンネルでは、米国メジャーリーグ百年史の回顧番組をやっていた。さまざまな野球のモチーフで彩られたセットを背に、アンティーク風の装飾を施された大型の長机を前にして、スーツ姿の男性が四人座っている。ネームプレートの文字を見ると、彼らはそれぞれ、球界の伝説的選手、ベテラン記者、著名な野球評論家、それにテレビ局の看板キャスターであることがわかる。ある歴史的事件の映像が流れ、メインキャスターとゲストが順番に事件についてのコメントを述べた。字幕はないのか。音声が聞けたらな。徐文二は思った。

俯瞰カメラが、上空からゆっくりと球場を撮影していく。試合は通常通り行われているように見える。しかし観客席は空っぽだった。ワイヤー式カメラか、ドローンで撮ったんだろうな。この時、ドローンが使われていただろうか？　徐文二は覚えていない。字幕が出た。

二〇一五年四月二十九日。ボルチモア・オリオールズのホーム球場カムデン・ヤーズで行われた試合。スタジアムの四万五九七一の座席には、一人の観客の姿もなかった。試合はオリオールズが、ビジターのシカゴ・ホワイトソックスを八対二で下した。本来の日程では、オリオールズはこの後、ホーム球場でのタンパベイ・レイズとの三連戦が予定されていたが、これもフロリダ州にあるレイズのホーム球場トロピカーナ・フィールドで、オリオールズの主催の形で行われることに変更された。

徐文二はもちろん、当時の事情を知っている。その年、ボルチモアで警察が一人のアフリカ系男性を逮捕した。逮捕・勾留の過程で、警察の過剰な対応により、容疑者が死亡した。激怒した群衆は街に繰り出して抗議の声を挙げた。事態はその後、暴動に発展し、市長により夜間外出禁止令が発令された。メジャーリーグ機構は、この試合をメジャーリーグ創立以来、初めての無観客試合として開催することを決定した。

「徐文二兄さん、真剣に見すぎ」桃が徐文二の目の前で手を振った。

「なんで観客がいないの？　イベントか何か？　それか、練習とか」鴨子も、テレビを見つめながら聞いた。画面は再びスタジオに切り替わり、ゲストたちがそれぞれにコメントを述べている。

「あの頃、君たちはまだ小さかったかな？」徐文二が向き直った。

「簡単に言うと、あの年、ボルチモアで暴動が起こったんだ。スケジュールをできる限り調整したけれど、この試合だけはどうしてもボルチモアで行わなければならなかった。予期しない事態が起こるのを避けるために、テレビ中継だけを入れて、観戦チケットは販売しなかった。メジャーリーグ史上初めての、観客がいない試合になった」

「中継を観たの？」

「いや。確か、台湾時間では明け方の試合だったから」当時、徐文二はまだ小城に帰ってきていなかったが、レスラーとして既にデビューしていた。

「君たちのようなお子様のために補足すると、当時、台湾人ピッチャーの陳偉殷（チェン・ウェイイン）殿もオリオールズにいたんだよ。だけど彼はこの試合とは関係ない」

「陳偉殷って誰？」

「なぁ、野球は台湾の国技だろ？　スマホに聞いてみなよ。すぐにわかるよ」徐文二は苦笑いしながら言った。

「それは後で調べるからさぁ、まずはプロレスの話だよ。始めてもいい？」桃は椅子をずらしてテレビと徐文二の間へ割り込み、ついでに鴨子の頭を摑んで正面に向けさせた。

「わかった。じゃあ、まず僕と台湾プロレスとの関係から話そうか」

●

僕は南部の大学に行った。小さい頃は、普通のプロレスファンで、大学に入ってからも引き続きプロレスを観ていた。

あの頃は今ほどネットが発達していなかったけど、プロレスファンなら必ずチェックする四つのサイトがあった。「レスリングの殿堂 Wrestling Palace」「日本武道館」「王道レスリング論壇——日本プロレス／台湾プロレス専門」、それに「レスリング図書館——普羅擂司（プロレス）論壇」だ。残念ながら、これらのサイトの多くはもうなくなってしまったけどね。

「レスリングの殿堂」はプロレス音楽をメインにしていて、サイト主は日本プロレスに関するメールマガジンも週刊で配信していた。「日本武道館」と「王道レスリング論壇」の内容も、日本プロレスに重点を置いていた。「レスリング図書館」は、サイト主が海外のプロレス情報を独自に翻訳して載せていた。どのサイトでも、熱い討論が展開されていたよ。いま、プロレスファンなら必ず見ている掲示板の「プロレス博物館」は、その頃まだ影も形もなかった。

二〇〇〇年の夏、誰かが台北でのオフ会を企画した。僕もわざわざ上京して参加したよ。いつもネットで目にしているアカウントの人たちが、実際にはどんな感じか、会ってみたかったんだ。参加者はみんな、いつもネットでしているやりとりをリアルの場にもちこんだことを、とても新鮮に感じていた。

会も盛り上がってきた頃、発起人の何人かが、台湾初のインディーズプロレス団体を設立すると宣言した。それが「台湾衝撃レスリング聯盟（れんめい）」、ＩＷＬだ。

ＩＷＬは最初は「Internet Wrestling League」の略だったけど、後になって「Impact Wrestling Love」に変更された。ＩＷＬは、いま僕たちが知っているようなプロレス団体というよりも、プロレスを熱愛する台湾人ファンの集まりみたいなものだった。日本とアメリカのプロレスの長年の薫陶を受けたファンたちが、自発的に始めた、台湾ローカルプロレスの誕生を願う草の根活動的なものだった。

翌二〇〇一年一月二十七日、台中市西区忠誠地区の区民センターで、二十一世紀初の台湾プロレスイベントが開催された。僕のスマホに、その時の対戦カードの記録をまだ残してあるよ。

21世紀初の台湾プロレス興行（IWL旗揚げ戦） THE BEST OF I.W.L. SUPER Jr.	
開催日	2001年1月27日
会　場	台中市西区忠誠地区区民センター
第一試合	30分一本勝負【開幕戦】 北斗炸弾　vs.　STONE-HOT
第二試合	30分一本勝負【無差別級決戦】 NBM俊賢　vs.　K.K.
第三試合	30分一本勝負【クラシック戦】- HOT NOAH殺意隆　vs.　レスリング大魔王
第四試合	30分一本勝負【デビュー戦】 邪淫王遺作　vs.　悪鬼嵐
第五試合	45分一本勝負【終極復讐戦】 HOT I.W.L　vs.　CLUB 3000 THE GREAT CROW　vs.　CLUB 3000判官
第六試合	時間無制限一本勝負【スーパークラシック格闘試合】 魔人Lankabu　vs.　殺人魔Jason
第七試合	60分一本勝負【無差別級決戦】 K-卡辛　vs.　破壊王
第八試合	16人時間差タッグバトルロイヤル 【出場順序】当日くじ引きにて決定
レフェリー	和田京平

懐かしいなぁ。あの頃、僕たちは今のパジロと一緒でリングを持っていなかったから、ジョイントマットと柔道のマットを敷いただけの場所で戦った。ずいぶん貧乏くさいよな。同じ年の夏、台北士林の三玉地区の区民センターで、二回目のイベントを開いた。ほら、これがその時の組み合わせ表だよ。それぞれの試合時間と、勝敗の決め技も記録してある。ちょっと本格的だろう？

さらに翌年の一月、IWLの旗揚げ一周年を祝って、三回目のイベントが行われた。この時になってもまだ、僕たちはリングを持っていなかった。笑えるだろ？ もし今なら、こんな状態でイベントなんかとてもできないけどね。

後になって、僕は「バックヤード・レスリング」という言葉を知った。アメリカの少年たちがプロレス番組を観た後、家で真似をしてやることを言う。世界最大のプロレス団体WWEが、観客やその保護者に向けて厳しく警告しているけど、毎年たくさん事故が起きている。でも実のところ、僕たちのあの頃やっていたことは、それとほぼ変わらなかった。正しいやり方も、場所も練習もなく、すべては若さと情熱だけでやっていた。事故が起きなかったのは幸いだった。

どうして僕の名前が対戦表にないかって？ この頃、僕はまだ「練習生」みたいなものだったから。当時は練習生制度も始まっていなかったけどね。何しろまだ大学一年生で、試合に出る勇気はなかった。選手の周囲をうろついてあれこれ手伝うだけの、熱心な雑用係といったところだよ。君たちも気がついたと思うけど、台湾のプロレスは日本のプロレスの影響を強く受けていて、用語なんかは日本語のプロレス用語をそのまま使っていたりするんだ。

二〇〇二年の夏、体の大きな選手がＩＷＬに参入した。彼のリングネームは安徳烈巨人（アンドレ・ザ・ジャイアント）。彼の協力とコネによって、僕たちはついにリングを使えるようになった。台湾プロレスの正式な発展が始まったのは、この時だろうな。

二〇〇三年から三年連続で、ＩＷＬはブラックメタルバンドの閃靈（ソニック）[*1]に招かれ、台北児童体育レジャーセンターで行われる「野台開唱」ライブに出演した。野台開唱への出演は、台湾プロレスの毎年恒例のイベントになった。台湾プロレスの主な団体のベテラン選手とスタッフは、ほぼこのイベントでデビューしたんだ。

台湾プロレスの活動の大部分は北部に集中していたから、僕ら南部のプロレス愛好者は、地元で練習場を探す必要があった。最終的に僕たちが見つけたのは、台南市体育パークの中、台南市立球場近くにある羅漢堂だった。正式名称は「羅漢堂国術推手訓練場」。まわりから「金水師匠」と呼ばれている李金水（リー・ジンシュイ）師匠が、一九七八年三月に創立した。ほら、これが羅漢堂の看板だよ。道場の周りにはソシンカがたくさん植えられていて、とってもきれいなんだ。

羅漢堂の大先輩たちから聞いた話だと、金水師匠は拳術と棍術が得意で、羅漢拳と鶴拳を専攻している。弟子は台湾全土に散らばっているそうだ。台南市の競技レスリングと推手の選手たちも、羅漢堂を借りて練習していた。場所を借りる相談に行った時、大先輩たちは、プロレスも武術もルーツは同じだ、と言って、すぐに承諾してくれた。若い僕たちが場所を借りに来たことを、世代を超えて切磋琢磨できる良い機会だと喜んでいるようだった。

もちろん僕たちには、そんな大先輩たちと力試しをする勇気はなかった。見た目は六十、七十を超えている老人だけど、トレーニングの時は、マシンの負荷を最大に設定して鍛えているような人たちだ。しかも、バーベル上げながら、隣の人と談笑してるんだよ。後になって僕たちは、このお爺さんお婆さんたちが、若いときはみんな国家代表選手だったことを知った。僕たちみたいな何の基礎もなく適当にやっている子供が、彼らに太刀打ちできるわけがなかった。

僕が羅漢堂で一番よくしゃべっていたのが黄昆興（ホアン・クンシン）先輩だった。国立体育大学の院生が先輩をテーマに論文を書いていて、よく教授と一緒に羅漢堂に来て彼を取材しているのを、いつもそばで聞いていた。民国五〇、六〇年代[*2]、先輩は、台湾省運動会の表彰台の常連だった。中国式レスリング、柔道、拳撃、中国空手など、参加した種目でことごとく三位以内に入っている。でも、先輩はいつも、「俺が一生かけても敵（かな）わない大先輩がいる」と話していた。

ある年の正月明けに、彼は一枚の年賀状を僕に見せてくれた。年賀状を手に取って、僕はしばらく言葉を失ったよ。年賀状の差出人は、「黄根屘（ホアン・ゲンマン）」*3だった。

一般の人はたぶん、黄根屘が誰か知らないだろう。でも、もし台湾プロレスの歴史について本を書くとしたら、黄根屘の名前は絶対にその一ページ目に記されるべきなんだ。

彼はかつて四度、プロレス世界選手権のチャンピオンベルトを獲得している。プロレスラーになる前には、国際的なボディビル大会で優勝したこともある。彼ははじめ、韓国に渡って、ある師匠に弟子入りした。日本の伝説的プロレスラー、力道山と同門なんだ。ということは、力道山の弟子にあたる近代日本プロレスの名レスラー、猪木選手と馬場選手の先輩と言ってもいいかもしれないね。何年か前、報道を見たよ。……これだ、当時、黄根屘はリングで「獅王（ライオン・キング）」と呼ばれていた。

韓国の後は、日本でも活躍した。香港や台湾のアクション映画にもたくさん出演しているよ。例えば、ジャッキー・チェンの初監督映画『クレージーモンキー 笑拳』、袁和平（ユエン・ウーピン）監督の『ドラゴン酔太極拳』、それから陳洪民（チェン・ホンミン）監督の『強中手（カンフー・インフェルノ）』*4とかね。僕はジャッキー・チェンのしか観てないけれど、映画の中ではジャッキーにあっさりやられる役だった。台湾に帰ってからは、幾つも武術協会を立ち上げたり、憲兵特殊部隊の武術教官をやったりして、生涯を武術の普及にかけている。七十歳を過ぎても肉体は頑健で、全世界に弟子と道場の支部が広がっている。いまでも台北の新荘にある「根屁健道館」で、師匠自ら弟子を訓練しているそうだ。

僕はついに、黄昆興先輩が言っている〝一生かけても敵わない大先輩〟が誰なのかを理解した。

僕は先輩に、この年賀状をもらえないかと頼んでみた。先輩はちょっと手を振って、どうせ毎年送られてくるから、これはあげるよと言ってくれた。

直接教えを受けたことはないけれど、黄根屁師匠は、僕たち台湾プロレスの後輩にとって精神的な導師のようなものだ。彼の偉業は、僕たちの希望だった。——かつて世界の頂点に立ち、誰よりも強かった一人の台湾人がいる。師匠は、近年の台湾プロレスの発展のことを知っているかって？　それはわからないな。でも、黄根屁師匠の存在は、僕たちにこう語りかけているように思える。お前らは永遠にアマチュアだ。永遠に努力が足りない。プロフェッショナルには程遠いぞ、ってね。

羅漢堂での練習も、そんなに楽ではなかった。広くはないし、半分露天みたいな構造だったから、雨が降ると水が溜まって練習できなかった。外を通る人やバイクから丸見えなのも、最初は慣れなかった。でも羅漢堂での練習で一番深刻な問題だったのは、やはりリングがないことだった。ロープワークは想像で練習するしかなかった。ロープに向かって走っていき、勢いに乗って身体を反転して背中でロープにぶつかった後、反動を利用して技を出す。または、反対側のロープへ走っていく。プロレスの最も基本的な動きの一つだ。リングがないとできない動きは他にもあった。受け身をとる時、身体を開いて背中を打ち付けるのは、薄い柔道マットではなくリングの上だと想像した。相手が向かって来た時、ロープを利用してどう反撃、あるいはどう回避するのか……、すべては想像に頼っていた。ただ、それ以外の時には、南国の太陽の下、羅漢堂で練習するのは楽しかった。ソシンカの樹影からこぼれる灼熱（しゃくねつ）の陽光に、滴り落ちた汗の雫（しずく）が光る。こんな爽快なことはなかった。

南部特有のおおらかさで、その後、新しく立ち上がったプロレス団体も、羅漢堂で一緒に練習するようになった。南部の最大の問題は、選手や練習生の出入りと、移動のことだった。練習生は、進学や就職で南部を離れるかもしれない。選手が北部の試合に参加する時の交通費も、大きな負担だ。僕自身、大学三年、四年の頃には、勉強が忙しくなって以前のようには羅漢堂に行かなくなっていた。

大学を卒業後、結局、僕も南部のプロレス界を離れた。というか、ある時期、台湾プロレスそのものとも疎遠になっていた。小城に戻って兵役に就き、除隊後は北部で就職したから、だいぶ間が開いたのだ。

そうやってしばらく経った後、台北市の信義中学の地下室にある柔道場に、プロレス仲間の阿華や他の仲間たちが練習しているのをたまに見に行くようになった。確か、二〇〇七年のことだ。その一年ほど前、彼らが「台湾レスリング聯盟（Taiwan Wrestling Taipei, TWT）」を立ち上げ、毎週日曜日の午後一時半から五時まで練習をしていたんだ。新しい練習生もたくさん参加していた。

僕のプロレス魂に再び火がついた。

重要なのは、僕たちはここでついに自分たちのリングを持てたことだ。もう他の人に借りる必要はなくなった。仕事のシフトの都合で毎週は出られなかったが、行ける時には必ず練習に参加した。

ここで練習を始めて何年か経った時、阿華が、僕を二〇一一年の団体結成五周年記念大会でデビューさせることに決めた。僕の三十歳の誕生日プレゼントにすると。みんなは、僕は台湾プロレス史上、最もベテランの練習生かもしれない、と言って笑ったよ。

ある日、長いこと会っていなかったプロレス仲間、石灰たちから連絡があり、二週間の休みが取れないかと聞いてきた。一緒に沖縄に行こうと言うんだ。僕は最初、沖縄なんて近いのに、どうして二週間も休みが要るんだろうと思った。でも、彼らにはずっと会っていなかったから、この数年、みんながどうしていたか知りたかった。

僕は上司に、売上報奨金を返上する代わりに休暇をとらせてほしいと相談した。その前の月、僕はテレビを十台売って、業績トップになっていた。でも上司は首を縦に振らなかった。職場のライバルである同僚たちも、僕に休みをあげてもいいじゃないか、でないと自分たちが売上を立てられないと援護射撃をしてくれたが、上司はやはり〝長すぎる〟という理由で休暇をくれなかった。

僕は電話で石灰とアパロに謝った。この時初めて、彼らが沖縄に行く目的は、「琉球ドラゴンプロレスリング」の十四日間の特別訓練を受けるためだと知った。彼らは新団体を立ち上げようとしていたんだ。

それならそうと、早く言ってくれれば良かったのに。僕がライバル団体の人間だから、秘密にしたのか？　でも僕はデビューすらしてないんだけど。もちろん冗談だったが、アパロは真面目な声で言った。もしそんなふうに思ってたら、最初から声をかけないよ。石灰と俺がよろしくと言っていたと、阿華に伝えてくれ。いつかリング上で会おうな。デビュー戦は必ず観に行くから。

今思い返すと、やっぱり沖縄に行かなかったことはすごく後悔される。もし行っていれば、僕は別の団体からデビューしていたかもしれない。

あの数年、ＴＷＴはすごく忙しかった。テレビの出演依頼もひっきりなしだったし、新聞や雑誌の取材も多かった。練習を丸一日つぶして全員が集まり、作家の史丹利（スタンリー）[*5]の新刊の企画に協力したこともあった。彼が体験入門に来たんだ。面白い人だったよ。この時のことは、彼のエッセイ『冒険してやる!!』に収録された。彼がつけそうなタイトルだよ。

その後、あるドキュメンタリー監督が相談に来た。僕たちを取材して、台湾のインディーズプロレスをテーマにしたドキュメンタリー映画を撮りたいという。その監督は鍾（ジョン）・権（チュエン）って名前なんだけど、カッコ良くて、監督というより本人が俳優みたいだった。

僕たちは映画のことは全くの門外漢だし、ドキュメンタリー映画というものについてはもっとわかっていなかった。大がかりな撮影クルー御一行が来るんだと思っていたら、実際には、監督一人がカメラを抱えて僕たちの周りをうろうろするだけだった。多い時でも助監督がカメラを回すか、さらにもう一人スタッフが来て撮影の進み具合を確認する程度で、以上、終わり。最後に一度だけ、撮影スタジオに移って、映画のオープニングに使うシーンをいくつか撮影した。この時もリングは僕たちが運び込んで、自分たちで組み立てたんだよ。何でも自分でやる。ドキュメンタリーってそういうもんなんだろう。

『正面迎撃』[*6]っていうのが、その映画のタイトルだ。だけど僕はその後、この映画を観直していない。出来はどうかって？　わからないな。

映画は、ロックスターの伍佰（ウーバイ）[*7]のインタビューから始まる。そもそも映画のタイトルも、彼がプロレスについてどこかでそう表現していた言葉からとったんだ。映画を観た人はみんな、良かったよって僕に言ってくれたから、きっとそうなんだと思う。もちろん僕はこの映画にメインで出ているわけではないけれど、すべて身近で起きたことだ。自分が生で経験したことを、スクリーンでもう一度観る勇気はないんだ。

ＴＷＴ五周年記念大会は、引退する隆老（ロンラオ）選手の送別イベントも兼ねていた。引退試合を終えた隆老選手に、満場の歓声が送られた。大会を撮影していた鍾権監督は、隆老選手のお母さんまで引っ張ってきて登場させたよ。この日のリングアナウンサーは、タレントの大炳（ダービン）*8さんだった。

え？　また君たちが知らない人の名前を出した？　彼のことは知っておくべきだよ。亡くなるのが早すぎた……。彼の最後の生徒になれたことを、とても感謝している。リング上で映（は）える表現の方法を特訓してくれたんだ。みんな、この映画が大炳の遺作だと言っているけど、あれだけ才能のある人の遺作がたった一本の映画だなんてありえない。僕たちが、大炳に教えてもらったことをリングで発揮していくことこそが、彼の遺作になるはずだ。僕はそう思っている。

五周年記念大会がその後どうなったかって？

うん。

あの夜、試合で事故が起きて、仲間の一人が救急車で運ばれた。命に別状はなかったけど、彼のリング生命はここで終わった。なんとかしてイベントを最後まで終わらせるために、その後の試合の流れはかなりの調整を迫られた。僕と阿華は救急車を追って病院へ向かった。阿華の試合はもう終わった後だった。

病院に着いた時、阿華は僕を見て、突然何かを思い出したようだった。

「あ！　お前のデビュー戦！」

まあ、いいよ。僕は言った。

あの夜に目撃したリング上の事故の衝撃は、僕の心に長い間、影になって残った。阿華は転職して、練習にあまり出てこなくなった。僕も練習に少し飽きてきていた。誰ももう二度と、僕のデビューのことを蒸し返さなかった。

その年、石灰とアパロが参加する新団体「新台湾プロレス（New Taiwan Entertainment Wrestling, NTW）」が立ち上がった。僕はときどき、NTWの練習場、内湖にある海天武道館に行ってみた。でも、石灰やアパロが練習するのを見ているだけだった。その後、『正面迎撃』が公開された。オープニングイベントでは、TWTがエキシビションマッチを行った。映画公開の翌年、二〇一四年に、TWTのメンバー何人かが離脱して、新しいプロレス団体「台湾極限プロレス（Taiwan Extreme Pro-Wrestling, TEPW）」を創立した。寂しくないかって？　世界各地のプロレス団体の歴史を見れば、こういうのはよくあることだってわかるよ。所属団体の将来について異なるビジョンを持つようになったら、それぞれの道を歩けばいい。新しい団体が、また新しい可能性を連れてくる。何も寂しいことなんてないんだ。

●

何年か経ち、そろそろ小城に帰って、歳をとってきた父母と一緒に暮らそうかな、という思いが湧いてきた。そんな折、小城の支店で欠員があることを知り、転勤の希望を出した。この時、僕は突然、小城でプロレス団体を作ってみたらどうだろう？　と思い立った。

所属団体の方向性に疑問を抱いたわけでも、世代間のギャップに悩んだからでもない。台湾東部には、今までプロレスの拠点がなかった。僕に残されたリング生命と体力を、小城に属するプロレス団体に賭けてみようと思ったんだ。

参加する可能性のあるメンバーは、小城に戻って実家の石材工場を継いだ石灰、地元の村に帰って小学校で陸上の教練をやっているアパロがいた。同じく小城出身の阿華も、僕の計画を聞き、システムエンジニアの仕事はネット環境があればどこでもできるからと、すぐに参加を表明した。こうして僕ら四人が揃った。少ないけれど、かまわない。始めるにはこれでいいんだ。

僕たちは、この小城に属するプロレス団体を「パジロ小城レスリング（Pacilo Wrestling, ＰＣＬＷ）」と名付けた。

アパロが手描きでマークのラフ案を作り、阿華が以前ウェブサイト制作の仕事で知り合ったデザイナーに頼んで、デザインを完成させた。黄色いパンノキの実をモチーフにしたマスク。それをかぶったレスラーが歯を見せて笑っている。マスクの額には「０３８」の数字――小城の昔の市外局番だ。今ではもう二桁になったけど、僕たちはやっぱり三桁の局番になじみがあった。外周はスカイブルーの丸い枠で、枠の上に団体名が英文で載っている。

どうして「パジロ（パンノキの実）」を団体の名前に採用したか？　だって、それは僕たち四人が、小さい頃からずっと目にし、口にしてきた植物だったから。

他の都市で見かけるパンノキは、街路樹として植えられているものだろう。でも、小城の夕市や、溝仔尾（ガアベイ）の重慶市場では、農家が出す露店で、皮を削がれ、袋詰めにされたパンノキの実が売られている。買って帰ってジャコや排骨と煮れば、スープの出来上がりだ。夏になると、近所の家の庭先から焼け焦げた臭いが漂ってくる。小城人ならみんな知っている。パンノキの雄蕊（おしべ）を拾ってきて乾かし、焚いて天然の蚊遣（かや）りにしているんだ。

パジロは、つまり小城だ。そうだろう？　この土地に昔から存在していた名前なんだ。それを僕たちの団体名に借りただけだよ。

団体の最初のキャラクターも「パジロマン」だ。

もちろん、扮するのはアパロだよ。アパロはもともと覆面レスラーだったしね。阿華のリングネームは、飛び技が得意なスタイルを表現しつつ、小城ならではの雰囲気を加えて「小黒蚊(シアオヘイウエン)」*9を採用した。そして僕は、新しいリングネームに「悪魚(アルユイ)」を選んだ。リングに上がる前には、顔にペインティングをする。君たちは絶対に観たことも聞いたこともない古い映画『ウォーターワールド』の登場人物みたいに、両耳の下に魚の鰓(えら)を描き込む。「悪魚」は、〝コンクリートで封印された溝仔尾自由街の水路から来た〟っていう設定にした。自由街の水路が、シャンゼリゼ大通りという名前の駐車場に無理やり変えられてしまったことへの怒りを込めて。

僕たちは主港地区の区民センターを、土曜の午後と日曜の午前中に借り、練習時間にあてた。十数年前、台湾ローカルプロレスのＩＷＬが、台中市西区忠誠地区区民センターや、台北士林の三玉地区区民センターで練習をしたように、何もないところから始めたんだ。僕の同僚の李愛芝の旦那さんが、僕たちにとって初めての寄付をしてくれた。おっと、これは彼女に聞かれちゃいけないんだった。

僕たちは「プロレス博物館」に、「パジロ小城レスリング」の立ち上げ準備の告知を載せ、同時にスタッフと練習生を募集した。男子学生の兄弟が最初の練習生になった。それから、桃、君だね。

「徐文二兄さん、デビュー戦はどうなったんですか?」
「それは今から話すよ」

僕は、いくつかの団体が共同で開催した大会「台湾プロレスカーニバル」でデビューした。対戦相手は石灰だった。あの頃、僕のリングネームはまだ悪魚ではなかった。石灰は石灰だった。二日連続の野外イベントで、僕のデビュー戦は土曜日午後の第一試合だった。あの夏、大会の直前に中型の台風が台湾をかすめていった。幸い、金曜の夜には台風警報が解除された。僕たちは、試合スケジュールの調整や、中止の場合の対応策を準備していたけれど、警報が解除された今、試合を中止する理由はなかった。ネットでの告知も発表済みだった。

ところが当日、試合開始の十分前になって、急に雨が降り出し、すぐに土砂降りの大雨になった。台風が引っ張ってきた南西の気流の影響だろう。試合を中止するよう、みんなが僕たちに勧めた。観客だって、まだ一人も来ていなかった。

でも僕と石灰は互いの目を見てうなずくと、レフェリー役の選手を引っ張って、びしょ濡れのリングに上がった。リング脇の司会者が大声で対戦カードの選手紹介を読み上げる。そして力いっぱいゴングを鳴らす。「カーン!」試合が始まった。

メジャーリーグ百年史の回顧番組は、そろそろ締めに入っていた。三人のゲストとメインキャスターが、それぞれ歴史上の出来事についてコメントし、十大事件を選出した。ボルチモアの無観客試合は第六位に入った。ランクインしないと思ったよ。徐文二は言った。

メジャーリーグ、ボルチモア・オリオールズのホーム球場、カムデン・ヤーズ。四万五九七一の座席に、一人の観客もいなかったとしても、両チームの選手とスタッフを合わせれば、少なくとも六十〜七十人の人間がそこにいたはずだ。四人のアンパイヤと、テレビの中継スタッフも十人くらい、それに会場の守衛や、グラウンド出入り口のガードマンだっていたはずだ。「誰も観ていない」と皆が呼んでいる無観客試合も、実際にはそこに一〇〇人以上の人がいたはずなんだ。

僕と石灰の試合では、レフェリーは三分で音を上げ、リングから二十メートル離れた屋根のある場所に避難した。台風が去ったばかりの大雨の夏の午後、リングには僕と、対戦相手の石灰の二人きりだった。

遠くから見たら、きっと滑稽だったと思う。あれは僕が戦った中で、内容も出来も一番ひどい試合だった。僕たちは雨の中で十五分間組み合い、最後に石灰が大技「石灰喉輪落とし」を僕に繰り出した。足を滑らせて転びそうになるのを踏みとどまった石灰が、力いっぱい僕を押さえつける。リングの外からレフェリーが吠えるように三秒をカウントし、石灰がなんとか僕を下した。

石灰は、僕の右手をつかんで掲げ、もう一方の手で僕を指した。僕たちはリングの四方に向かって深くお辞儀をした。もちろん、そこに観客は一人もいなかった。でも、僕の最高の友達、石灰は、雨の中で僕に最高のデビュー戦をプレゼントしてくれた。僕は仲間に身体を支えられながら、リングを離れた。石灰の喉輪落としを食らった時、受け身が間に合わなくて、背中の筋肉を痛めたんだ。

この時、雨がやんだ。

これが僕のデビュー戦の話だ。

だからね、ボルチモアの無観客試合なんて大したことないんだよ。

ああ、喉が渇いた。パジロの話に戻りたいけど、飲み物もないし、ここまでにしようか。

その後のことは、桃、君もよく知っているからね。

＊訳注

1　閃靈（ソニック）

台湾のブラックメタルバンド。一時期、ライブに台湾ローカルレスラーのパフォーマンスを取り入れていた。ボーカルの林昶佐（フレディ・リム）は、二〇一六年一月の立法委員選挙で新政党「時代力量」から立候補し、当選している（その後、離党し、二〇二〇年現在、無所属で議員活動を続けている）。

2　民国五〇、六〇年代

西暦では一九六〇～一九七〇年代。

3　黄根旺

実在の台湾の武道家、格闘家。台湾の格闘技ファンの間で「台湾プロレスの父」とも称されている。「韓国で力道山と同門」「猪木選手と馬場選手の先輩」という部分については、台湾のプロレスファンの間で好んで語られるものであるようだが、当時の事実関係についての検証が現在は不可能であるため、台湾でもその言説の正確性に疑問を持つ声もあり、一種の「黄根旺伝説」と考えられている。

4　『強中手』

一九七三年公開（日本では未公開）の、陳洪民監督、倉田保昭主演による台湾のカンフーアクション映画。英語タイトルは「Kung Fu Inferno」。

5　史丹利

台湾の男性タレント、エッセイスト、インフルエンサー。熱血キャラを売りに、国内外で様々なジャンルのことに体当たり体験し、レポートする作風、芸風で人気。

6 『正面迎擊』

鍾権監督によるドキュメンタリー映画。台湾で二〇一三年公開（日本未公開）。台湾のインディーズプロレス団体「台湾摔角聯盟（Taiwan Wrestling Taipei, TWT）」に三年間密着し、団体のプレイングマネージャー藍面（Blue Mask）こと姜基禮（ソウルオリンピック水泳代表選手、アパレル業経営者）をはじめ、SE兼コンビニ店員の隆老、身体が小さくていじめられていた少年PAT、リングネームもそのまま「両津勘吉」を名乗る現役コスプレーヤー、生業が忙しくて練習に出られず他のメンバーと摩擦を起こす維力面など、メンバーのリング内外での人生の悲喜こもごもを記録した作品。

7 伍佰

台湾を代表するロックシンガー。プロレスファンであることでも知られている。

8 大炳

二〇〇〇年代に台湾のバラエティー番組などで人気のあったコメディアン。マリリン・モンロー、ホイットニー・ヒューストン、政治家の謝長廷（二〇二〇年現在、台北駐日経済文化代表処駐日代表）などのものまねを得意とした。薬物使用で何度か逮捕され、活動自粛と復帰を繰り返したが、二〇一二年、三十七歳で急性肺炎により逝去した。

9 小黒蚊

ヌカカの一種の吸血虫。花蓮、台東などに多く生息する。黒く、ゴマ粒よりもさらに小さい。刺されると非常に痒く、体質によっては、刺された脚や手全体が痛痒く腫れあがる場合もある。ふつうの蚊用の虫よけ剤は効かず、花蓮や台東のドラッグストアでは、小黒蚊専用の虫よけ剤が売られている。

テーブル、はしご、椅子

桌子、梯子、椅子 Tables, Ladders, and Chairs

男は、萬華駅ホールの待合席に座っていた。午後の駅はひっそりとしている。ここに座っている男は、以前の、上司に目をかけられているわけではないが、部下の信頼はそれなりに得ている旅行会社の主任に戻ったかのようだった。

駅は、昔ほど楽しい場所ではなくなったな。男は思った。

男をその業界に引き入れた先輩が、かつてこう言っていた。――旅行とは？ 客が、A地点からB地点へ楽しく移動する。B地点で、日常の生活で得ることのできない楽しさを感じる。そしてB地点からA地点へ楽しく帰り、最後に楽しい思い出が残る。これが旅行だ。楽しむべき四つの場所すべてで客が楽しんでくれれば、四つ星の旅行ということだ。

客が楽しんでくれて、より利益率の高い旅行代金を喜んで支払ってくれたなら、旅行会社も楽しくなって、楽しさは合計五つになる。これが五つ星の旅行だ。

会社の新入社員研修修了式の後に配られた配属希望用紙で、男は国内旅行部門にチェックを付けた。当時、成績上位の新入社員は、みな海外旅行部門を選んだ。親戚訪問ブームで盛り上がり、拡大を続ける中国大陸部門が二番人気だった。男は少数派だった。配属後、男は交通チケットの手配業務を担当した。一時期、宿泊予約業務もやってみたが、再びチケット手配部門に戻り、国内旅行部門のツアー開発マネージャーになるまで続けた。

開いた左の掌を台湾本島に見立ててルートを考えるのが、男の長年の習慣になっていた。右手の人差し指で中山高速道と第二高速道を描いてみる。汐止、新竹、彰化で三度交差するのを忘れない。そして鉄道。苗栗県の竹南駅と彰化駅の間で、海線と山線に分かれていることさえ覚えていればいい……。

男は、国内航空路線の全盛期を経験し、そして長距離バスの戦国時代になった。最後に高速鉄道大魔王が降臨して、国内航空路線をほぼ全滅させた。男はそんな時代をやり過ごし、チケット業務全面電子化の荒波もかいくぐって生き残った。もう「パソコン入力」を専門技能として履歴書に書くことができない時代になっていた。

かつて隣にあった中国大陸部門が拡大をはじめ、オフィスを二つ分ぶち抜いた規模から、フロアの半分を占めるようになり(男の部門は書類保管室の半分を供出する羽目になった)、最後には二フロアを独占するまでになったのを見てきた。親戚訪問ブームは去ったが、今度は対岸からの観光客がやって来た。会社は、表向きには国内旅行部門を残したが、所属する若い社員を他の部署へ異動させ、実際の業務はネット販売をメインにしている同業他社に下請けに出した。管理職は、すべて解雇した。男より数期遅く入社した副社長が、男の背中を軽くたたき、悪くない額の慰労金が振り込まれるはずだ、と伝えた。

「長年ご苦労でしたね。勇退と思えばいいじゃないですか。少し旅行でもしたらどうです？これからも社員割引を適用しますよ」

最後の一言は、明らかに嘘だった。社員の籍もなくなるのに、割引などしてくれるはずがない。男はもちろん納得がいかなかったが、それは決して、副社長が中国大陸部門の出身だからではなかった。

「新高山人材派遣」という銀色の文字が印刷された緑色のベストの若い男が、駅のホールに入って来ると、「はいよー、午後二時林口体育館、午後二時林口体育館、来なよー」と呼びかけながら、透明な資料ファイルを振り動かした。入り口近くにしゃがんでいた数人の女が身を起こし、男と同じくらいの年齢の男たちの何人かも、椅子から腰を上げた。男も、食べ終わったおでんの紙カップを椅子の上に置いて、若い男の方へ歩いて行った。若い現場担当者は、男たちの資料を一人ずつ確認した。男より数歳上に見える男性が、若い現場担当者に向かって何か尋ねた。

今日は一五〇〇元[*1]だよ。終わった後に体育館で配るから。俺に言っても無駄だよ。今は金持ってないんだ。先払いだ？　できるわけないだろ。むちゃ言うなよ。

若い現場担当者は皆を二組に分けた。男は一号車だった。皆は順序よく、駅の外に停めてある古いワゴン車に乗り込んだ。男たちの何人かは、乗る前に一服すると言ってきかなかった。

男は、もう初めての時のようにおどおどしたりしなかった。おとなしく従っていればよいのだ。目的地に着いたら指示通りに仕事を済ませ、金を受け取って、またワゴン車に乗り込み、駅まで戻ったらそれで家に帰れる。男は、これが一つ星の旅行でしかないと知っていた。最後に金をもらう時だけ、つかのまの楽しさを感じられるかもしれない。

車は、亀山と林口の境の山道を進んでいき、男が卒業した大学の裏門の前を通過した。そこに通ったのは、もう何百年も前のような気がした。

男は以前、車を運転していて、大学正門前の道で渋滞に巻き込まれたことがあった。記憶ではもう十年も続いている地下鉄工事のせいで、新荘地区の中正路もいつも渋滞がちだった。三十分かけてようやく新海橋に上がり、橋を渡れば台北県立葬儀場だ。男はここで大学の同級生と一緒に、初恋のガールフレンドの告別式に出席した。何の癌が彼女をこんなに早く連れ去ってしまったのか、結局わからずじまいだった。男は、あやうく式に間に合わないところだった。あの頃の思い出に浸ろうと、大学の門の前を回ってみたりしないほうがよかったかもしれない。彼女の夫と息子、娘が、男に向かって頭を下げた。麻布の喪装を羽織った娘は、若い頃の彼女によく似ていた。男は振り返って、大判の彼女の写真を仰いだ。君のことを悼む親戚や友人がこんなにいるよ。ずいぶん不公平だな。次回があるのなら、環河高速道路経由で来よう。男は思った。

ワゴン車は、林口体育館裏の駐車場に着いた。タクシーが続々とやって来ていた。すべて空車だった。体育館の後ろには、運送会社の社名が書かれた大型車両が何台か停まっていたが、何を運ぶためかわからない。男がこの場所に来るのは初めてだった。ここは国立体育学院の体育館だったはずだ。いつの間に国立体育大学に名前を変えたんだろう。

陳(チェン)さんが、もう一台のワゴン車から降りてきた。陳さんは、男がこの仕事で何度か一緒の現場になり、唯一、おしゃべりを交わす〝同僚〟だった。陳さんが男に軍手を一組手渡した。

「あいつらに何運ばされるかわかったもんじゃねえよ。軍手はめてたほうが無難だぜ。うっかり手を怪我しちまったら、金も稼げねえよ」陳さんは軍手をはめたままタバコに火を点けた。

「ありがとう」

「かまわねぇよ。そいつはやるよ。何かのついでに一組返してくれりゃあいい」

男は軍手をはめた。若い現場担当者が、皆に集合をかけた。

太った女が、若い現場担当者に今日の仕事内容を尋ねた。年輩の男は、体育館の中で何の催し物をやっているのかと聞いた。「ガイジンのプロレスだ」現場担当者が言った。アメリカからガイジンがやってきてプロレスを観せるんだ。俺たちは会場の片づけをやる。一台目の車で来た組は、試合スペース周辺の片づけを担当、二台目の組は客席をやってくれ。あ、気を付けろよ。試合スペースにはプロレスをやるリングがある。リングは俺たちとは関係ない。絶対に手を触れるなよ。ガイジンの作業員が自分で片づけるから、何があっても触らないでくれ。

てっぺん禿げの男が手を挙げた。試合スペースには片づけるものなんてないんじゃないか？　そうだ、そうだ。二台目の車で来た皆が口々に文句を言った。現場担当者は持っていた資料の束を掲げて言った。

「騒ぐなよ。ガイジンがくれた資料に書いてあるぜ。最後の試合はテーブルと、椅子と、金属のはしごを使って戦うやつだ。試合スペースの片づけが楽だとか思うなよ！」

体育館の中で大きな歓声が沸き起こり、続いて拍手に変わった。裏口にいた外国人が、若い現場担当者を手招きした。現場担当者は、配っていた掃除道具とビニール袋を陳さんに引き継ぐと、小走りに駆けて行って外国人と何か言葉を交わした。男は、トイレットペーパーが入っていた段ボール箱をカートの上に乗せ、大きな黒いビニール袋をかぶせて、しっかりしたゴミ箱を作った。現場担当者が、体育館に入るよう、皆を呼んだ。

男がカートを引き、列について体育館の入り口から入ろうとした時、目の前に、いままで見たこともない巨大な人影が出現した。最初に出てきた外国人が手で男を遮り、止まれと合図した。その外国人にガードされるように、さらに身体の大きな外国人が十人ほど、ぞろぞろと体育館から出てきた（そのうちの一人はマスクをかぶっていた）。彼らはそれぞれスポーツバッグやバックパックを背負い、大きなタオルを頭からかぶっている者もいた。スタッフらしき何人か（スタッフの体格はほぼ普通のサイズだった）が、スーツケースを押したり引いたりしながら、巨大な外国人に遅れないようについていった。男の英語力は大したことなかったので、巨大な体格の外国人が、マスクをかぶった少し小柄な外国人に向かって「ビール」とかなんとか言っているのが聞き取れただけだった。一行は、待機していたタクシーに乗り込んだ。

あれがプロレスラーというものだろう。まったく奇天烈な外見である。男は、試合スペース内のリングの近くへ、カートを引いていった。

まだ試合スペースの柵に身を乗り出して写真を撮っている者も少なくなかったが、大部分の観客は帰り支度をしていた。観客のほとんどは若者だった。男がもし、適齢期に結婚していたら、今ごろこのくらいの年頃の子供がいただろう。外国人の顔が大きくプリントされたTシャツを着ている若者や、手描きのポスターを持っている若者もいた（比較的よく描けているポスターには、サインが入れられたようだった）。マスクをかぶった少年も何人か見かけた。さっきすれ違った外国人がかぶっていたものと同じデザインのマスクだった。

リングは、男が想像していたより大きかった。外国人のスタッフによって、すでに半分くらい解体されていた。スキンヘッドの外国人が箒（ほうき）を持ち、リング上に散乱する裂けた木片のようなものを、リングの外へ荒っぽく掃き出していた。男の同僚が、床に落ちているパイプ椅子を指さした。普通の折り畳み椅子で、半開きの状態で倒れ、よく見ると背当ての部分が少し凹んでいた。これも捨てるのか？　男がしゃがんで椅子を拾おうとした時、横から伸びてきた毛むくじゃらの腕が椅子を奪った。外国人が男に手を振って見せ、試合スペースのあちらこちらに落ちていた三脚のパイプ椅子を裏へ持ち去った。

はしごは？　女の同僚が尋ねた。もうさっきの外国人が持って行っちまったよ。別の同僚が答えた。ふつうの脚立みたいなやつだったよ。あれで人を殴るんだろ？　くわばらくわばら。でもなあ、ガイジンはずいぶん軽そうに持ってたぜ。何か小細工があるのかもしれんぞ。

「ぺちゃくちゃしゃべってないでさっさと動けよ！」若い現場担当者が、二階の客席から怒鳴った。

金属がぶつかる音が響いた。太った女が、折り畳みテーブルの脚の半分のようなものを、段ボールのゴミ箱に投げ入れていた。外国人作業員は、リングを骨組みが見えるところまで解体し、あとは白いペンキを塗った太い金属の柱を四隅に残すだけになった。リングを囲んでいたロープは、巻き取られて柱の傍に置かれていた。ロープは、男の腕の一番細い部分より少し細い程度の太さがあった。

男は腰をかがめ、床に落ちていた木のかけらを拾い上げた。これはたぶん、テーブルなのだろう。テーブルをどうやって凶器に使うのか。男は、掌よりも少し大きいくらいのその木片を、体育館の照明に照らして、よくよく観察してみた。薄くはないが、老眼鏡を掛けていない目では木目はよく見えなかった。無垢の木であるはずはない。ベニヤの合板だろう。

「なあ、おっさん、なあってば！」男が声のする方を見ると、マスクのイラストの描かれた上着の若者がいた。

「なんだい？」

「そのテーブルの破片、俺に一個くれない？」若者は、男の手の中の木片を指さした。

「これをか？　外国人が何と言うかなぁ」

「だいじょうぶだよ。どうせ捨てちゃうんだろ？　一個くらいかまわないじゃん」

男が振り返ると、外国人作業員は、二人がかりで白い柱を運び出していくところだった。

男が上を見ると、二階にいる現場担当者は、腰をかがめてゴミを拾っていた。男は、手の中の木片を若者に手渡した。

おっさんありがとう！　若者は嬉しそうに木片をバックパックにしまった。

「なあ君、ちょっと聞いていていいか？　テーブルをどうやって使うのかな？」

「組み立てておいて、そこに相手を投げ落とすんだよ。コーフンするぜ！」若者は身を翻して去ろうとした。男はまた聞いた。

「プロレスはいったいどこが面白いのかな？」

若者は男を見て、笑いながら言った。

「肉体を使って、しびれるシーンを表現するところだよ。おっさんにはわからないぜ。たぶん、あんたは気に入らないと思うよ。ありがとうな。バイバイ！」

若者の笑顔は、男に会社の副社長のことを思い出させた。

帰りの車内の雰囲気は険悪だった。若い現場担当者は、ガイジンが約束を破りやがった、来た人数が多すぎるって一人一二〇〇元に値切られた、と言った。てっぺん禿げがかみつくと、現場担当者が言い放った。文句があるなら金を受け取ってここで失せろ、自分で何とかして帰るんだな！　てっぺん禿げはしぶしぶ車に乗った。男は心の中で、今後、この仕事でてっぺん禿げの姿を見ることはないだろうな、と思った。帰り道、太った女はしきりとため息をつき、この歳になってガイジンにバカにされるなんてねぇ、とぶつぶつ言い続けた。他の者たちも声を落として同調した。

男のシャツの胸ポケットがわずかに膨らんでいる。入っているのは、テーブルの破片だった。若者にあげたものより少し小さい。三〇〇元で記念品を買ったことにしよう。悪くない。

●

男は金に困ってはいなかった。ただ、この歳で失業したことを受け入れられなかった。会社員人生を通してずっと、中途半端な下層管理職をやってきた。景気が悪いのに加え、年齢がハードルになった。能力は言わずもがな。男が転職できる仕事は見つからなかった。独り身の唯一の利点は、自分一人を食わせればいいことだ。借金もなく、両親ももうだいぶ前に一緒に納骨堂に引っ越している。退職後、男は車を売り、三か月ほど失業者をやってみた。日に三度の食事を一度にし、夜はテレビを観ながらうつらうつらして、気が付くと翌日の午後になっていた。

ある日、男は鏡を見て、長いこと染めていない髪が、灰色と白の混じったぼうぼうの雑草のように伸びている自分の姿に驚いた。こうやって無為に過ごしていてはいけない。男は新聞の求人広告に載っていた人材派遣会社に電話を掛けた。

男が年齢と身体の状況を告げると（健康状態については、〝実年齢に比べて優れている〟と少し嘘を言った）、電話の向こうで、女性の声が優しく尋ねた。では、重労働、中程度労働、軽労働のうち、どこまでをご希望ですか？ ——（この時、男は正直に言わざるを得なかった）軽労働で。しかし、男はもっとも一般的なチラシ配りの仕事は断った。大勢の人に会うような仕事は考えてなかった。また、台北市内での仕事はできるだけ避けてくれるようにも伝えた（男は後に、人材派遣業者は県や市ごとにあり、こんな希望は伝えても無駄だったことを知った）。結果、残ったのは、あちこちの会場での後片づけや、準備の仕事だった。多い時でも、働くのは一か月に十日程度だった。

あと二か月もすれば、旧暦の七月、旅行業界のオフシーズンだった。男はいつも、この時期に有給休暇を取ることを、毎年度の始めに決めていた。そしてこの時期にだけ、兄のことを思い出した。兄が家を出て、もう三十年にもなる。家を出たと言っても、実際には警察に連行されていき、二度と戻ってこなかったのだ。通報したのは実の母親だった。

今の大学の欠員率から想像できない程度には、大学の合格率が低かったあの時代に、男は新荘にある私立大学に合格した。だが、家族は祝ってくれなかった。三年前、男の兄が南海路の男子高校[*2]を卒業し、公館にある公立大学[*3]に進学していた。息子に対する一家の期待は、その時に使い果たされてしまっていたのだ。

兄は、離島での二年間の兵役を終え、就いた初めての仕事を半年で辞めた。男の青春期に巨大な暗影（あんえい）を投げかけていた優秀な兄は、以来、自分の部屋に引きこもる怪人物になった。母親は日に三度、兄の部屋のドアの前へ食事を運んだ。

軍の仕事で家を空けていた父親が年越し前に帰ると、ドアを蹴破って無理やり兄を引きずり出した。父親と兄は、もつれるように茶の間で取っ組み合った。男には、髪も髭も伸び放題に伸びた兄が、まるで別人のように見えた。かつて祖父の書斎を飾り、父親が大陸から大事に運んできた花瓶が落ちて割れた。母親が警察を呼んだ。三十年近く前の大晦日の夜だった。

その後、兄は精神疾患と診断され、父親がコネで手配した東部小城県にある栄民総医院の璞石閣（プゥシーゴー）分院に送られた。それ以来、兄が璞石閣[*4]を離れたことはなかった。最初は、年越し前と兄の誕生日前の年二回、母親と男が南下して兄を見舞った。父親は一度も行かなかった。母親が歳をとってからは、男が一人で兄を訪ねた。回数も年一回になった。両親が前後して亡くなってからは、気が進まない仕事をやっつけるかのように、男は仕事の暇なこの時期に、璞石閣行きの日程を設定した。縁起が良い月ではない[*5]ことは、さして気にしなかった。

男は、母親が兄に会うたび、この半年間にあった些末（さまつ）なあれこれをくどくどと話していたのを思い出す。数年の後、幾度もの診断を経て、兄は最初に入ったリハビリ病棟からリカバリーホームへ移った。入院した当初、兄は、長いことうなだれたままで口をきかなかったが、次第に簡単な返事をするようになり、完全ではないが意味はとれる話ができるところまで進歩した。電話を掛けることも再び覚えた。だが、父親は一度たりとも兄と話さなかった。母親は、兄との面会を待つ間、毎回必ず男に言った。お兄ちゃんに会いにここに来るのは、今回が最後だよ。お兄ちゃんはもうすぐ家に帰れるからね。――だが、そのことは母親の目の黒いうちには起こらなかった。

男は、大学四年生の年、突如、次男から長男に格上げされた。それ以来、兄が回復することを願っているが、その実、自分の中のある部分では、兄の帰宅を望んでいなかったことも認めざるをえない。父親が、口には出したことはないが、この息子はもう不要であると態度で示していたように、兄も、もうこの家を必要としていないことを、男は深く感じ取っていた。

一人で兄を訪ねるようになってから、男は、仕事の悩みや中年の生きづらさについて、兄に話しはじめた。多くの場合、兄はうすぼんやりと笑っているだけで、何か言葉を返すことはなかった。だがこうした反応こそが、男が必要としていたものだった。何のてらいも気兼ねもなく、思っていることをすべて吐き出した。

失業して以来、男は、兄を訪ねる日を心待ちにするようになった。実際には、男は今すぐにでも行くことができたのだが、やはり以前と同じペースを保つことが、良い選択であるように思われた。

●

男は、木片をデスクの上に置いた。体育館の若者は、プロレスのことを何と表現していた？「肉体を使って、しびれるシーンを表現する」——いったいどういう意味だろう。テーブルが、どうやったらリング上の凶器に変わるのか。男は、めったに使わない家のパソコンを開き、調べてみようとした。だが、何から調べていいかもわからなかった。阿華（アファ）に聞いたほうがいいだろう。

ＩＴ機器は、男の人生と価値観にかなり後になって入り込んできた宇宙からのテクノロジーだった。会社にいた時は、まだ口頭で指示を出すだけで済んでいたが。あの頃、男が住む集合住宅にネット回線が導入されることになり、男の住むフロアを担当した技術者が阿華だった。当時、彼はまだ情報系学部の大学生だった。男は阿華と雑談を交わすようになり、作業が終わる頃には、彼に自宅用のパソコン選びを頼んだ。そのパソコンはその後、何度も使われないうちに時代遅れになってしまったが。

二年後、会社がチケット予約業務を電子化することになり、男は阿華に連絡をとってアドバイスを仰ごうとした。阿華が既に独立し、自らワークスタジオを立ち上げていたことを知ると、会社に彼を推薦した。阿華とその友人のエンジニアの何人かが、会社の初期のチケット予約システムの構築と管理を請け負い、それは会社が自前でＩＴ部門を設立するまで続いた。男と阿華は、歳の離れた友人となった。いくつも歳下の弟のようなものだった。

男は、散らかったデスクをきれいに片づけ、ようやく阿華の名刺を探し出した。

「おやじさん、どうした？　パソコンまた壊れた？　当ててみようか、前回開いたのはいつだよ？」

「よせよ。ここ数か月はかなり使っているんだ。壊れてなんかいないさ」

「今年、最新のに換えたばかりだからね。そんなすぐには故障しないよね」

「そうだった。礼を言うのを忘れていたよ。届いてからずっと管理室に置かれていて、だいぶ経ってから取りに行ったんだ」

「いいんだよ。紹介してくれたホテルチェーンの案件のお礼だよ。あれでかなり儲かったんだ。夜に電話してくるなんて珍しいね。九時には寝るのかと思った」

「俺がもうくたばってて、屍を拾いに来てくれと夢枕からかけてきたとでも思ったか？……なぁ、プロレスに詳しいか？」

「え、プロレス？」

「そうだ。男が裸になって、リングの上で……」

「俺に聞いてくれて大正解だよ！　俺、プロレスファンだぜ! しかもふつうに詳しいどころじゃなくて、スーパー・プロレスファンだぜ! 先々週も、友達と一緒に林口にアメリカン・プロレスの台湾興行を観に行ったばっかりだ」

プロレスは、そんなに若者に人気があるのか？

阿華が男に教えた。そうは言っても、プロレスはかなりマイナーな趣味だよ。どうやって追いかけ始めるのがいいのか、男が聞いた。阿華は男をまたちょっとからかった後、「プロレス博物館」という掲示板と、「F.C.Styleはプロレスファン」というブログの名前を挙げた。男は紙とペンを用意し、メモするからアドレスを読み上げてくれと阿華に言った。

「メモ？　いつの時代だよ。メモなんかするなよ。リンクを転送するよ。会社のメールに送ればいいよね？」

「会社のメールアドレスは、もう使えないんだ」

「え？」

男は、ちょっと事情があって、もう旅行会社にはいないのだ、と阿華に告げた。だが体育館と人材派遣会社のことは黙っていた。阿華は、電話の向こうですぐさま男のために新しいメールアカウントを作り、男にパスワードを伝えた。二つのサイトのリンクも、新しいアドレスに転送してくれた。

「阿華、ありがとうな。本当に」

「おやじさんにはずっとよくしてもらってたんだ。こんなの大したことないよ。新しい趣味を始めるのは悪くないよね。プロレスは面白いよ」

「うん。今度、飯を食おうな」

「もちろん。でも、俺に奢らせてくれよ」


それからの数週間、たまに派遣の仕事をやる以外は、男は空いた時間をすべてパソコンの前に座り、ネットを見ることに費やした。両手の人差し指でとつとつとキーを打つことしかできなかったが、男は既にかなりの数のプロレスに関する文章と、動画サイト上のプロレスのハイライト動画を観ていた。特に「F.C.Styleはプロレスファン」の、「プロレスとは何か」カテゴリーの文章で、男はプロレスに関する初歩的な知識をかなり得ることができた。

「プロレス博物館」掲示板のしくみや使い方は、男にとってはまだ難解すぎたが、その中の「台湾プロレス区」というカテゴリーには興味を持った。ここで初めて、台湾にもローカルのプロレス団体がいくつかあることを知った。ただ、試合を観るには、数か月に一度開かれる定例イベントを待つしかないようだった。男はさらに、実は阿華自身がレスラーとして活動していることを発見した。おやおや、阿華のやつ、うまくとぼけたものだよ。男はときどき、プロレス博物館の「プロレスQ&A区」を見ることもあった。ここでは、いわゆる「管理人」が、プロレスに関するありとあらゆる質問に答えていた。この管理人はきっと、心からプロレスを愛していて、かつ相当の忍耐力のある人間なのだな。男は思った。

男は掲示板で、台湾のいくつかの団体が合同で開催する「台湾プロレスカーニバル」という催し物のことを知った。たくさんの掲示板メンバーが、メインイベントの「団体バトルロイヤル」について熱心に討論していた。男はいままでは、メインイベントというのは、プロレス大会での一番重要な試合のことで、多くは大会の最後に行われ、宣伝の目玉となるもののことだと知っていた。ということは、あの外国人のTLC戦（テーブル、はしご、椅子の英語の頭文字をとった命名だった）は、あの日のメインイベントだったということだ。やはり、内容の激しいものが、目玉になるということだろう。

男は、あの日の林口体育館の試合に関する投稿を、掲示板で探して読んだ。アメリカから来た世界最大のプロレス団体、WWEの興行だということがわかった。男は写真を見ながら、あの日すれ違ったレスラーたちのことを思い出し、記憶の中の一人ひとりの様子と名前を結び付けようとしてみた。

台湾プロレスカーニバルのチケットは、二日間通しで五〇〇元だった。男は心の中で計算してみて、プロレスというのは、やはり本業にはできなそうだな、と思った。一方、WWEの台湾興行は、一番安い二階席のチケットが一〇〇〇元で、リングかぶりつきの席は五八〇〇元だった。男は体育館がほぼ満席だったことを思い返し、外国人に日給を値切られたことに少し腹を立てた。だがすぐに、あの若い現場担当者が皆の給料の上前をはねたのではないとは言いきれないな、と思い直した。後者の可能性のほうがかなり高かった。

台湾プロレスカーニバルのポスターは、なかなか魅力的だった。既にすべての対戦カードが掲示板で公開され、宣伝されていた。男の目が、一日目の第一試合で留まった。それは台湾人の平均からすると相当に筋骨逞しい男子で、「石灰」というリングネームだった。石灰の対戦相手は、大きな赤いクエスチョンマークが載った人の形の黒い影だった。この対戦は「謎の新人デビュー戦」というふれこみで、土曜日午後一時半の試合開始だった。男は心の中でこの試合にチェックを付けた。失業中の駆け出し中年プロレスファンは、この台湾人の新人レスラーを応援することから始めよう。

イベントの会場は新しく整備された文創園区で、野外での試合だった。男の家からはバスで行けるが、途中で一度乗り換えが必要だ。男は、カレンダーの二週間後の週末を丸で囲んだ。プロレスファンとしての初体験が楽しみだ。

その週、中型の台風がまっすぐ台湾に向かってきた。最終的には進路を変えて直撃はしなかったが、激しい風と雨がもたらされた。台風警報は金曜の夜にようやく解除になった。男の家は二回停電した。電力が回復した時、男は急いで台湾プロレスカーニバルが中止や延期になっていないか、確認した。どうやら当初の予定通り開催されるようだった。

土曜日の朝、男は朝早く起床した。雨の降っていない朝だった。

男は十二時三十分に家の前からバスに乗った。四十七分に乗り換えのバス停に着き、五十分には次のバスに乗った。本来なら一時十五分ごろには文創園区に着くはずだった。数分後、急に大雨が降り出した。突然の雨は、それまでスムーズに流れていた交通をかき乱した。バス停はあと八つ。もう少し雨が弱ければ、男はバスを降りて歩いたかもしれない。だが、ほぼ台風並みの雨足が、男をバスに閉じ込めた。台風の尻尾だな。男は思った。

一時五十分、男はようやく会場に着いた。雨はその数分前に上がっていた。

そこには空っぽでびしょ濡れのリングがあるだけだった。スタッフと選手、数人のファンたちが、二十メートルほど離れた屋根のある場所で雨宿りをしていた。男は屋根の下に入り、チケットを買った。スタッフが、あなたは今日五人目のお客さんですよ、と男に告げた。男は、会場の整備にあとどのくらいかかるのか、スケジュールに変更はあるか尋ねた。スケジュールどおりです。リングは、あと十分くらいで試合ができる状態に回復できると思います。でも第一試合はもう終了しました。

——終わった？　はい。第一試合は終わりました。スタッフは、黒い布で覆われた一角を指さした。あそこが控室で、選手は中で休憩しています。選手のお知り合いですか？

いや、だが、私は第一試合を観に来たんだよ。

スタッフが、男を黒い囲いの方へ連れて行った。男は、囲いの外に立っているのが石灰選手だとわかった。実物はポスターで見るよりさらに逞しかった。石灰選手は、男と握手してあいさつした。新人のほうは？　男が尋ねた。おい新人、お客さんだ！　寝てる場合じゃないぞ、デビューして初めてのファンに顔を見せろよ。新人が、一歩ずつ足を引きずるようにして囲いの後ろから出てきた。両手を腰の後ろに当て、背中をかなり痛めているようだった。男は、彼に来意を告げた。

「今日は、君のデビュー戦を観るために来たんだ。少し前にプロレスというものを知って、誰か台湾の選手を応援したいと思った。でも、本当に申し訳ない、君の試合に遅刻してしまった」

「そんなこと言わないでください。本当にありがとうございます」新人は、苦しそうな顔でそう返した。

「試合はどうだったかね？」

「負けました。新人は、必ず負けるものですから。でも……」

新人は、男に向かって深く頭を下げ、男が一生忘れられない一言を発した。

旧暦の七月、男は小城の南にある小さな町、璞石閣に向かって出発した。

この数年、台湾西部の交通の発達は著しい。中央高速道と第二高速道の間には、東西を繋ぐ高速道路がさらに何本も建設され、緻密な道路網が形作られた。さらに高速鉄道にも新駅が増設され、西部全体が「日帰り生活圏」になることは、既に夢ではなく事実になった。一方、台湾東部に初めて伸びた高速道路、蔣渭水高速公路が、宜蘭を台北の新しい衛星都市に変えた。宜蘭の存在感は、低迷を続ける基隆をほぼ抜き去り、このまま東部に分類しておくことが適切かどうかもわからなかった。

男は、東部の交通が十年一日のごとくあるのを嘆かわしく思っていた。遅れてきた鉄道の電化。所要時間は短縮されたが乗客輸送能力は大幅に減退した車体傾斜式列車。[*6]「切符がとれない」「安心して乗れる鉄道にしてほしい」というのは、全ての東部住民の声を代表しているわけではないが、少なくとも小城市民の心からの声だった。だが、政府は東部の公共交通状況の改善には全く意欲を示さなかった。この地域は面積は広いが、票は少ないからだ。昔、小城に行くのには、恐ろしい鉄道遅延率が心配の種だった。今では鉄道遅延に加え、観光客との切符の争奪戦まで心配しなければならない。男は長年旅行業に従事してきた経験から、切符の予約システムの不備と弊害を知り抜いていた。

それでも男は、久々に旅行の楽しさを感じていた。瞬きするのも惜しくなる太平洋の風景、小城を過ぎて以降の車窓に広がる縦谷（じゅうこく）、海岸山脈と中央山脈の間の緑あふれる平野。車体傾斜式列車の切符が取れれば、台北駅迷宮の地底プラットホームから三時間以内に、小城南方の小さな町、璞石閣に到着できる。

男は、一年ぶりに兄と再会した。兄はいま、栄民総医院璞石閣分院付属の、精神科リカバリーホームにいる。ここには兄のような人びとが百人以上いた。彼らは璞石閣地域リハビリテーションプロジェクト[*7]により、昼間は町のガソリンスタンド、食堂、羊羹（ようかん）工場、農場、茶園、さらには学童保育施設などで働き、夜になるとホームに戻った。自分の銀行口座を持ち、自活している。地元の人でなければ、彼らがそういう境遇にあることに全く気が付かないだろう。

男は一週間滞在し、この半年に起きたたくさんのことを兄と話し合った。失業したことから始め、派遣で体育館の片づけをしたこと、そして男がプロレスファンになったというニュースまで。兄は、璞石閣名物の羊羹と、男が持ってきた木片を交換した。木片は、そもそも兄に贈ろうと思って持ってきたのだったが。

話し合ったといっても、しゃべっているのはほぼ男のほうだった。兄は、普通の人と変わることなく日常生活を送っているようだった。三十年来の治療の効果なのか、それとも、同じことを三十年毎日繰り返せば、おおよそのことはできるようになる、ということなのか。

ある夜、兄と向かい合って座っている時、男はついに勇気を出し、兄に聞いた。

もう、台北の家には帰らないのか？

兄はとても苦しげな表情になった。ずいぶん経ってから、兄は、ゆっくりと言葉を吐き出した。

「俺が、いま居るところが、俺の家だ。璞石閣が、家だ」

兄は、木片を手にし、男の胸のあたりを何度か突いた。

「お前、独りで、寂しい。璞石閣に、来い。俺とお前、一緒なら、大丈夫だ」

男は椅子に座ったまま、うなだれて涙をこらえた。兄は立ち上がると、男の傍に立ち、小さかった頃のように、掌を男の頭に乗せた。

温かい影が、男を覆った。

璞石閣を発つ前、男はこの何十年間で初めて、兄と抱擁した。兄は、とても力強く抱擁を返した。

男は台北の家に戻ると、ひまを見ては、阿華が所属するプロレス団体の定期試合を観に行った。阿華が、男を励ました。小城に移住しなよ。璞石閣だろ？　小城市よりも小城らしいところだよ。俺もいつか帰るからさ、おやじさんが歳とって歩けなくなったら、俺が車椅子を押してやるよ。

男は、母親が臨終の際まで、兄の回復を気にかけていたことを思い出した。男は、母親と、その隣に入っている父親に報告した。もう心配しないで。兄さんは大丈夫だよ。男は、納骨堂一階の事務所で両親の遺灰壺を引き取る手続きをした。僕たち家族、璞石閣に引っ越すよ。兄さんも近くに住んで、毎晩一緒に夕食を食べる。これで、兄さんが家に帰ってきたことになるだろう？

男は人材派遣会社の登録を取り消した。台北の家を売却し、璞石閣の兄が住む場所の近くで、中古の二階建ての家を買った。男の持ち物を全て運び込んでも、一階部分にも満たなかった。小城人の住環境は、贅沢なのだ。

男は試験を受け、旅行ガイドと添乗員の資格を取った。小城市内の中央路に並ぶ中古車販売店で、何度か値切った末に状態の良い九人乗りのワゴン車を買い、璞石閣で以前と同じ仕事を始めた。ただ、もう上司も部下もいなかった。冬が、男の第二の人生でのハイシーズンとなった。璞石閣の安通温泉と、水尾の紅葉温泉への鉄道駅からの送り迎えだけでも、男はかなり忙しくなった。

男はインターネットとテレビで、引き続きプロレスを観戦していた。いつの間にか、数十人のアメリカ、日本、そして台湾のレスラーの顔を見分けられるようになっていたし、技の正式な名称を言うこともできるようになった。男は兄と一緒にプロレスを観ることもあった。兄は激しすぎる場面は受け入れられないようだったが、笑えるシーンのあるコミカルな試合は大好きだった。

男は、あの時の新人選手のことを、ずっと気にかけてきた。この数年、彼が出た試合は多くなかったが、掲示板のプロレスファンたちからは高い評価を得ていた。台湾では稀有な、技術力の高いレスラーだという評判だった。男はもう、彼のただ一人のファンではなかった。新人は成熟したレスラーに羽化していた。男は、実際の会場で彼の試合を観てみたいものだと心から思った。彼と同世代である石灰や阿華も、それぞれの団体の中核選手に成長していた。

●

三、四年が経ち、男は掲示板で、東部に立ち上がる新しいプロレス団体の情報を目にした。

小城生まれの4人の優秀なレスラーたちは、
台湾の別々の団体からデビューし、
そして同じリングに上がってきた。
白熱した対戦を重ね、互いに技を磨いてきたが、
プロレスを故郷に持ち帰る機会は訪れなかった。

いま、ついに彼らは小城に帰り、
東部初のプロレス団体を立ち上げる。それが――、
「パジロ小城レスリング　Pacilo Wrestling, PCLW」だ。

約束しよう。1年後の今日が、
東部にプロレスが誕生する日となることを！

約束しよう。1年後の今日が、
「パジロ小城レスリング」の旗揚げの日となることを！

【練習生とスタッフを絶賛募集中。新旧戦友の小城遠征も大歓迎！】

練習時間：土曜　13:00－18:00
　　　　　日曜　08:00－12:00

練習会場：小城主港地区区民活動センター

連絡電話：09XX-XXX-XXX　徐
　　　　　09XX-XXX-XXX　劉

【PCLWは1年後の旗揚げ戦を目指します。掲示板にご参加のプロレスファンの皆様の熱い応援をお願いいたします！】

ポスターの上部にパジロ小城レスリングのマークが配置してあり、真ん中あたりに四人の創立メンバーがポーズをとった写真が並んでいた。男はこのマークが気に入った。台湾

のプロレス団体では珍しい、漫画スタイルのマスクのマークで、黄色と水色の配色が小城のイメージとよく合っていた。

男はすぐ阿華に気が付いた。彼は新しいリングネーム「小黒蚊（シアオヘイウェン）」を名乗っていた。あの年の試合で新人の対戦相手だった石灰もいた。もう一人は、マークと全く同じデザインのマスクをかぶった「パジロマン」という選手だった。見たところ、コミカルレスラーのようだ。男にはパジロというのが何のことなのかはわからなかったが、どうやら植物の一種らしい。発音は原住民の言語のようだ。

最後に「悪魚（アルユイ）」というリングネームのレスラーを見て、男が驚いた。顔にペインティングを施してはいるが、これはあの時の石灰の対戦相手ではないか？　あの時デビューした新人が、いまや故郷に帰って新団体を立ち上げようとしているのだ。男は、新人があの時言った言葉と、深く頭を下げた姿を思い出した。

男は、オンライン地図で小城主港地区区民活動センターの場所を調べた。小城駅から遠くなかった。さらに、ストリートビューで区民センターの外観を見てみた。次に小城市内に買い物に行くとき、パジロ小城レスリングの練習会場に寄ってみて、この若者たちに会ってみようと思った。一年後の旗揚げ戦には、兄を小城へ連れて行き、一緒に試合を観てもいいかもしれない。

男は、主港地区区民活動センターの正面ドアを開けるところを想像した。あの時の新人は、きっと練習で真剣に汗を流しているだろう。あるいは、小城の練習生たちを熱心に指導しているかもしれない。

「次はきっと、僕の試合を観てもらいたいです」あの時、新人は男にそう言った。

「今回は遅刻しなかったよ。若者」次に会うとき、男は新人に、いや、悪魚選手にそう伝えるつもりだ。

＊訳注

1　一五〇〇元

二〇二〇年現在、一台湾元はおよそ三・七円。一五〇〇元は、約五五〇〇円。

2　南海路の男子高校

台北市立建国高級中学のこと。日本統治時代の一八九八年、「国語学校第四附属学校増設尋常中等科」として創立、一九一四年には「台北中学校」となり、全国トップのエリート高校として名を馳せる。戦後、「台北建国中学」と改称。現在でも、高校入学統一試験で最上位の成績優秀者だけが入学できる男子校であり、台湾大学への進学率も高い。

3 公館にある公立大学

国立台湾大学のこと。日本で言えば東京大学に相当する、台湾の国立大学のうち最もランクの高い大学。

4 璞石閣

花蓮県玉里鎮のこと。「璞石閣」は清代、日本統治時代を通じて使われてきた名称。花蓮市の南方にある小さな町。

5 縁起が良い月ではない

台湾では、旧暦の七月は「鬼月」と呼ばれ、地獄の門が開いて死者が現世に帰ってくると考えられている。禍を避けるために、いまでもこの時期には避けるべき様々な禁忌事項が伝わっている。

6 車体傾斜式列車

台湾鉄道の特急列車、普悠瑪(プユマ)号と太魯閣(タロコ)号のこと。

7 璞石閣地域リハビリテーションプロジェクト

原文「璞石閣社區復健方案」。臺北榮民總醫院玉里分院で実際に行われている「社區職業復健 治療性社區玉里模式」——精神疾患患者の地域における就業リハビリテーションプロジェクトがモデル。

ばあちゃんのエメラルド

阿嬷的綠寶石 Grandma's Emerald

本当に俺にプロレスの話を聞きたい？　だとすると、ばあちゃんの話から始めなきゃいけないいな。

でも、約束してくれ。俺に、プロレスは〝芝居〟なのか？って、絶対に聞かないでくれよ。

ばあちゃんはいっつも、自分の小さな部屋に籠もってテレビを観ていた。小さい頃の俺も、ばあちゃんと一緒に一晩中テレビを観ていた。いや実際は一晩中ってわけじゃなく、九時か十時になるとばあちゃんは、明日も学校があるだろとかなんとか言って俺を部屋から追い出した。

ばあちゃんだって完全に家に閉じ籠もっていたわけじゃない。ばあちゃんが毎朝何時に起きているのか、じつは今でも知らないけど、朝起きるとまず近くの廟に行って、近所のじいちゃんやばあちゃんたちのダンスの隊列に加わっていた。午後、天気が悪くなければ、散歩するついでに近くの小学校まで俺を迎えにきて一緒に家に帰った。あの頃、来福は生まれたばかりだった。

この辺は少し早送りするよ。中学校に上がって、お袋が出て行った頃の話はあんまりしたくないからな。

ちょっと背景だけ補足しておく。この辺は海に面した漁村で、同級生が十人いたら少なくとも七、八人の父親は、台湾から遠く遠く離れた漁船の上で働いていた。それが次第に五、六人になり、三、四人になり、最後は一人二人になった。なんでかって？ 台湾人は高いだろう？ 外国人の乗組員なら、安くて聞き分けもいいし、休みをくれとボスと交渉したりしないからな。幸い、うちの親父が乗った船の船長は、親父を村に追い返してタコみたいに自分で自分の身を食わせたりしないくらいには、まだ侠気(おとこぎ)があった。数年前にクビになって家に戻ってきた同級生の父親たちは、一人二人三人四人とみんな酒びたりになっていき、女房が逃げ出すなんていうのはもう珍しくもないことだし、子供たちだって逃げられるやつは全部逃げていた。うちの親父はまだ船に乗っていたけど、それでも女房は逃げ出したから、結果としてはまぁ同じようなもんだけど。

船から降りて、お袋が逃げてしまっているのを知ったあの日、親父は何も言わず、思いっきり来福を蹴飛ばした。あの頃、来福はもうこの辺り一帯の犬の王様で、喧嘩では一度も負けたことがなかったけど、親父に玄関から蹴り出され、大きな黒い鞠(まり)みたいになって飛んでゆき、尻尾を尻に挟んで逃げ出した。帰って来たのは一週間後だ。父親はまた海に出かける前に言い捨てた。犬だって、逃げても帰ってくるのによ。

こうしてうちは俺と来福、そして小さな部屋に籠もってテレビばかり観ているばあちゃんだけになった。

じいちゃんはどうしたかって？　俺が生まれるずっと前に位牌(いはい)になって、ご先祖様たちと一緒に神棚に住んでるさ。じいちゃんには毎日二回、お香をお供えした。朝はばあちゃんが、夕方はもちろん俺だ。来福の手を煩わせるまでもないさ。

八時のドラマ以外で、ばあちゃんが好きな番組は日本のプロレスだった。

ちょっと恥ずかしいんだけど、こうやって君と知り合って、俺がプロレスについて少しは詳しいと思ってくれてるんだったら、それは子供の頃、毎日ばあちゃんとプロレスを観ていたからだよ。あのことわざ、何て言ったっけ？　そうだ、「朱に交われば赤くなる」だ。そうやって俺はプロレスに染まっていったわけさ。

だけど、プロレス好きっていうのは、誰にでも共感してもらえる趣味じゃないんだよな。

君は前の晩に観たテレビ番組のことを、次の日の学校で同級生とあれこれしゃべるのを楽しみにしてた世代？　だよな？　でも、みんなが観てたのはだいたいアメリカのプロレスなんだよ。日本のプロレスが好きだって言うだけでも十分マイノリティーなのに、ばあちゃんと一緒に観てたなんてみんなに知られたら、間違いなくその日の放課後までずっと笑われ続けるだろうよ。いや、ヘタすると卒業までずっと笑われ続けたかもな。

でも、ばあちゃんはほんとに真面目にプロレスを観ていたんだよ。

もちろん、再放送ばっかりやって、ちっとも新しい試合を放映しないXチャンネルに文句を言うこともあったけど、後のほうになると、ばあちゃん自身ちょっとボケてきたから、やっぱりうれしそうに観続けていた。反対に、俺は成長するにつれて物事がよくわかってきた。まったく、Xチャンネルってのはいいかげんなテレビ局だぜ。

ネットというものがあってよかったよ。「プロレス博物館」っていう掲示板を知ってる？　台湾中のプロレスファンがアクセスするところだ。俺みたいな日本プロレスのファンのほか、数も多くて声も大きいアメリカン・プロレスのファンたちや、マイナーなメキシコのプロレスのファンまで、そこに行けば必ず同好の士が見つかるんだ。台湾ローカルのプロレス団体の討論区だってあるよ。俺自身は興味ないけどさ。

プロレス博物館にアクセスして初めて知ったんだけれど、俺がいつもばあちゃんと一緒に観るXチャンネルで放映しているのは、ほとんどが恐ろしく昔の試合だった。日本のプロレス団体が台湾に興行に来ることがあるだろう？　そういう時、選手たちは、夜、ホテルのテレビでXチャンネルに釘付けだそうだ。だって、古すぎて日本ではもう観られない試合ばかりやってるからな。ハハハ。

俺の周りでも、ネット上でも、プロレスファンと言えばアメリカン・プロレスの愛好者が大部分だったけど、俺はやっぱりアメリカン・プロレスのおおげさなスタイルが気に入らなかった。選手が怪我しないように、派手な技の多くが禁止されてるし、設定だって、八時のメロドラマよりもベタだろ？　日本プロレスの肉体と肉体のぶつかり合いには遠く及ばないさ！　俺はアメリカン・プロレスファンと掲示板でしょっちゅう議論したよ。俺に言わせれば、日本のプロレスこそ理想のプロレスだ。でもしょせん数の上ではアメリカン・プロレスファンに敵わないから、俺はよく言い負かされていた。

大学に上がる夏休み……って、ちょっと説明が必要だよな。あ、笑ってるな？　俺のこんな成績で大学に入れたのかって？　俺だって驚いたよ。

俺の村からそう遠くない隣の村にある技術学院に入ったんだ。俺だって、受験申込書を書くときに初めて名前を知ったような学校さ。でも合格通知と新入生資料セット、合計二回も、繰り返し強調して書かれていたよ。この学校はまもなく「学院」から「大学」に昇格します、[*1] 絶対に、必ず、って。

まあ、その学校に行けば、俺は実家に住み続けることができるし、引き続きばあちゃんと来福の面倒を見ることができる。卒業後、何をするかはとりあえず考えていなかった。少なくとも絶対に海には出ないけどな。今は兵役も四か月間に短縮されたから、夏休みを二回使って済ませればいいだろう。技術学院の学生になれて——まあ、俺たちは大学生って名乗ってたけど——、ばあちゃんはたんまりお祝いをくれた。船を降りた親父は、俺に初めてのスクーターを買ってくれた。本当は高校の時から親父のスクーターをこっそり乗り回していたけれども、とにかくこれが人生で初めての俺のスクーターだ。サイコーだぜ。

この頃、俺はプロレス博物館で、アメリカのプロレス団体WWEが台湾に興行に来るという宣伝を見た。以前、日本のプロレス団体も何度か台湾に来たことがあったけど、俺はまだ小さかったし、小遣いもなかったから観に行ったことはなかった。掲示板で俺がいつも議論している何人かが、みんなで一緒に観に行こうぜと呼びかけていた。俺はついまた余計な冷やかしを書き込んでしまったんだが、やつらに「生で試合を観たことのない人間につべこべ言われる筋合いはない」と一蹴された。なんだよ！　生で試合を観たのがそんなに偉いのかよ？　いや、確かに俺は一度も生で観たことがないけど、それが何なんだよ！

阿西(アシー)は、俺が唯一プロレスの話ができる幼馴染みの同級生で、家も近所だ。しかも悪運の強さを発揮して、俺と同じ大学に受かっちまった。「プロレス博物館」という素晴らしいサイトを教えてくれたのもやつだった。

俺は阿西に、掲示板で俺を援護してくれるよう頼んだ。もちろん、やつは俺の味方をしてくれると思ってたよ。ところが阿西はアメリカン・プロレスを観に行くって言い出しやがった。なんだよ！　裏切りじゃねえか。阿西が言った。少なくとも一度観たら、あいつらも俺たちのことバカにできなくなるぜ。しかも生の試合を観られる機会なんて毎日あるもんじゃない。今ならちょうど夏休みだし、金だってムダに持ってるだろ。

俺はポケット中の祝い金を探ってみた。チケット幾らだよ？　一〇〇〇元。高えよ！やつらはアメリカから来るんだぞ。最前列か？　夢見んなよ、最前列なら五、六〇〇〇元するよ。

はぁ……、毒を食らわば皿までだぜ。一〇〇〇元払って最後列で何を観るってんだ。俺と阿西は媽祖廟の向かいのコンビニの機械で二五〇〇元のチケットを買った。祝い金は半分飛んでいっちまった。

面白かったかって？　まあそう焦るなって。

金を節約するために、俺のスクーターの尻に阿西を乗っけて、朝早く出発した。途中何度も道に迷って、ようやくあの林口体育館とか何とかいうところにたどり着いた。林口体育館は、新北市の林口にあると思うだろ？　違うんだよ。明らかに桃園市の亀山にあるのに、なんで林口体育館って言うんだろうな。どっちにしろ、林口の隣は亀山、亀山の隣は林口なんだけどさ。道路標識もわかりにくいし、山道は走りにくくって、俺は新しいスクーターが心配でならなかったよ。

うん、アメリカのプロレスラーはさすがにいいもの食ってんだろうな。俺はあんなガタイのでかい人間を初めて見たよ。

熊かと思ったぜ、って阿西が言った。お前、熊見たことあんのかよ？　いや、ないけどよ。

悔しいけど、アメリカン・プロレスのファンの数には圧倒されたね。しかもかわいい女の子のファンもたくさんいた。何かおかしいだろ？

……えっと、どこまで話したっけ？　そうだ、試合ね。最終マッチは確かに面白かったよ。特別ルールのＴＬＣ戦だった。つまり、テーブル(Table)、はしご(Ladder)、椅子(Chair)の使用が認められた試合のことだ。ＴＬＣっていうのは、この三つの凶器の英文の頭文字をとったんだ。椅子が選手の背中に当たると、どんなに大きい音を立てるか知ってる？　バン！　ボン！　バン！　ボン！　まるでスタジアムの中で雷が鳴ったみたいだったよ。それと、折り畳みの机を開いてそこに置いてだな、コーナーポストの上から相手を投げおろすんだよ。バシャーン！　テーブルはぺちゃんこに潰れちゃってさ、脚なんかぜんぶ曲がっちゃってさ、板なんか木っ端微塵に砕け散ったぜ！

俺と阿西はそれを見てさ、遠い二階席だったけど、思わず立ち上がって吠えちゃったぜ。まあ吠えてたのは俺たちだけじゃなかったから、ちっとも恥ずかしくなかったけどさ。うん。まあ俺も周りに合わせてたって言うかさ、盛り上がったんで、ちょっと合わせてみたんだ。うん。ちょっとおおげさすぎたな。本当はまあまあってとこだったよ。まあ、こんな試合は、俺が愛する日本プロレスに比べたら、ぎりぎり引き分けってくらいだ。ほんとに大したことはなかったぜ。

TLCルールのマッチは、この日のメインイベントだった。試合が終わると、阿西は俺を引っ張って一階まで突進して行って、鉄柵ギリギリのところまで近寄って、リングとやつの記念写真を撮らせた。その後、行列に並んで会場限定のTシャツを買いやがった。お前、日本プロレスのファンじゃなかったのかよ？　裏切り者め。「俺は本当はアメリカのも日本のも観るんだよ。お前が日本のしか観ないから、お前とは日本プロレスの話をしているだけだ」。クソっ。

会場の一階、アメリカ人スタッフがリングをばらしている脇で、台湾人のおっさんおばさんたちがその辺を掃除していた。俺はごま塩頭のおっさんを呼び止めて、テーブルの破片を一個くれないか、と頼んでみた。どうせ捨てるんだ。おっさんはすぐにはくれなかった。あたりをきょろきょろ見回して、外人とか上司とかに怒られないか恐れているようだった。おっさんはようやく俺にテーブルの破片をくれると、プロレスはいったいどこが面白いのかとか、テーブルは何に使ったのかとかなんとかぶつぶつ俺に尋ねた。まあどうせおっさんにはわからないだろうから、俺は適当にあしらっておいた。別のスタッフがやってきて、撤収の邪魔だから出ていけと俺たちを追い出した。

俺は家に帰って、ばあちゃんにテーブルの破片を見せ、アメリカのプロレスを観に行ったと言った。ばあちゃんは俺の頭をはたき、また無駄遣いして！と小言を言った。そのあと、破片を手に取って、指先でコツコツつついてみたり、匂いを嗅いでみたりした。そして結局は、俺が試合の流れと内容を語って聞かせるのを熱心に聞いた。来福は隣に座って激しく尻尾を振っていた。木片が、旨そうなおやつにでも見えたんだろう。世の中そんなに甘くないぜ。

テーブルが木っ端微塵になったあの試合のくだりになる前に、ばあちゃんは木片を俺に返すと、立ち上がって、寝ている間テレビにかけてある花柄の布をめくりあげた。

プロレスの時間だ。

今日放映されるのは、ばあちゃんが一番好きな、そして俺も一番好きなレスラー——三沢光晴選手の試合だ。三沢光晴は、見てくれはふつうの日本人のおっさんと変わらない。顔だちも特に良くはない。敢えて言えば個性的というくらいか。身体がでかいわけでもないし、腹だって出てる。だけど、外見から彼のことを甘く見たら、大間違いってもんだぜ。

緑色が、三沢光晴のテーマカラーだ。入場曲が響く中、緑色のロングタイツを穿いた三沢が、緑色のガウンを羽織って花道を進み、落ち着いた面持ちでリングに上がる。曲は、ピアノソロのスローな旋律で始まる。そしてサビの部分に入ると、エレキギターがドラムと共に現れ、テンポが次第に早くなる。聞いてるうちについつい手拍子を打ってしまう。満場の観客が大声で叫ぶ。「ミサワ！　ミサワ！　ミサワ！」。ばあちゃんと俺も一緒に叫ぶ。三沢光晴が緑色のガウンをリング外に投げ捨てると、上半身は裸で、右肘だけに黒いサポーターをしている。コーナーポストの脇で、背中をロープに何度か荒々しく押し付けてウォームアップを始める。俺が繰り返し繰り返し観たシーンだ。

三沢光晴が最も得意とするのは肘撃ちで、「エルボーの貴公子」の異名もある。普通の肘撃ちの他にも、ワンツー・エルボーとかマシンガン・エルボーとか、いろんな肘撃ちを披露してくれた。中でもすごいのがローリング・エルボーだろうな。その一つは、普通の肘撃ちをしてから、すぐに身体を回転させてバックハンドエルボーを打ち込む形。二つ目のはもっとすごいぜ。その場で身体を回転させて、そこで生み出される遠心力で肘撃ちの威力を二倍に増幅させて相手に打ち込むんだぜ。いや、三倍かもな。肘撃ちは三沢の代名詞みたいなもんで、ネット上のプロレスファンはみんな「L棒（エルボー）」って呼んでる。テレビの実況アナが言ってる日本式英語の「elbow」の発音を真似てるんだ。ほら、聞いて。「L棒連打！」って言ってるだろ？　肘撃ち連発のことさ。

ばあちゃんは日本語がわかるからさ、ときどき、テレビの中国語字幕では翻訳されていないことを教えてくれた。例えば、三沢光晴が「受け身の天才」と呼ばれてることとか。ネットによるとさ、受け身っていうのは柔道からきていて、簡単に言えば投げられた時にダメージを少なくする方法だな。業界の伝説によると、三沢光晴は身体のどこでも受け身を取ることができたらしいよ。人の身体の中で一番もろい頸(くび)でだってさ。それに、三沢は初期の頃、タイガーマスクのマスクをかぶっていたんだ。二代目だよ。プロレスファンにはおなじみのタイガーマスクは、今ので四代目だな。俺はタイガーマスクのイメージから、中年になって太る前の三沢が想像できるよ。きっとリングの上を縦横無尽に飛び回ってたんだろうな。

一九九二年十月二十一日は、俺が絶対に忘れることができない日だ。この日、三沢光晴は三本のチャンピオンベルトを賭けて、三冠統一ヘビー級王者として、盟友でもあり、生涯の宿敵でもある川田利明選手の挑戦を受けた。ありとあらゆる大技が繰り出される超すばらしい試合だよ。実際のこの試合の日には、俺はまだ生まれてなかったんだけどな、Xチャンネルでやたら再放送されるから、もう何度も観た。でも、この試合だけは何度繰り返し再放送されても、俺は絶対に文句は言わないね。

ばあちゃんはよく言ってた。このミサワって男は、見た目はもさいけど、どうやられたって負けないね、必ず立ち上がってくるね。

もちろん三沢だって負ける時はある。でもばあちゃんの評価は、俺の中での三沢の絶対的な印象とほぼ同じだった。緊張する場面に来ると、ばあちゃんはぶつぶつつぶやいた。

「きばるんだよ、ミサワ、早くおまえの緑の宝石を出しな！」

ばあちゃんの言う〝緑の宝石〟は、三沢の得意技の一つ「緑寶石飛瀑怒濤（エメラルド・フロウジョン）」のことだ。三沢が左手で相手の首を捕まえ、右手を伸ばして相手の股に差し込み、相手の身体を持ち上げ、勢いをつけて自身の右肩に担ぎ上げる。それから身体全体を少し右に傾け、勢いよく尻をつく。落下した相手が背中をしたたかにマットに打ちつけたところを、すかさず身体を翻した三沢が押さえつける。審判がカウントをとる。ワン、ツー、スリー。

――いったいどれだけの対戦相手が、三沢のこの必殺技の前に敗れていったのか。

プロレス博物館の掲示板を覗くようになって、俺は初めて「緑寶石飛瀑怒濤」が三沢の発明した斬新な技だと知り、彼に対する尊敬が一層深まったさ。なにせ、名前からしてカッコいいよな。子供の頃はこの技の名前を、「緑寶石飛〝暴〟怒濤」だと思ってたよ。ごめんな、俺、国語苦手でさ。でも、この技を一度でも見たらさ、君ももう絶対忘れられないはずだ。

阿西にプロレス博物館のことを教えてもらって以降、俺はほぼすべての投稿にちょっとずつコメントを書き込んだ。でも労力の大半は、アメリカン・プロレスファンとの舌戦に費やしてきた。

ある時、こんなことがあった。

どこの掲示板でも、ときどき〝荒らし〟に遭うことは免れない。商品の宣伝を書き込むとかじゃなく、プロレスのことを見下して、プロレスファンを怒らせるようなことをわざと書き込んで、ケンカを売ろうとするやつのことだ。

通常なら、仕事の速い管理人が気づいてすぐに削除するんだが、あの日はちょっと遅かったようだ。俺がログインした時、ある挑発的な投稿が目に入った。プロレスなんか全部〝芝居〟だ、こんな掲示板に集まって、討論したり、シェアしたり、感想を発表したりするやつらがこんなにいるなんて、ちゃんちゃら可笑しい、とか何とかいう内容だった。俺が発見した時は、既にそこに十数個のコメントがついていた。

俺もたっぷり言い返してやろうと、コメントにざっと目を通した時、驚いたよ。何に驚いたかって？　俺が尊敬している日本プロレス愛好者にしろ、俺が何度もやり合ったことがあるアメリカン・プロレス支持者にしろ、ふだんは対立しあって決して譲らない双方のプロレスファンが、この時ばかりは一致団結して〝荒らし〟を撃退しようとしていたんだ。

こんなの見たことないぜ。俺がどれだけ驚いたかわかるか？　俺はパソコンの前であんぐり口を開けたまま、みんなのコメントをじっくり読んでいった。もう少しで顎が外れるところだったぜ。

うん？　ごめん、どこまで話したっけ？

俺自身、まだこのことを完全に受け止められないでいるんだけど、〝荒らし〟が掲示板に書き込んだことのうち、少なくとも一つは本当だ。

結局のところ、プロレスは芝居なんだよ。

意外だった？

その後も、何度も掲示板に〝荒らし〟がやってきたが、そのたびに皆がおおよそ決まったパターンで応戦するのを俺は見てきた。じゃあ映画やマジックはぜんぶ本物なのか？八時のメロドラマは？　芝居だってわかってても、みんな楽しみに観てるんだろ？

こういう返しもあった。

「プロレスとは、選手がどのようにキャラクターを演じ、自らの肉体を以て、あるいはその他の方法で、語るべき物語をいかに確実に観客に伝えるか、という芸術である」

なんだかすごいこと言ってそうな切り返しだよな。

もちろん俺は芸術が何かなんてちっともわかってないけど、まあ、少なくともそれは「技術」なんだとは思う。――例えば、ばあちゃんが若い頃、村中の誰も敵わないスピードで漁網を繕うことができた、とか、阿西の母ちゃんが市場で十分間に六、七匹の魚をさばくことができた、みたいに、本当はすごく難しいことをいとも簡単にやってのける、そういうのと同じだろ。あまりに簡単にやってのけてしまうから、見ているほうは、大したことないことだと錯覚してしまうんだよ。

プロレスのどの部分が芝居かって？　勝負だよ。勝ち負けは最初から決めてあるんだ。いま君が聞いたチャンピオンベルトはね、会社とか団体からの、レスラーに対する評価みたいなもので、人気の証でもある。もちろん人気のある選手は、技術やその他の面で一定の水準に達しているからね。時にベルトは、世代の引継ぎとか、新人を抜擢する手段にも使われる。

プロレスラーっていうのは、一生涯やり続けられる仕事じゃないよな。一定の地位を獲得したベテランレスラーは、会社の未来を託す実力ある新人に勝ちを譲ることによって、新人がファンたちに認められる手助けをする。これを「プッシュ」って言うんだ。知名度がない新人が、有名なベテランレスラーを敗退させたら、新人にとっては大金星だけど、ベテランにとっては大したキズじゃないだろ。まあ、新人お披露目のやり方の一つだよな。

以前、俺は納得がいかなくて、ばあちゃんに聞いたことがある。テレビのプロレスはぜんぶ芝居だって、ばあちゃん知ってる？

ばあちゃんはテレビから目を離さなかった。そしてだいぶ長いこと経ってから、言った。

「知ってるよ。私らは〝わざ〟を観てるのさ、勝ち負けじゃないよ」

ばあちゃんは振り返って俺を見た。

「バカ孫、おまえがもしミサワの『L棒』を受けたら、痛くないのかい？」

俺は首を振った。

「おまえが持ち帰った破片もね、テーブルに投げ落とされたメリケン人は、きっと痛くて痛くて泣き叫んだだろうね、そうじゃないかい？」

俺はうなずいた。

「俗に言うだろ、『踊るアホウに見るアホウ、同じアホなら踊らな損ソン』ってね。ミサワが負けたら、私とお前はとても辛い。あ、でもミサワが勝ったら、私らはにっこり笑って、その夜は気持ちよく眠れる。楽しむことが大事なのさ」

見ろよ、ばあちゃんは俺なんかよりずっと通だろ。

俺は以前ほど掲示板の投稿に反応しなくなった。自分がなんだか馬鹿みたいに思えたからな。もちろんちょっと騙されたような気もしたが、考えてみればばあちゃんが言うことにも一理ある。

俺はその後もばあちゃんに付き合ってプロレスを観てはいたが、あることを知ってしまってから、Xチャンネルが三沢の試合を放映しないように願うようになった。三沢の試合は、以前よりも放映されることが少なくなってはいたけど、しかしうっかり見てしまった時は、何か他に用事があるようなふりをしたり、これは前に何度も見たことがあるよ、とばあちゃんに言ったりした。

何のことかって？

先にもう一つの話をさせてよ。

阿西と一緒にWWEの林口体育館での台湾興行を観に行ってから、俺はときどき、LV電視台(テレビ局)が放映するWWEの番組を観るようになった。ほんとうに、ときどきだけどね。まあ、己を知るには敵を知れってことだよ。観始めて間もなく、よく知ってる顔が出ていることに気が付いた。日本のプロレス界に長く参戦し、間もなくアメリカに凱旋すると宣伝されているWWEレスラーだ。

解説者は彼のことを、日本のプロレス界では圧倒的な強さを誇っていた、と紹介した。名前は、「ロード・テンサイ」。はぁ？　ロード・テンサイってなんだよ？　日本のリングでは「ジャイアント・バーナード」だったよな。彼のことを一目見たら、胸元から両肩、そして上腕までを一面に覆うタトゥーのことが忘れられなくなるだろう。まるで獣が身にまとう毛皮の模様のように、鋭利な文様のタトゥーだ。さらには乳首やあご、耳たぶにもピアスを嵌めている。体格も、日本のレスラーを何サイズも上回る大きさで、すっごく恐ろしげだった。

ジャイアント・バーナードは、かつて、新日本プロレスのIWGPタッグ王座を二度獲得し、三沢光晴が立ち上げたプロレスリング・ノアのGHCタッグ王座も獲った。日本のプロレスリングに登場する「外国人レスラー」には、それなりの強さが期待される。ジャイアント・バーナードはどれくらい強かったかって？　日本人がつけたキャッチコピー「刺青暴君」「破壊凶獣」を見れば、あの頃、ジャイアント・バーナードがリング上でどれだけ思うままにふるまっていたのか、想像がつくはずだ。俺は昔の友達に再会したみたいで、嬉しかったよ。でもＷＷＥには、ロード・テンサイが恐ろしい実力を発揮し続ける余地はなく、彼はその後、三枚目に転向してしまった。それも、すっごくＷＷＥらしい筋書きだよ。……俺の言ってることわかるよな？

俺は、アメリカン・プロレスを比較研究の対象として観ていたわけだが、そこでの最大の収獲は、試合の実況中継をする台湾のアナウンサー、オレンジのことを知ったことだな。オレンジの実況があると、完全に試合に没入することができた。適切な場所で知識を補足してくれたり、ジョークを混ぜたりもしてくれた。でも彼はその後、なぜか姿を消してしまった。ＬＶ電視台は、プロレスが全くわかっていない自社のメインスポーツキャスターを代役に立てたけど、番組全体の質はすっかり落ちてしまった。

オレンジがなんで消えてしまったのか、俺もよく知らない。ただ、残念に思うだけだ。オレンジの実況は、日本のアナウンサーに絶対に引けを取らなかったと思う。でも、プロレスファンの夢のような仕事ができて、彼も幸せだったんじゃないかな。

幸せってことで言えば、何年遅れかでようやくあのことを知った俺は、あの時の台湾で最も不幸なプロレスファンだったと思う。

　どのくらい不幸かって？　例えばある日、船から降りていそいそ家に帰ってきたら、女房が消えているのを発見した。これは一番目の不幸だよ。そのあと村の人たちとしゃべってたら、自分は村で女房に逃げられた唯一の男ではないことを知ってしまう。二番目の不幸だな。そんで、だんだん事情がはっきりしてきたら、女房はあんたが前回海に出て何日もたたないうちに逃げちまっていたことを知った。これが三番目の不幸だ。三重の不幸だよー。あ、そう言えば、三重(サンチョン)って台北市だっけ？　それとも新北市だっけ？

はぁ……、何にせよ、俺はかなり後になってようやく知ったんだ。

　俺とばあちゃんのアイドル、三沢光晴は――、

――とっくの昔に亡くなっていたんだよ。


　２００９年６月13日、三沢光晴自らが創立した団体「プロレスリング・ノア」が、広島県立総合体育館で試合を行った。２３００人の観衆が見守る中、この日、三沢光晴が後輩の潮崎豪と組み、死神の異名を持つチャンピオンコンビ、齋藤彰俊とバイソン・スミスに挑戦するＧＨＣタッグ選手権試合だった。

　三沢光晴は、試合の中で齋藤彰俊が繰り出す鋭い角度でのバックドロップを受け、マ

ットに沈み、起き上がることができなくなった。レフェリーがすぐに、動けるか？と三沢に尋ねた。「動けねぇ」との言葉を残して、三沢光晴は意識不明に陥り、心肺が停止した。レフェリーは、状況から王者・齋藤彰俊とバイソン・スミスの防衛成功と判定した。そこにいた誰もが驚愕していた。受け身の天才である三沢光晴が、ごくありふれたバックドロップに陥落するなんて。この日、ノアのリングには医療スタッフは配置されていなかった。医療の心得のある観客がリングに上がり、しばらく心臓マッサージを施したが効果はなかった。救急車が会場に到着し、三沢社長を広島大学病院に搬送した。夜十時十分、病院が三沢光晴の死亡を宣告した。彼が47歳の誕生日を迎える5日前のことだった。

長年のリングでの激戦を経て、晩年のミサワは頸椎骨棘(けいついこっきょく)の異常を抱えていた。その影響で、右目は時おり、原因不明の失明状態に陥ることがあった。肩や腰、そして膝は、慢性病のように繰り返し故障と痛みを引き起こした。事情をよく知る近しい人たちは、彼に休養をとるように勧めたが、三沢光晴は聞き入れなかった。彼は、他の先輩レスラーたちのように、キャリアの後半で団体を創立し、裏方にひっこんで楽をするようなことはしなかった。プロレス団体を設立して以来ずっと、彼はマネージャーであると同時にプレイヤーでもあり、日本各地での巡回試合に頻繁に出場し続けた。

プロレスは〝芝居〟じゃないかって？　だったら、どうしてあんなことが……？　日本プロレスのファンなら、難度の高い飛び技を得意とするハヤブサ選手のことを知っているだろう。リング上の事故で頸椎を痛め、半身不随になった。でもハヤブサ選手は諦めずにリハビリを続けた。一年一年、彼が少しずつ回復しているニュースが伝えられた。でも結局、ハヤブサ選手は二〇一六年三月、急性くも膜下出血で倒れ、四十七歳で他界した……。

プロレスは〝芝居〟じゃないかって？

俺は広島の事故直後の映像を何度も観たよ。選手とスタッフが全員で社長を取り囲み、観客はいつまでも三沢の名前を叫んでいた。心臓マッサージをする人は、全く反応のない三沢光晴の胸をいつまでも押し続けた。まるで時間が少しも前に進んでいないみたいだった。その前に試合を終えていた高山善廣選手が、コスチュームのまま、茫然とした表情で休憩場所からリングに歩み寄った。

かつて、高山善廣は三沢光晴のことを「ゾンビと同じだ」と評したことがある。試合中、これで決まりだ、絶対に俺の勝ちだ、と思っていると、ホールド二・九九九九……秒で、三沢は弾けるように起き上がって、すでに十分引き上げてある緑色のロングタイツを何度か引っ張り上げる——これはプロレスファンの間でよく話題になる三沢光晴のしぐさで、俺たちは「リカバリー」って呼んでた。そして何事もなかったように、強烈なエルボー攻撃を見舞ってきて、試合を続行するのさ。

　俺は、高山善廣選手が黙ってリングサイドに立っているのを見た。彼は、かつて何度も自分を攻撃してきた男が、下半分は緑色、上半分は、次第に血の気が引いていく肉色のマシュマロみたいになって、自らのすべてをかけて築いたリングの上に、ピクリともせずに横たわっているのを信じられない面持ちで眺めていたよ……。


……ティッシュくれてありがとう。

　俺は泣きながら、三沢の告別式の後に、日本のテレビ局が放映した追悼特別番組をネットで観た。三沢光晴の生涯の名試合をふりかえる一時間の番組で、半分以上は俺とばあちゃんが何度も繰り返し観たことのある試合だった。ばあちゃんに大声で夕飯に呼ばれたけれど、俺は腹痛のふりをした。俺を心配してしきりにそばに寄って来る来福の首輪をつかんで部屋から追い出し、静かにドアを閉めた。

　俺がＷＷＥのことを何て揶揄してたか覚えてる？　選手を守るために、派手な技がいろいろ制限されてるって。掲示板でも、俺はよくこの点を挙げて、アメリカン・プロレスのファンをからかっていた。でも突然、自分は何もわかってなかったってことに気が付いた。

　プロレスを観てきて、レスラーの平均的な寿命が一般の人より短いことは知っていた。それは結局、長年リングの上で肉体を酷使してきたことへの、逃れることができない代償なんだ。リング上での死は、武士が戦場で散るのにも似て美しいようにも思えるけど、実際はやっぱり痛すぎる。俺はできればレスラーたちが無事に引退して、残りの人生を穏やかに歩んでほしいと願ってるよ。

はあ……。孫としてさ、このことをばあちゃんに伝える責任があるとは思うけど、ばあちゃんが受け止めきれないんじゃないかと心配だった。俺だって受け止めきれないんだ。このままばあちゃんを騙し続けたほうがいいんじゃないのかな？

ときどき思うよ、一生、三沢光晴が死んだことを知らないままでいられたら良かったって。ばあちゃん、今日もまたミサワの試合があるよ！　何も考えずに、俺の一番好きなエメラルドが、テレビの中のリングでキラキラ光を放つのをたっぷり楽しむんだ。三沢光晴がくいくいっとタイツの端っこを引っ張れば、それが反撃の合図だぜ。いいぞ！

掲示板で、また一人、またレスラーの訃報が伝えられた。台湾のプロレスファンの間ではそれほど有名じゃないメキシコのプロレス団体ＡＡＡ（Asistencia Asesoría y Administración）からデビューしたレスラー、ペロ・アグアヨ・ジュニアだ。

彼の父親はメキシコプロレス界の伝説のレスラーで、そのリングネームを受け継いだんだ。メキシコではすごく人気のある中堅選手だった。二〇一五年三月二十日、試合はアメリカとの国境に近い街、ティファナで開かれ、その夜のメインイベントのタッグマッチだった。本来なら、大手メディアに取り上げられることがないニュースだったが、世界中の主なメディアがこぞって報道した。対戦相手の一人が、世界的に有名なＷＷＥ選手、レイ・ミステリオだったからだ。レイはたぶん、史上もっとも有名なメキシコ系覆面レスラーだろう。身長は一六〇センチちょっとしかなかったけれど、アメリカ生まれだったから、多くのメキシコ人レスラーが直面する言葉の問題がなく、アメリカのプロレス界で二十年にわたって活躍した。

試合中、レイはペロにフライングキックを見舞った。ペロはそれを食らってセカンドロープにうつむけに倒れ込み、レイが次に繰り出す大技に備えているようだった。だが、チームメイトと対戦者は、彼が単にうつむいているのではなく、全身の力が抜けてぐんにゃりとロープにひっかかっていることに気が付いた。選手たちはすぐに試合の流れを調節して、ペロのパートナーを負かして試合を終わらせた。まずいことに、医者はバックヤードにいて、その前の試合で負傷した二人の選手の治療にあたっていたから、ペロの命を救えるゴールデンタイムを逃してしまった。ようやく救命処置がとられた一時間後、ペロ・アグアヨ・ジュニアの死亡が宣告され、彼は三十六歳でこの世を去った。三沢光晴よりまだ十歳も若かった。

事情をよくわかっていないマスコミは、ほら、ゴシップばっかり追いかけてる台湾のマスコミもさ、事故の責任を全部レイに押し付けたよ。結局、この試合で大手メディアが唯一名前を知っている選手だったからな。

しばらくしたら、彼の死因が伝わってきた。はじめに動きを誤ってリングの硬いエプロンに首を打ち付け、むち打ちになってしまった。そしてセカンドロープに勢いよく倒れ掛かった際に、ひっかかった場所が悪くて窒息状態になってしまったと。

掲示板のみんなは、メディアがレイを責めるような報道をしたことに大いに不満だった。救急処置が遅れた理由については、さっき言ったよな。プロレスのことを知らないネット民は、報道を見て、死人が出ているのに試合を続けるなんて非人道的だとか何とか騒いでいた。

世界中どこのプロレスでも、選手は練習を始めたその日から、いかなる状況においても、相手の技をしっかり受け止められるよう訓練する。プロレスの試合は途中で止めることはできないし、もう一度やり直すこともできない。動きを一つ間違ったら、すぐにもっとうまい動きを繋げて挽回する。相手が怪我したら、すぐに攻撃方法を変えて、できるだけ観客に気づかれないように、すみやかに試合を終結させる。

ほら、また俺が一番我慢できない批判が来た。毎回これを読むたびに、俺は心から、プロレスが最初から最後まで全部芝居だったら良かったのにって思うよ。そうだったら、死や事故だって、〝芝居〟で済ませられるだろう。

その後、この話題の続報を伝えるメディアは、ごく少数だった。ペロ・アグアヨ・ジュニアの葬儀では、棺を担ぐ隊列にレイ・ミステリオの姿があった。遺族の態度を見れば、レイに対する、あるいはプロレスに対する部外者たちの批判が、的外れなものだってわかるだろう。

誰かが掲示板で、著名なレスラーMVP（Montel Vontavious Porter）がペロに宛てて書いた追悼文をシェアした。


俺たちは、明日が来るのが当たり前だと思っている。

朝、車で会社に行って仕事をして家に帰る。当たり前だ。そうだな？

プロレスラーとしてリングに上がることは危険なことだと、俺たちはわかっている。

そして事故をできるだけ減らそうと努力している。

——だけど、永遠に危険は存在するんだ。

「死をも恐れない」というのは、プロレスについて語るときによく使われる言い回しだ。

だが、それはごく一部の傑出した選手がそう見せているに過ぎない。

あなたの人生で一番大切な人に「愛している」と伝えてほしい。

ふだん忙しくて話をしていない人にも電話をかけるんだ。

人生の旅路でそれをやり遂げる時間はあまり残されていない。明日が必ずやってくると保証されている人なんかいないんだ。親愛なる兄弟姉妹よ、今夜、俺たちは一緒に祈りを捧げ、乾杯して、やり残したことをやりに行こうぜ。

もし俺が突然逝くことになったら、別れを言う暇はないだろう。俺は自分が素晴らしい人生を送ったことを知っている。映画みたいな生活だった。素晴らしい旅だったぜ。ペロ・アグアヨ・ジュニアに乾杯。俺たちのリングにも乾杯だ。

「おまえの彼女だけどね、次はうちで晩ご飯食べてもらいな。ばあちゃんがうまいもの作ってやるから」

俺はまた、夜のプロレスの時間から逃げようとしたが、うっかり捕まって、ばあちゃんの小部屋に連れ込まれた。

「どうして最近ミサワの試合に興味がないんだい？」ばあちゃんがとうとう俺に聞いた。

「ばあちゃん、俺、このことをばあちゃんに言うべきかどうか、わからない」

「何のことだい？　ばあちゃんに言えないことなんてあるのかい？」ばあちゃんは俺の耳を引っ張った。


俺は深く息を吸った。


「ミサワはもう、何年も、——何年も前に死んでるんだ！」俺は大声で言った。

「おや」

来福が俺の大声に驚いて、ワンワンワンと激しく吠えたてた。

ばあちゃんは振り返って、夜寝るときにテレビにかけている花柄の布をめくりあげた。

そしていつもの場所に座ると、手を伸ばして傍の毛布の下をごそごそ探り、リモコンを取り出した。


「おまえのじいちゃんは今どこにいるかね？」ばあちゃんが聞いた。

俺は茶の間の神棚の方を見た。

「夕飯の後にお香あげたかね？」

「うん」

「バカ孫、ミサワも同じだよ。テレビの中にいるのさ」

ばあちゃんがテレビをつけた。来福がばあちゃんの足もとにうずくまった。尻尾が、音楽に合わせてふるふると揺れている。三沢光晴のテーマ曲が鳴り響く。イントロ部分のピアノソロのスローな旋律。

だからさ、今度うちに来て、ばあちゃんと一緒にめしを食ってくれよ。

＊訳注

1 「学院」から「大学」に昇格

中国語圏において、「学院」は単科大学、「大学」は総合大学を表す。近年、多くの「学院」がブランド力の向上を意図し、「大学」への昇格を図っている。

オレンジアナウンサー失踪事件

橘色播報員消失事件 Finding Orange the Commentator

チャンピオンベルトを奪取しにきた挑戦者に、いったい何が起きたのか？
会社側は、再び妨害を画策するのか？
次週、この後の展開をお伝えします。
またお会いしましょう！

プロレス番組が終了し、ミスター宋（ソン）は、ひいきのレスラーの入場テーマ曲を鼻歌で歌っていた。ミスター宋は、ここ何週間か、このレスラーをめぐって展開している筋書きが大変気に入っている。もちろん番組を観ている間、ミスター宋はそれが「筋書き」であることを意識せず、物語に完全にのめり込んでいた。テレビの中で起きていることのすべてが、本当にこのレスラーの身にふりかかっているかのように信じられた。レスラーが騙し討ちをくらったことに憤慨し、他のレスラーが助太刀に現れたことを喜び、彼がチャンピオンベルトを奪回するその日を待ち焦がれた。実況アナウンサー、オレンジの通訳と解説のおかげで、英語が得意ではないミスター宋も、興奮の波にどっぷり浸ることができた。

ミスター宋はテレビを消し、ソファーで居眠りをしている妻を、ぽんぽんと軽くたたいて起こした。今夜は心安らかに眠ることができそうだ。明日も仕事だ。テーブルの上の、妻が剝(む)いてくれたミカンは、明日の朝食べることにしよう。

――オレンジアナウンサー失踪一日前

「なあ、今日の実況アナウンサーの声、変わったと思わないか?」

「アナウンサーって、二、三人いるんじゃないの?」

「いや、現地のアナウンサーのことじゃなくて」

「じゃあ誰?」

「中国語のアナウンサーのことだよ」

「変わった？」

「うん。全然違うよ。なんで交代したんだろう？」

「休みを取ったんじゃないの？」

ミスター宋は、リビングの椅子に座ってテレビを点け、ＬＶ育楽チャンネル[*1]に合わせた。前の番組、中華プロ野球の試合は、順調に終了していた。〝順調に〟というのはもちろん、試合中に事故などが起きなかったという意味ではない。番組表にある予定時間内に終了したということだ。

ミスター宋はプロ野球に興味がないというわけではなかった。ただ、プロレスへの興味が、他のことすべてに対する興味を遥かに上回っていたというだけだ。しかも過去に唯一好きだった、龍のマークの赤い球団[*2]が中学生の頃に解散してしまってから、ミスター宋がプロ野球を観ることはなくなった。ときどき、わくわくしながらテレビを点けると、野球の試合がまだ終わっていないことがある。そんな時、ミスター宋は、野球が終わったら必ず声をかけるように妻に言いつけ、先にシャワーを浴びに行く。

ミスター宋の判断は間違っていなかった。今日のプロレス番組の実況アナは、いつも聞き馴れたあの声ではなかった。その原因については、我々はまだ彼に伝えることはできないが、ミスター宋はこの後に知ることになるだろう。

ミスター宋が観ているのは、ＬＶ育楽チャンネルではなかったか？　なぜ、野球が出てくるのか？

ＬＶ電視台（テレビ局）は三つのチャンネルを持っている。スポーツチャンネル、総合チャンネル、育楽チャンネルだ。普通に考えれば、野球中継はスポーツチャンネルで放映されるべきだろう。しかし、その日、二つの試合が同時に開催される場合、――業界用語を使ってみよう、同時刻に二つの場所で野球の試合が「両地開打（ダブル開催）」する場合、一方の試合は育楽チャンネルで放映されるのだ。また、試合が予定通りに終了しなかった場合、後続の番組の放映時間は順次繰り延べされることになる。ミスター宋の記憶では、最大で一時間ほど遅れたことがあった。試合の途中で大雨になり、長時間中断されたためだった。

実況アナウンサーが変わったとしても、ただ音声と翻訳が変わったにすぎないはずだ。アナウンサーだって時には風邪を引いたり、喉の調子が良くなかったりすることもあるだろうが、それは声にわずかな変化をもたらすだけで、声そのものは変わらない。しかし、今日テレビから、いや正確に言うとテレビのスピーカーから流れてきたのは、いつもとは完全に別の声だった。ミスター宋はぶつぶつ言った。代理の実況アナは全くの素人だよ。レスラーの名前くらい間違わずに発音しろよ。代理アナは、プロレス番組の肝とも言える技の解説でも、なおさらぼろを出した。

長い間、台湾でのアメリカン・プロレスの番組は、本国の三週間遅れで放映されていた。

ミスター宋は、有名なネット掲示板「プロレス博物館」で、日本での放映も同様に三週間遅れだと読んだことがある。ただ、日本では字幕を採用しているところが、台湾のやり方とは少し違っていた。

台湾のやり方というのは、ミスター宋と我々が観ている、いや、聞いているように、実況アナウンサーがストーリーやセリフを同時通訳で伝えるものだ。もちろん全くの同時というわけではない。アメリカから送られてくる現場の音源に、別録りで解説を乗せているのだ。我々とミスター宋はなぜそのことを知っているのか？　聞けばわかる。テレビの中でレスラーが口を開くか開かないかのうちに、台湾の実況アナウンサーも話し始めているではないか。

——オレンジアナウンサー失踪一日目

ミスター宋は、かつて好奇心から、Xチャンネル——日本プロレスを放映するチャンネル——を覗いてみたこともある。ここではセリフなどは、翻訳されて字幕で表記されていた。

ミスター宋は、幕間に大量のストーリーが挿入されるアメリカン・プロレスに慣れてしまっていた。LV育楽チャンネルが放映しているアメリカン・プロレスは、世界最大のプロレス団体[*3]のものだった。台湾では三つのシリーズが放映されていた。月曜日に放映されるのはRシリーズ、火曜日がSシリーズ。水曜日のNシリーズは、後から追加されたものだった。まあ、これは大して重要な情報ではない。つまりは三つのシリーズが繰り返し再放送され、ミスター宋は平日は毎晩、プロレス番組を観ることができたということだ。

「アナウンサーは戻って来た？」妻が、果物の乗った皿を手渡しながらミスター宋に聞いた。

「まだだ。――おい、何でまたミカンなんだ？」

「親戚からひと箱送ってきたのよ」

「ひと箱全部ミカンなのか？」

「そうよ。なんで？　嫌いなの？」

「いや。聞いただけだ」ミスター宋は、ミカンを二房、一口で食べた。もう数日置けば、美味くなるかもしれない。

「なあ、あのアナウンサーは……うっ」

「呑み込んでから話しなさいよ」

「あのアナウンサーは、ちょっと休みを取っただけじゃないみたいだぞ」

「なんで？」

「今週ずっとあの人じゃないんだよ。三番組とも全部。しかも」

「誰にでも休みは必要でしょ。しかも何よ」

「しかも、代理のアナウンサーが全部違う人だ」

月曜日のRシリーズを例にあげよう。アメリカ本国での放映時間はCMを含めて三時間あるが、台湾で放映されるのは海外用に編集された二時間の短縮版だ。アメリカン・プロレスは、エンターテインメント性を強調しながら発展してきた。つまり、ドラマ要素が大量に詰め込まれているのである。一つのシリーズの中で、いくつものストーリーラインが同時進行するのだ。では、よくあるメロドラマとはどこが違うのか？　ストーリー展開がどれだけ複雑怪奇な様相を呈していようとも、登場人物間の確執と紛糾は、最終的にリングの上で解決される。そして試合の結果から新たな対立が生まれ、物語は無限に発展していく。このため、オレンジアナウンサーの仕事の中で大きな割合を占めていたのは、ストーリーを展開するためにレスラーが話すセリフを、翻訳して視聴者に伝えることだった。


ミスター宋が、オレンジアナウンサーがいなくなったことに気づいたあの日、妻が「二、三人いるんじゃないの？」と言っていた、現地アナウンサーとは誰のことか？　オレンジアナウンサーのもう一つの重要な仕事がここにあった。

アメリカン・プロレスの番組においては、レスラーがリング上で行う試合だけがすべてではない。オフィスや休憩室、舞台裏、駐車場、観客席などでもレスラー同士による肉体の衝突が発生する場合もある。さらには、特別に組まれた撮影セットの中で闘われることもある。番組の視聴者は、それらの場面が、レスラーの自宅であるとか、ホテルの部屋であるとか、あるいはストーリー上設定された何らかの場所であることを受け入れながら鑑賞する。もし、レスラーたちが単純にリングの内外で格闘するのを観るだけなら、監視カメラの映像を見るくらい退屈ではなかろうか？ そこで、このようなシーンについては、別途、専門に解説する人が必要になってくるというわけである。妻の言うように、二人から三人ほどのアナウンサーが、時には紛糾の当事者であるレスラーまでもがゲストとして加わって解説をするのである。オレンジアナウンサーは彼らが解説している内容も、すべてきちんと翻訳して伝えていたのである。

では、現地アナウンサーは何をしゃべっているのか？

彼らはリングの傍(かたわ)らにある放送席に座っている。それぞれに役割があり、おおよそ実況アナウンサー（play-by-play announcer）と、コメンテーター（color commentator）に分けられる。前者はプロレス技の名称を紹介し、試合に対して技術的な分析を行う。プロレス以外の一般的なスポーツ中継でも、これと同様の役割をする人員が配置されている。スポーツキャスターや、各競技の専門解説者などである。

後者は比較的特別な役割を担っている。簡単に言うと、コメンテーターは、実況アナウンサーの実況の空白を埋め、試合の進行中に完全に無言になるのを防ぐのである。コメンテーターは、あまり意味のないおしゃべりをしたり、ジョークをとばしたりもするが、悪玉レスラーを声高に応援することもある。時には、会場の大部分を占めている善玉レスラーを応援する観客に対し、悪態をついたり、からかったりすることすらある。あるいは、善玉を支持する実況アナウンサーと論戦を交わしたりもする。こうすることで、ストーリーの緊張感をさらに盛り上げるのだ。

　ミスター宋も、代理のアナウンサーたちをやみくもに責めているわけではなかった。一回の放映のために必要な翻訳は、量的にそれほど多くないのかもしれないが、内容的にはかなり広範な知識が要求されることは確かだ。ドラマ部分のセリフはまだ簡単なほうだろう。だが、技の解説には、専門的な知識が必要だ。加えて、長期にわたって番組の流れを把握していないと、現地コメンテーターが話す内容とレスラーのギミックとの関係などを、正確に翻訳することはできない。

　ミスター宋がオレンジアナウンサーを気に入っていた理由のうち、彼の声を聴きなれていたことは、ごく小さな一部分でしかない。オレンジアナウンサーは、実況の合間に、プロレスの発展の歴史や裏話を紹介してくれることもあった。さらには現地アナウンサーの言い間違いを訂正したりもしていた。ミスター宋は、オレンジアナウンサーのこういうところを尊敬していた。

　ミスター宋は、非常に耳触りの良くない一週間を過ごした。オレンジアナウンサーは、きっと来週には戻って来るだろう。我々も当初、そのように期待していたのだった。

——オレンジアナウンサー失踪七日目

事態は、ミスター宋が期待していたようにはならなかった。それからの数週間、テレビ局は自社の局アナ全員をかり出してきて、順ぐりに実況させたかのようだった（これはミスター宋が憶測したことだが）。翌日あるいは来週は誰に実況されてしまうのか、皆目見当もつかないという事態に、ミスター宋は安心してプロレス番組を楽しむことができなくなってしまった。

そんなある日、とうとう耳馴染みのある声が聞こえてきた。だが、それはオレンジアナウンサーではなかった。

「プロレスを嗜(たしな)み、プロレスを熱愛し、
プロレスなしではごはんも喉を通らない、夜も眠れない、
生きていけないプロレスバカ、プロレス狂、プロレスファンの皆さま、
こんばんは！」

それは、ＬＶ電視台のベテラン人気アナウンサーの一人――非常によく通る声質と強烈に個性的なしゃべりのスタイルで知られ、〝愛国熱血キャスター〟との異名を持つ、徐キャスターだった。

ミスター宋は驚愕した。徐キャスターは、「本業」である野球中継以外にも、この数年ＬＶ電視台が力を入れ始めたｅスポーツ番組の実況も担当していた。今度はプロレスまでやらせるのか？　こんな人員配置、いくらなんでもやりすぎじゃないか？

最初のうち、ミスター宋は、徐キャスターもオレンジアナウンサーの代役を押し付け合う爆弾ゲームの参加者の一人なのだろうと思っていた。ところが、それからの一週間、聞こえてくるのはすべて徐キャスターの声だった。徐キャスターは、それ以前の何人かの代役アナウンサーに比べれば、さすがに熟練とも言えるしゃべりを聞かせていた。だが選手の名前を読み上げる際に、やはり半拍ほど遅れたし、技の名前を言うべき場面で完全に沈黙するという失態をもやらかした。

ミスター宋が最も我慢できなかったのは、徐キャスターが、ある場面でうっかり口をすべらせたこのひと言だ。

「今のはさすがにわざとらしいですね。ハハハ」

「テレビどうして消したの？」

「聞いてられない」

「最近ずっとそう言ってたけど、消したのは初めてね」

「なあ、お前の職場に新入社員が来たとして、試用期間中、ずーっとヘマばっかりしてたら、どうする？」

「できるまで教えるわよ。試用期間って、そういうものでしょ。慣れるまで時間が必要だし」

「じゃあ、ヘマを連発した上にだな、心の中では、お前の会社とか、会社の業務とかを見下していたとしたら？」

「明日から来なくてもいいです、って言う」

「俺がテレビを消したのはそういうことだ」

　ミスター宋は、プロレス博物館の掲示板では、ふだんは〝潜水〟していた。つまり見るだけで、書き込みはしないのである。この一か月は、番組を真剣に観る気にもなれなかったので、掲示板をチェックしに行く回数も減っていた。だが、ミスター宋はとうとう我慢できなくなり、皆がこの件についてどう思っているのか知りたくなった。

　ミスター宋が掲示板に入ると、すっかり出遅れていたことを知った。掲示板では、一か月以上前から、この件が一番ホットな話題になっていた。

掲示板の声は、ＬＶ電視台の横暴と、何の説明もないことに対する批判に集中していた。多数のネット民、特にこの掲示板には来ない人々が、とっくの昔に局のオフィシャルサイトやFacebookのオフィシャルページに集中的にクレームを書き込んでいた。

ミスター宋は、ある書き込みに興味を持った。ＬＶ電視台は、視聴者の不満を抑えるために、局内で一番人気のアナウンサーを引っ張り出したのではないか。徐キャスターの長年にわたって積み重ねられた評判と知名度を借りて、プロレスファンの反対の声を鎮めようとしたのでは？

だがその目論見は、あのひと言で水の泡と消えてしまった。

ミスター宋はパソコンの画面を妻に見せた。徐キャスターがこんなに叩かれてるの、初めて見た。可哀そうね。妻は言った。可哀そうじゃないよ。だけど、一番憎らしいのは、こういう策を弄（ろう）したＬＶ電視台の上層部だけどな。

ミスター宋は、掲示板に投稿された罵声と、番組ボイコット宣言の一つ一つを、ざっくりと見ていった。少数だが、違う観点の意見もいくつかあった。ミスター宋は、それら少数派のアカウントが、この掲示板が設立されて間もない時期に登録された、年季の入ったプロレスファンたちのものであることに気がついた。

少数派は指摘していた。抵抗しても無駄だ。オレンジアナウンサーだって、プロレスの実況を始めた当初、今は亡きいくつかのプロレスサイトで当時のネット民たちに散々批判されていたではないか。何人かの古株アカウントはさらに、本当に素晴らしいプロレス実況アナウンサーは、アメリカン・プロレスがまだＬＶではない局で放映されていた時代、そこで活躍していたロビンである、と主張していた。

　ロビンというのは、龔懐主（ゴン・ホワイジュー）キャスターの英文名だったが、ミスター宋が知っている彼は、別のスポーツチャンネルで自動車レースの実況をしていた。それ以外の彼の過去のことは知らなかった。当時ミスター宋はまだ小さかった。掲示板の古株の人びとが、オレンジアナウンサーの実況スタイルをいいと思ったことはない、やはりロビンが良かった、と言うのを見て、ミスター宋は彼らが何を言っているのか全くわからなかった。

　自分ひとりが気にかけていたのではなかった、自分ひとりが怒りを感じていたのではなかったことを知り、ミスター宋は少なからず気が楽になった。だが、寝る前になって、ミスター宋は、オレンジアナウンサーがどこに行ったのか、誰も話題にしていなかったことを思い出した。

　ミスター宋は妻に告げた。オレンジアナウンサーの行方を、必ず探し出す、と。

——オレンジアナウンサー失踪三十六日目

　次の夜、ミスター宋はもうテレビを点けず、ネットでＬＶ電視台のオフィシャルサイトとFacebookページを検索し、ついでに「LV電視台に抗議しよう　オレンジアナウンサーを返せ！アクション」ページの「参加」のタグをクリックした。アクションの活動期間は一年に設定されていて、発起人は長期戦を覚悟しているようだった。「参加」をクリックした後、妻のアカウントにも参加の招待を送り、一緒に盛り上がろうと思った。ミスター宋は掲示板に入り、自ら、オレンジアナウンサーの行方を尋ねる文章を投稿した。投稿し終わると、シャワーを浴びに行った。もうすぐ旧暦の新年だ。既にかなり冷え込んでいた。

タオルを巻いただけのミスター宋がパソコンの前に戻って来ると、意外にも、先ほどの投稿にもう誰かがコメントをつけてくれていた。

「おい、オレンジアナウンサーはFacebookページを持っていたぞ！」

「何て書いてあるの？」

「ちょっと待て、いま遡って読んでる……、あった！　去年の年末、長文をアップしている」

「先に身体拭いて、何か着たら？」

「そんなのは後でいい。いまはこっちが大事だ。お前も読むか？」

「いまフェイスパックしてるのよ。だいたいの内容教えて」

ミスター宋は両脚から雫を滴らせたまま、その長文を急いで二度読んだ。

「まず、徐キャスターが引き継いだ件だ。――徐キャスターをあまり責めないで欲しい、なぜなら、裏に事情があるから。局全体の予算の事情だ、と」

「予算？」

「ちくしょう！　ひどすぎる。ＬＶは本当にブラックだな。オレンジアナウンサーの毎月のギャラはいくらだったと思う？」

「高くはないってことでしょ？　三万元？」

「世に言う〝初任給二万二〇〇〇元〟より安いぞ。なんと、週に五〇〇〇元だ」

「月二万元？　毎週五〇〇〇元で番組三つ？　ありえない！」

「テレビ局がそれしか払えないわけないよな、はっ、笑わせんな。それで、オレンジアナウンサーはさすがにもう続けていけなくなったということだ」

「確か、彼は局の正社員じゃないって言ってたわよね？」

「そうだ。だから局アナに置き替えて、コストを抑えようとしたんだろ。ひどいな。アナウンサーが交代で実況していたのは、人手が足りなかったんだ。……次の段落で徐キャスターをプロレス番組に起用した事情を書いているが、掲示板で誰かが指摘していたみたいに、ファンからのクレームを抑えようとしたんだそうだ。あ、あの指摘は、もしかしたらここから転載されたのかも」

「まだあるの？　床がびしょびしょなんだけど」

「俺が後で拭くから。オレンジはかなり温厚な人だな。後半は徐キャスターに対する敬意が書いてあるぞ。とはいえ、徐キャスターの専門は野球だから、やっぱり一番の問題はこういう決定をした上層部にあると。最後は、『長い間応援してくれてありがとう、今年の年度大会を一緒に観られないのは残念だ』と」

「悪口は書いてないの？」

「ない。局の事情の部分も、ごく婉曲に暗示しているだけだ」

「ふーん。でも、ようやく彼を見つけたわね」

「そうだ。でも、まだ終わっていない」

「終わってない？」

「小さい頃、『アイラブ黒渋会』と『ものまね棒棒堂』[*4]を観ていたか？」

「もちろん。あの頃みんな観てたじゃない。一番人気があった番組でしょ」

「その前に放映されていた番組を知ってるか？」

「確か……、『サウス・パーク』？」

「当時、ネットで一番盛り上がったスローガンが、〝黒棒やめろ、サウスを返せ〟だ。『サウス・パーク』はすごく人気があったのに、あんなくだらない番組に替えやがって！」

「『サウス・パーク』って、聞いたことはあるけど観たことはないのよ。そんな歳じゃないし」

「俺だってお前と何歳も変わらないぞ。いや、俺が言いたいのはだ、『黒渋会』も『棒棒堂』も、もうとっくに終了しているのに、ネットではいまだに、〝黒棒やめろ、サウスを返せ〟と叫んでいる人がいるということだ。なぜなら、『サウス・パーク』はまだ戻ってきていないからだ」

「だから？」

「だから、オレンジアナウンサーの行方がわかったのは良かったが、オレンジアナウンサーはまだ元のところに戻っていないということだ。この件はまだ終わっていない」

——オレンジアナウンサー失踪三十七日目

ミスター宋の旧正月は、ずっと風邪をひいて過ごした。家にはまたミカンがひと箱やってきた。妻の実家に帰った時、親戚にもらったのだ。年が明けてからは、ミスター宋の仕事の繁忙期だった。本来ならこの時期、ミスター宋はアメリカン・プロレス恒例の年間最大イベントを楽しみにしているのだが、今年は完全に情熱を失っていた。寝る直前、危うく風邪薬を飲み忘れそうになり、ミスター宋は気が付いた。自分がもうすでに二週間以上プロレスを観ていないことを。

アメリカン・プロレスは、通常番組の他に、ほぼ毎月「PPV（ペイ・パー・ビュー）大会」というものも行なっていた。大会は、古くは一九八五年にも遡る。PPV大会は、通常番組を放映しているチャンネルではなく、別途、ケーブルテレビ業者に料金を支払い、試合当日に特定のチャンネルで観る。このようなビジネスモデルは、プロボクシングのタイトルマッチや注目度の高い対戦、あるいは近年人気が出てきた総合格闘技などで広く採用されているものだ。だが台湾では、現地より遅れて放映される関係もあり、長い間、アメリカン・プロレスのPPV大会は放映されてこなかった。わずかに、毎週の通常番組の中で、写真や一部の限られた映像などを使い、さらにはオレンジアナウンサーが説明を補足することによって、毎月の特別大会で起きていることを想像するしかなかったのである。

ミスター宋の記憶が正しければ、オレンジアナウンサーの努力によって、まずは最も歴史がある四大特別大会の放映が始まった。ミスター宋が毎年とても楽しみにしている「レッスル・マニア」——言うなれば、アメリカンフットボールのスーパーカップ、野球のワールド・ベースボール・クラシック、バスケットボールのNBAファイナルにも匹敵するもの——も含まれていた。その後、台湾のプロレスファンは、すべての特別大会をテレビで観られるようになった。しかも別途の費用なしで。

レッスル・マニア大会は、この上もなく華々しい会場が用意され、数万単位の観客が集まる。いくつもの伏線が絡み合い、一年かけて展開してきた物語が、ここで最大、最終、最高潮の山場を迎えるのだ。しかしいまの実況の悲惨な品質を考えると、今年、ミスター宋はどうしても興味がわかなかった。

「ねぇ、ニュース見た？」

「今日はずっと忙しかったんだ。どうした？」

「スポーツ面、ここ」

ミスター宋は新聞を受け取った。朝刊スポーツ面のトップは、徐キャスターが十年勤めてきたＬＶ電視台を辞めたニュースだった。

何年も前から、ＬＶ電視台は「アナウンサー農場」だとネットで揶揄されてきた。才色兼備の若い女子アナを数多く輩出するが、彼女たちのほとんどは他のテレビ局に移籍してしまうからである。もちろん待遇に問題があるのだ。だが、キャリアもあり、幅広い層の視聴者に人気のあった徐キャスターまでもが辞めてしまうとは、ミスター宋は思ってもいなかった。

「このテレビ局は一体どうしちまったんだ？」

この後、我々とミスター宋は、徐キャスターが出版した回顧録の中で、今回の顚末の内幕を知ることになるのである。このあとすぐだ。

――オレンジアナウンサー失踪六十四日目

徐キャスターが去った後の空白はすぐに、ある無気力アナウンサーによって埋められた。このことはまたもや批判の砲火を呼んだ。ミスター宋は、テレビを点けて何度か番組を観たが――なぜなら大好きな伝説のレスラーが何年もの空白を経て番組に戻ってきたので、自分を奮い立たせて観たのだ――、もう二度と、かつてのような熱狂を感じなかった。過去の〝黒棒やめろ、サウスを返せ〟運動の経過を思い返しても、もともとかなりのマイノリティーであるプロレスファンに、天地を揺るがす大きなムーブメントを生み出すことなどできるはずもなかった。

時おりミスター宋は掲示板で、誰かがオレンジアナウンサー失踪以降の日数をカウントし続けているのを見た。自分でも、Facebookのイベントページから、おおよその日数を計算してみた。早くも半年が経とうとしていた。

ミスター宋はネットで偶然、台湾電視が一九九六年前後に、アメリカの人気テレビシリーズ『新スター・トレック』を突如打ち切りにした事件の記事を読んだ。十数年を経て、まだ多くのファンが依然としてそのことを深く恨んでいた。もちろん、アメリカン・プロレスの場合は、台湾での実況アナウンサーが交代しただけで、番組そのものが打ち切られたわけではない。英語が得意なプロレスファンなら、オフィシャルサイトなどの海外の情報源を通じ、引き続き新しい情報を得ることができたから、大した影響はなかったかもしれない。

しかしミスター宋にとってみれば、子供の頃にアメリカン・プロレスの洗礼を受け、そこから深くのめり込んでいく過程で、ずっとオレンジアナウンサーの声を聞いてきたのだ。まるで自分の身体から無理やり何かを引き剝がされたような感覚だった。それはミスター宋が小学校の頃、大好きだった自然科学の先生が他校へ転勤してしまい、先生と共に自然科学への興味が去ってしまったように感じたのと似ていた。

この日、ミスター宋は、オレンジアナウンサーがFacebookに上げたある文章を目にした。彼がテレビ局にいた時、局には視聴者からのさまざまなクレームや、政府の関係機関からの通告が絶えず寄せられてきたが、テレビ局が受けたこうしたプレッシャーは、ほぼそのまま、オレンジアナウンサーに転嫁されていたという。

ミスター宋は、オレンジアナウンサーの文章に添付された画像に興味を引かれた。それはＮＣＣ（国家通訊伝播委員会）のホームページ上で公開されている視聴者クレーム申立ての内容をそのまま転載したものだった。クレームを受けた番組と放送時期を見ると、まさにオレンジアナウンサーが担当していた当時のアメリカン・プロレスＲシリーズについてのものだった。

・申立て人が不適切だと感じる項目：児童青少年の心身を害する
・申立て主旨：この番組はPG12レーティング[*5]に指定されてはいるが、暴力的過ぎる
・申立て内容：LV育楽チャンネルのプロレス番組は非常に暴力的であり、PG12レーティングにも該当しない！　当該番組では、レスラーが理性を失い、レフェリーの制止も聞かずに場外で乱闘が始まり、頭を押さえて壁に打ち付けたり、椅子で相手の頭を挟んだりしている！　頸椎を攻撃するなどのシーンは、殺意すら感じさせる危険なものだ！　映像は残忍で観るに堪えない！　スポーツとは本来、心身にとって有益なものでなくてはならない。この番組は6歳から12歳の児童が観るには全く不適切である！相応の処罰を期待する。

ミスター宋も知っている。長きにわたり、プロレス番組は、世の道徳警察の人たちの攻撃目標だった。テレビ局は何度も通告を受け、さらには罰金を科せられることもあった。しかし、プロレス番組の放映時間は夜十時から深夜二時までである。試合中に流血シーンが出現することもあるが、その時は画面を白黒に切り替える処理まで施している。ところ

が、同じ時間帯の映画チャンネルでは、流血であろうが殴り合いであろうが、フィクションであることを隠れ蓑に、何の修正も加えずに放映しているのである。これはダブルスタンダードではないか。

そしてこれはミスター宋は知らないことだが、我々が四十年ほど前の三チャンネル時代[*6]を振り返ると、一九七一年に中国電視が時代の先陣を切って日本プロレスの番組『プロレス大会』を放映し始めた時、ライバル局である台湾電視は、政府文化局に対して「ゴールデンタイムに暴力的な内容の番組を放映することは適切ではない」という申し立てをし、中国電視はやむなく放映時間を金曜の夜十時に変更せざるを得なくなった、という出来事もあったのである。そうしておいて台湾電視自らは、ゴールデンタイムにアメリカのプロレス番組『プロレスリング』の放映を開始したのだった。

三チャンネル時代にテレビ局間で繰り広げられたこんな駆け引きは、プロレスの試合そのものほど面白いものではなかったが、この間、とんでもない事件も起きていた。

台東県に住むある男性は、中国電視のプロレス番組を鑑賞中に緊張のあまり心臓発作を起こし、死亡した。これに続く何回かの放映でも、苗栗や台北に住む観客が、内容の過激さに堪えきれず亡くなる事例が発生した。台湾電視はこれをやり玉に挙げ、日本のプロレスは過度に暴力的であると中国電視を批判した。しかし、台湾電視が自らアメリカのプロレス番組を放映し始めると、放映開始初日にして早くも、台北県の労働者と雲林の女性を、恐怖のあまり死に至らしめたのである。
　四十年経った今日、刺激的な映像や音声に慣れきった観客は、プロレス番組が過激すぎるせいで生命に危険が及んだりはしないだろう。放送開始初期からの視聴者の中には、老いて死ぬまでプロレスを観続けていた人々もいる。ひと頃、よくマスコミに登場していたのは、台中市太平区に住む一〇〇歳の管張(グアンジャン)おばあちゃんだ。二〇一三年十月十日付の中国時報が報道したタイトルを例に挙げてみよう。

「おばあちゃん一〇〇歳　長生きの秘訣はプロレス観戦」

ミスター宋は、この記事の切り抜きを大事にとってある。

——オレンジアナウンサー失踪一四五日目

　郷土史研究家で作家の管仁健(グアン・レンジエン)氏の報告書から、我々は過去のプロレス番組の人気を知ることができる。プロレス番組は、大人たちを悶絶死させただけでなく、当時の児童生徒の間に、プロレスごっこの大ブームを巻き起こしたのだ。

小学校に行くと、子供たちがプロレスごっこをしているのが至るところで見られた。首を引っ張ったり、腹を蹴ったり。雲林県の虎尾や西螺一帯は、もともと住民の気質として血の気が多く、武芸を尊ぶ土地柄ではあったが、多くの中学高校で学校構内に仮設リングが設置され、その上で男子生徒たちが殺し合いの真似ごとをし、場外では女子生徒たちが歓声を上げていた。

——管仁健「打ち切りに追い込まれた日本プロレス番組」

ミスター宋がこの文章を読めば、きっと強いデジャヴを感じることだろう。これはまさに四十年を経た今日、過度な道徳意識に燃えた民衆が、NCCにクレームを申し立てた内容と同じではないか？　これは、プロレスが普及していく過程で、終始避けることのできない問題であった。

ミスター宋は思い出す。アメリカン・プロレスの番組内やそのCMでは、「Don't Try this at Home / School / Anywhere」という警告が繰り返し表示される。さらには、そのときどきの人気レスラーが登場し、自分の身体に残る数々の傷や手術の痕を見せ、視聴者に、特に未成年の視聴者に警告を発してもいる。

ひとりのプロレスファンとして、ミスター宋はプロレスごっこの魔力を熟知している。すでに三十近い年齢の自分ですら、就寝の際、どうしても我慢できなくなって「ミサイル・

ドロップキック！」と叫びながらダブルベッドの妻の隣のスペースめがけて飛び込み、悲鳴と猛抗議を浴びせられることもある。プロレスを真似する子供たちは、まさに青春のエネルギーに満ち溢れ、事故とはいったいどんなものか、人間の身体がどれだけ脆いものかということがわからないのだ。

ミスター宋は、『摔角王（プロレス王）』というイラストエッセイを買って読んだ。これはプロレスについて語る台湾では数少ない本で、もちろん著者自らもプロレスファンだった。ミスター宋は三巻全部購入し、思い立った時に取り出して繰り返し読んだ。本の中では、著者が子供の頃よくプロレスごっこをしていたこと、そしてやはり骨折などの重大な結果を招いたことも書かれていた。ミスター宋は、プロレスごっこによる事故の報道をたくさん見てきた。二〇〇六年、インドネシアの九歳の男の子が友達とプロレスごっこをしていて、不幸にも亡くなってしまった。その後の世論の圧力により、インドネシアのテレビ局はプロレス番組の放映を停止せざるを得なかった。プロレス大国のアメリカにあっては、プロレスごっこでの事故、しかも死亡事件は頻繁に起きている。

もちろんミスター宋が今まででもっとも衝撃を受けたのは、台湾東部、小城の建設用地で発生した大学生のプロレス模倣死亡事故であった。一時期、あまりにマスコミがそればかり報道するので、妻ですら今でもその話題を記憶しているほどだ。亡くなった少年と、当日一緒にプロレスをした友人たちは、「プロレス博物館」の常連だったそうだ。野次馬と、道徳警察が大量にアクセスしたことにより、プロレス博物館のサーバは一時的にダウンした。

半年が過ぎても、ミスター宋はオレンジアナウンサーの声を記憶の中から呼び出すことができた。こうした事件について、彼が沈痛な声で呼び掛けた言葉が、今でも耳に残っている。オレンジアナウンサーは言った。——台湾で、いや世界中で、プロレスはいまだに数々のレッテルと汚名を着せられています。プロレスファンとしてするべきことは、プロレスファンのイメージを守ることです。そうすることで、いまは理解してくれていない人々の見方を、少しずつ変えていくことができるかもしれません。プロレスに対する情熱のあまり、プロレスの真似をしたり、事故を起こしたりするたびに、あなたの愛するプロレスを傷つけていることになるのです。

もちろん、いまの担当の無気力アナウンサーはこんなことを言うはずがない。無気力アナウンサーは、プロレスの実況を担当して半年経っても、自分が知らない技はすべて「延髄斬り」で済ませていた。延髄とは全く違う部位にかけた技であっても。

ミスター宋は、オレンジアナウンサーのFacebook投稿から、アメリカン・プロレスの会社からは、映像素材と共にその日の内容の詳細な脚本が送られてきていることを知っていた。脚本には、ストーリーの概要や各シーンの時間配分、さらには試合の所要時間が秒単位で記されているという。無気力アナウンサーがプロレスに全く興味がないことは明らかだった。

無気力アナウンサーは、ある日の番組の冒頭、今日のエンディングでは誰々選手がサプライズで復帰しますよ、と得意げに予告したりもした。――いや、それでは視聴者にとって〝サプライズ〟ではなくなるのだが。

こんな「ネタバレ」行為は、長年プロレス番組を観続けてきたファンには全く耐え難いことだった。たとえ、テレビを観ている全員が、プロレス番組では〝ストーリー〟を演じていると知っていても、アナウンサーが内幕をバラすなどということは言語道断である。アナウンサーは、観客をドラマに引き込む架け橋の役目をするべきで、それが〝ストーリー〟であることを強調してしまっては、何もかも台無しではないか。

しかも無気力アナウンサーは、この日、リングに復帰したベテランレスラーの過去について何も予習していなかった。彼は何の感慨もない口調で淡々と実況を続けたが、それは画面に映しだされる会場の熱狂とはとてもちぐはぐなものなのだった。

ミスター宋は大きなあくびをした。オレンジアナウンサーがいてくれたら、このシーンは素晴らしいものになっただろうと想像せずにはいられなかった。

――オレンジアナウンサー失踪三五二日目

一年半が過ぎた。テレビ局はプロレス番組の人気を復活させようと、プレゼント企画を連発し、直輸入したオフィシャルグッズを大盤振る舞いした。噂によるとその企画は、オレンジアナウンサーがいた時、何度も局に提案したが、あっさり否決されていたアイディアだったという。

無気力アナウンサーがまたひどい言い間違いをしたという指摘をネットで見た時だけ、ミスター宋は再放送の時間にプロレス番組を観た。

ある時、テレビ局が突然、水曜日のNシリーズに替えて、Mシリーズを放映すると発表した。以前なら皆、憤慨していたはずだろう。しかし憤慨するプロレスファンはもうとっくに去ってしまっていた。オレンジアナウンサーが降板した時のような、激しい反対の声はもう上がらなかった。

Nシリーズは、アメリカン・プロレスの会社の新人発掘番組だった。期待される若手選手や、世界各地のプロレス団体から発掘してきたレスラーを集め、ここでアメリカン・プロレス会社のリングスタイルに慣れさせるのだ。収録は比較的小さな会場で行われ、ストーリーもシンプルで合理的だった。試合内容のレベルの高さが重視され、出場レスラーたちが、プロレスファンから「メインステージ」と目されているRシリーズやSシリーズに出場できる日を目指して戦っていた。Nシリーズは、オレンジアナウンサーが消えてから、ミスター宋が唯一、番組の終わりまで観ることができていたシリーズだった。もちろん、音声はミュートにしていることもあったが。

Nシリーズにとって代わるMシリーズは、基本的には月曜のRシリーズと火曜のSシリーズのハイライト番組だった。このことは、苦戦が明らかな無気力アナウンサーに配慮したものではないかとの邪推(じゃすい)を免れなかった。ベテラン選手の名前すら間違える彼に、Nシリーズに登場する新人のことを調べる余力なんかないだろう。Mシリーズなら、既存の二つのシリーズを復習するだけで済むのだから。

何人かのプロレスファンが、テレビ局のオフィシャルサイトにぱらぱらと不満を書き込んだ。以前の批判一辺倒の情勢から変化があったようで、コメントツリーには無気力アナウンサーの擁護者が現れ、反論を展開した。時間の経過に加え、プレゼント攻勢による「引き止め」工作が効果を発揮して、無気力アナウンサーにも支持層ができ始めたようだった。ミスター宋はもうなんと言っていいかわからなかった。

妻がミスター宋に言った。だって考えてもみなよ、きっと無気力アナウンサーだって辛いんだよ。会社がコスト削減で人をカットしたあおりで、得意でもない業務をむりやり押し付けられてるんだよ。採用時の契約にない業務をさせられてるのに、仕事に情熱を持てっていうのは無理じゃない？

そういう話は聞きたくない、と口では反論してみたが、ミスター宋の心の中では、妻が言うことも間違ってはいないと感じていた。

「そんなに心の底から、無気力アナウンサーを嫌ってるの？」妻が聞いた。

「うぅ、そうだけど、そうでもない」

——オレンジアナウンサー失踪五二九日目

徐キャスターの自伝出版に関するインタビュー記事を目にしなければ、ミスター宋はすでにオレンジアナウンサーの失踪から何日経ったのかもわからなくなっていた。ミスター宋は、ネットのプロレス掲示板にこの記事の全文が貼られているのを見て驚いたが、丁寧に読んでみると、徐キャスターがＬＶ電視台を辞めた顚末を語る中で、一時期、代役でプロレス番組を担当していた時の心境について触れていたのだった。

先ほども言いましたが、局アナに、担当するスポーツを選ぶ権限はありません。会社の指示に従うだけです。あの一年、私を含む局内のアナウンサーが順番にアメリカン・プロレスの実況を担当しました。プロレスファンの皆さんは前任のアナウンサーのほうが良かったと思われたようで、私たちはそれはもうひどく叩かれました。でも、私もとても大変だったのです。すごく疲れました。批判されたのは、私が、スポーツの試合には嘘があるべきではないという立場をとっていたからでしょうね。前任のアナウンサーは、申し分ないプロでした。どうして彼が降板させられたか？　会社の上層部に嫌われたからです。

ミスター宋は徐キャスターが再び「プロレス」と「嘘」を結びつけたことに対して、もう何の怒りも湧かなくなっていた。もちろんそんなことを認めはしないが、徐キャスターが自分の専門外のことを誤解してもしかたがないと諦めることができたからだ。どうせプロレスについて誤解しているのは、徐キャスターだけではないのだし。

記事の中で徐キャスターは、局に在籍していた十年の間、一度も昇給がなかったことを明かした。しかも局外での司会の仕事や、広告への出演などもほぼ禁止されていた。ミスター宋は、局がオレンジアナウンサーに支払っていた雀の涙のような制作費を思い出し、オレンジアナウンサーや徐キャスターの情熱を支えていたものは、給料を超えた何かだったのだと考えた。ミスター宋はインタビュー記事をダウンロードし、妻にも後で読ませようと思った。

我々はかつて、ミスター宋が、オレンジアナウンサーが失踪した原因を後に知ることになるだろうと予告した。あれからもう二年あまりが経過してようやくそれが判明したわけだが、遅すぎはしなかっただろう。

なぜならミスター宋は、オレンジアナウンサーが失踪して初めて、彼のことを調べ始め、今に至っているからだ。以前から彼のことを気にかけていたわけではなかった。お馴染みの番組で声が聞けなくなったことをきっかけに、ミスター宋は、番組の外での彼について深く知ることになった。

実は、オレンジアナウンサーは、アマチュアのプロレスラーでもあった。なるほど、彼が持つプロレスの技や歴史に対する知識は、資料を調べたくらいでは身につくはずのない習熟度と情熱を備えていたのもうなずける。歴代のデータをすべて暗記しているベテランの野球アナウンサーであっても、投打対決に臨む選手本人の心理をリアルに語ることはできない。自らが同じ場面を経験したことのある元選手の野球解説者だけが、その気持ちを明確に説明することができるのだ。

オレンジアナウンサーがFacebookで、彼が所属するプロレス団体が、この週末にイベントを開催すると告知していた。

——オレンジアナウンサー失踪七四三日目

ミスター宋がさんざん迷った末、ようやく心を決めた一日がやってきた。

妻とミスター宋は地下鉄に乗り、バスに乗り換えて会場最寄りの停留所で降り、さらに五分ほど歩いた。妻が、風で乱れたミスター宋の髪を手櫛(てぐし)で整えた。

「緊張してる？」

「そうでもない」

「うそ。死ぬほど緊張してるくせに」

「してないって。オレンジアナウンサーの話を聞くの、初めてじゃないし」

「でも、直接話したことはないよね。私、台湾プロレス観るの初めて」

「俺もだ」

「この辺かな？」

「あの建物がそうだろう。なぁ、こんなものをあげたら、変じゃないか？」

「今さら遅いわよ。まあちょっと変だよ、おおげさっていうか」

会場に入ろうとした時、入り口のところで、ミスター宋は、長いこと聞いていなかった懐かしい声を聞いた。それは、むこうを向いた一人の男が発する声だった。

オレンジアナウンサーだ。


「こんにちは、お久しぶり……じゃなくて、あなたにずっとお会いしたかったんです。あなたの実況が大好きだったんですよ。聞けなくなって残念です。今日は妻と一緒に、あなたの試合を観に来ました。これ、どうぞ。妻の実家で作ってるミカンです。ほんの気持ちだけ、一袋だけですから、ご遠慮なく」

ミスター宋は心の中で、今から展開されるであろう会話を復習した。

ミスター宋は妻に、後ろ姿の男を指さして見せた。妻はぐいっとミスター宋の背中を押した。

行きなさいよ。後でツーショット写真撮ってあげるから。

ミスター宋が肩を軽くたたくと、オレンジアナウンサーが振り返った。

「もう二年だよ、オレンジアナウンサー」ミスター宋が口を開いた。

——オレンジアナウンサー失踪七四六日目

ミスター宋は、とうとうオレンジアナウンサーのいないプロレス番組に慣れた（あるいは、諦めた）。

オレンジアナウンサーは今でも、Facebook上でプロレス界の最新事情について——特に、ベテラン選手の亡くなった報道などについて、プロレス愛好者たちと語り合っている。ある意味で、オレンジアナウンサーは自分の新しい居場所を見つけたようだ。だがミスター宋に言わせれば、オレンジアナウンサーはまだ彼の居るべき場所に戻ってきていなかった。

ミスター宋はある日、チャンネルを替えていて、うっかりプロレス番組に当たってしまった。長い間忘れていた、好きなレスラーの入場曲が聞こえてきた。このとき初めて、このレスラーがイメージチェンジしていたことを知った。ミスター宋は、テレビの音量を聞こえるか聞こえないかぎりぎりのところまで絞った。

リビングの明かりは消されている。

テレビ画面の光がミスター宋の眼鏡に反射し、我々にはミスター宋の表情を見ることはできない。

テレビが発する実況の声も、よく聞こえない……。

＊訳注

1　LV育楽チャンネル

台湾の有線テレビ局「緯来電視網（Videoland Television Network）」下の、スポーツや映画、ドラマなどを放映するチャンネル「緯来育楽台」がモデル。

2　龍のマークの赤い球団

台湾のプロ野球チーム「味全龍（味全ドラゴンズ）」のこと。一九九九年、八百長事件の影響で解散したが、二〇一九年に中華職業棒球大聯盟（台湾プロ野球リーグ）に再加盟し、二〇年に参加した二軍リーグで優勝。二一年の一軍リーグへの復帰を目指している。

3　世界最大のプロレス団体

WWEのこと。文中のRシリーズは「RAW」、Sシリーズは「SmackDown」、Nシリーズは「NXT」と推測される。

4　『アイラブ黒渋会』と『ものまね棒棒堂』

二〇〇〇年代に台湾で大人気を博したスターオーディション番組。『アイラブ黒渋会』（我愛黑澀會）は二〇〇五〜〇九年、『ものまね棒棒堂』（模范棒棒堂）は二〇〇六〜〇九年、その二つを統合した『アイラブ黒渋棒棒堂』（我愛黑澀棒棒堂）は二〇〇九〜一一年に、ケーブルテレビの音楽専門チャンネル「Channel［V］」や台湾電視で放送され、多数の新人アイドルやアーティストをデビューさせた。

5　PG12レーティング

原文「保護級」。国家通訊伝播委員会（NCC）が規定する台湾のテレビ放送レーティングの一つ。「保護級」は、「六歳未満の鑑賞には適さず、六歳以上十二歳未満の年少者の鑑賞には、保護者の助言・指導が必要。十二歳以上は誰でも鑑賞できる」。

6　三チャンネル時代

原文「老三台時代」。九〇年代初頭以前の、政府系の三つのテレビ局「台湾電視公司」「中国電視公司」「中華電視公司」のみが合法とされていた時代のこと。

パジロ

巴吉魯 Pacilo

昼の十二時を過ぎた頃、アパロ・ロホックは、ポケットの奥をもぞもぞ探ってようやく鍵を引っ張り出し、主港区区民活動センターの正面扉を押し開いた。受付の利用者記録簿にサインして時間を記入し、扉に再び鍵をかけ、二階の多目的教室に上がる。

教室の床には、一メートル四方もある正方形の大型ジョイントマットが敷き詰めてある。教室の外に貼ってあるスケジュール表には、月・水・金の夜はヨガクラス、土曜の午後と日曜の午前は、アパロたちが使うことが書かれている。彼らとヨガクラス以外に、この教室を使う人はいないようだ。

教室の入り口で靴を脱ぎ、アパロは、メーカーのロゴが擦り切れて見えなくなったトレーニングバッグを下ろして、教室のすべての窓を開けた。ここからはちょうど区民センターの前の駐車場と、バスケットボールコートの半分が見えた。アパロが教室の後方に行くと、前回の選挙の時に使われた市長のデフォルメキャラクターの人型パネルが目に入った。パネルと期限切れの広報ポスターの紙箱が乱雑に積みあげられている脇に、十二枚の柔道用マットが整然と重ねられている。あとで練習生に運ばせよう。アパロは教室のもう一面の壁の方を注視した。そこは、教室全体を映し出す、壁一面の鏡だった。

アパロ・ロホックは小城の人口の四分の一を占める原住民だ。阿美族(アミ)[*1]の彼は、もう自分の漢名は忘れてしまった。中学生の時、母親が彼を連れて戸籍事務所を訪れ、阿美族の言葉での名前を回復した。[*2]アパロは「パンノキ」のこと、ロホックは「正午」の意味で、早逝した父親の名前[*3]だった。これがお前の本当の名前だよ。母親は言った。それ以来、アパロは以前の嘘の名前は捨ててしまった。

アパロは教室の真ん中にあぐらをかいて座り、トレーニングバッグから、自分で縫ったマスクを取り出した。今週はずっと天気が悪く、金曜になってようやく晴れた。マスクを触ってみると、まだ少し湿っていた。まあいい。かぶればまた汗で濡れる。これはアパロの初めてのマスクではない。このマスクで演じるキャラクターは、レスラーとしてデビューして以来、二つ目のものだった。

彼はいつも、早めに練習場に着くことにしていた。今日の練習が実際に始まるのは午後一時だ。以前なら、彼はリングを組む準備を済ませていただろう。でもここではその必要はない。立ち上がったばかりの「パジロ小城レスリング」は、まだ自分たちのリングを持っていない。

徐文二兄貴が、リングのことを地区長と相談してくれているはずだが、その後どうなっただろう?

徐文二はパジロ小城レスリングの発起人だ。兄貴はいつも、僕たち四人で立ち上げたんだ、と言っていたが、もし彼がこんな酔狂なアイディアを言い出さなかったら、俺たちはいまでも、それぞれ別の団体で闘っていたかもしれない。あるいは、仕事や家庭のことで忙しく、半分引退した状態になっていたかもしれない。四人のうち、最初に小城に戻ってきたのはアパロだ。母親が入院を繰り返していたし、北部に居るのももう飽きていたので、フィットネスジムの仕事を辞めて、小城に戻ってきた。それからは、市街地にある実家のスポーツ用品店を手伝ったり、母校の小学校で、陸上の教練のボランティアをしたりしている。

次に小城に戻ってきたのは石令堅(シー・リンジェン)。あだ名は石頭(シートゥ)だが、ここのみんなは彼をリングネームの「石灰」で呼んでいた。アパロは練習生時代に、石灰が同郷の小城人であることを知って、親しみを感じた。以来、石灰はアパロの親友であり、戦友でもあった。当時の石灰は、体育学部出身のアパロほど体力はなかったし、団体の先輩に一目置かれる新人でもなかったが、人一倍努力することによって次第に実力を伸ばしていった。アパロも喜んで彼の練習に付き合った。身体能力とリング上のパフォーマンスは、練習によって強化することができる。だが、石灰が持って生まれた壮健な肉体は、練習で作ることができないものだ。これが、彼の最大の武器だった。

アパロが小城に帰ると知った時、石灰は、年に一度は北部に戻ってきて俺と試合してくれよな、と言った。アパロは笑って言った。どうせ俺は覆面レスラーなんだから、俺のマスクを新人に譲って、連敗キャラを引き継がせればいいさ。

アパロが小城に帰った翌年、石灰は試合中に怪我をした。所属団体が彼の長期休養を宣言した。実際には怪我は大したことはなく、実家の石材店のほうが、彼を小城に呼び戻して事業を継がせたがったのだ。アパロは知っている。もとの団体には、彼らの籍がまだ残されている。戻りたくなったら、ひと言声をかけて、何度か練習に参加するだけでいい。だが、徐文二を追って泥船に片足を突っ込んでしまった以上、もう引き返すことはできなかった。

あの年、徐文二に電話をかけて沖縄の研修に誘ったとき、アパロと石灰は、徐文二と同じ団体にいる阿華(アファ)によろしくと言うのを忘れなかった。阿華の華麗な空中技は、台湾プロレス界でも三本の指に入ると評判だった。それぞれ別の団体に所属していたから、アパロが阿華と対戦できる機会は多くなかった。アパロの記憶では、一度タッグマッチで対戦したことがあるきりだった。いま、ようやく一対一で対戦することができるようになったのだ。

　アパロは徐文二から、阿華も小城出身だと聞いていた。厳密に言えば、阿華の実家は小城の南にある水尾（シュイウェイ）で、小城の市街地からは少し離れていた。阿華は侠気を見せ、徐文二の誘いに応えて小城に戻ってきた。阿華の仕事はコンピューターエンジニアだったから、ネット環境さえあれば、どこにいても大して変わりはなかったのだ。

　量販店で働いている徐文二は、シフトの都合で今日と明日の練習には来られない。徐文二は四人の中でデビューが最も遅かった。あまりに長く練習生をやりすぎて、デビューのタイミングを逸してしまったのだった。徐文二が当時所属していた団体の五周年記念大会で、アパロと石灰は観客席に座っていた。徐文二のデビュー戦を観に来たのだ。ところが、イベントで事故が発生し、デビュー戦は取り消しになった。最終的に徐文二は、いくつかの団体が合同で開催した数少ないイベント「台湾プロレスカーニバル」上で、石灰と戦ってデビューした。試合は、本来なら素晴らしい内容になるはずだったが、運悪く台風にぶつかってしまった。二人は大雨のリングで戦ったらしい。徐文二は、台湾のプロレス史上初めて、雨に打たれながらデビューしたレスラーかもしれない。

　小城でプロレス団体を立ち上げるという電話を受けた時、アパロは、徐文二が酔っ払っているのだと思った。だが意外にも徐文二は真剣で、もう小城支店への転勤希望を出した、と言った。阿華にも伝えてあるし、アパロの次は、石灰に連絡するのだと。他には誰が？

アパロは聞いた。四人だけだと知って、それでプロレス団体を運営できるわけがない、と思った。だが徐文二はアパロに言った。いま台湾でプロレス団体をやっている人たちだって、何もないところから始め、力を出し合って奮闘し、ここまで発展してきた。そうだろ？

「俺たち四人、故郷の小城で、小城に属するプロレス団体をやるべきじゃないのか？」

　この言葉に心が動いた。アパロは言った。俺もやる。


　階下で、扉をせわしく叩く音がした。アパロが窓から下を覗くと、石灰が区民センターの入り口に立っていた。その後に、三人の練習生もいる。阿華は少し離れた場所でオートバイを停めているところだった。

「アパロー、俺たちをここに一日中立たせておく気か？　開けろよー」石灰がどなった。

　アパロは急いで下に降り、扉の鍵を開けた。皆が多目的教室で荷物を下ろすと、石灰は唯一の女子練習生の桃に、下の階に行って、皆が飲む水を大瓶に満たしてくるよう言いつけた。他の二人の練習生、宇謙（ユーチエン）と宇徳（ユーダー）の兄弟には、柔道マットを運び出し、ジョイントマットの上に巨大な長方形に並べるように指示した。

　全員でゆるい円形に並んだ。団体のトレーニングコーチであるアパロが号令をかけ、基礎的なウォームアップを始める。全身の関節が十分に温まって緩むと、引き続き、筋力強化トレーニングに入った。石灰は、後で使うタオルを手元に置いておくよう言った。

皆が順番に数を数えながら、数字ごとに一回、動作を行っていく。それぞれの種目の動作の回数は、アパロが指示を出した。「スクワット二十回。一……」アパロが言うと、隣の阿華が続ける「二……」、次は石灰。順番にカウントしていき、決められた数になるまで行った。スクワット二十回の次は、十回二セットの腕立て伏せ、二十回二セットの腹筋。それぞれの種目の間に数秒間の休憩を挟んだ。

次のトレーニングは、選手一人と研修生一人がそれぞれ組んで、二人一組で行う。まずは一分間の逆立ち。桃は逆立ちを何度も失敗し、皆を待たせることになった。結局、一分間も持たなかったのだが、アパロは皆に拍手を促し、桃を励ました。

それから、レスラーにとって重要な肩や首の筋肉を鍛えるためのトレーニング、レスラーブリッジを行った。仰向けに寝て、両手を胸の前で交差させ、頭頂部を地面につけるように首をそらせていく。同時に両足をつま先立てて床に突っ張り、背中を弓のように持ち上げ、身体を橋のような形に整える。

「ブリッジ、練習生は一分間、選手は三分間」アパロが指示した。終わる頃には石灰と阿華ですら、すでに息を上げていた。アパロは皆に、汗を拭いて水を飲むように言った。

「鏡を見て自分の動きを修正するんだぞ！」

アパロは手を叩いて皆に気合いをかけた。筋力トレーニングはあと三種目残っている。一つ目は、新日本プロレスが発明した「ライオンプッシュアップ」だ。

まず通常の腕立て伏せのポジションになり、そこから両脚をできるだけ開いて全身で「人」の形を作る。カウントに従い、伸ばした両腕を曲げ始め、胴体を地面ぎりぎりまで近づけるが、接触はしない。

「身体が地面をかすめて通るような感じに動かすんだ。いいぞ」

アパロはこれが、難度が高いものの、コアマッスルを鍛えるのに非常に効果があるトレーニングであることを知っている。身体を起こすとき、アパロは、できるだけ頭を高く持ち上げろ、アシカが日光浴しているみたいにな、と声をかけた。

二つ目も腕立て伏せのバリエーションで、これも新日本プロレスのトレーニングだ。身体を伏せるまでは標準的な腕立て伏せと同じだが、起こす際、頭を左右どちらかの腋の下にできる限り突っ込む。一度に片方ずつ。肩の筋肉を鍛えるのに非常に効果があるが、かなり疲れる。宇徳が絞り出すような声で、俺もうだめです、と言った。阿華が返した。そんなんじゃデビューはほど遠いぞ、若者。アパロは全員に一分間の休憩を与えた。

筋肉トレーニング最後の種目は、二人一組になって行う首の筋肉の強化だ。一人がうつむけに寝て、もう一人がタオルを載せた首を上から押さえる。寝ている方はそれに抵抗して頭を持ち上げ、三十秒耐える。それから横向きに寝て、同様に左右両側へ三十秒ずつ頭を持ち上げる。

今日の筋力強化トレーニング訓練はここで終わった。

三人の練習生はその場にぐったりと倒れていた。阿華は下にタバコを吸いに行った。

「ハハハ、全滅。——徐文二は、今週は仕事で来られないんだろう？」石灰が聞いた。

「そうだよ。今月は二回しか週末の休みが取れないらしい。子供たち、今日はもう少しいけるかな？」

「もう少し休ませとけよ。明日も練習だ。今日、前半の筋トレの回数、いつもより多かったしな。この後は、座学にしとけ。始めてまだ一か月だ」

「やつらはこれ以上は無理かもな。身体能力は時間をかけて鍛えないといけないからな。お前と阿華は、次に何をする？」

「来月、もしかしたら台北の試合に呼ばれるかもしれない。俺と阿華は対戦の練習をするよ」

「俺の練習はどうなる？」

「できるだろ、子守の練習。……わかったよ、明日の子守は俺が代わる」

アパロと練習生は、長方形に並べた柔道マットを教室の一方に移し、自分たちは床に腰を下ろした。

「まだへたってるのか。ふだん家でトレーニングしてないな。まあ、今日はちょっと多めにやったけどな」

アパロは、練習生たちが参加申し込みにやってきたときの様子を思い出した。徐文二が、トレーニング場所の候補としてこの区民センターに問い合わせをしたのは、地区長の林国柱さんが昔からのプロレスファンだったからだ。地区長は会場を貸してくれただけでなく、甥っ子の高校生、宇謙と宇徳を練習生として紹介してくれた。この二人が、初めての練習生になった。この時は、団体の名前もまだ決まっていなかった。

徐文二が団体の名前を考えようと言ったとき、アパロは真っ先に提案した。
パンノキの実を、この小城に属するプロレス団体の名前に使いたい。
もちろん「パンノキの実」ではなく、小城人なら誰でも知っている呼び名「パジロ」にしよう。みなそれに賛成した。確かにそれは小城の色を強く表す名前だった。マークのデザインもアパロが考えることになった。マークには、黄色いパンノキの実のマスクをかぶった覆面レスラーのイラストが入った。これは後に、アパロのリングキャラクター「パジロマン」のマスクの原型にもなった。

台湾最大のプロレス掲示版「プロレス博物館」で、パジロ小城レスリングの立ち上げを発表してほどなく、小城の華東大学に通っている桃が、団体にパジロの名前がついて以降、初めての練習生になった。しかも、希少な女子練習生だ。台湾プロレス界の歴史の中で、デビューした女子選手は数えるほどしかいない。

徐文二が、これは良い兆しだぞ、と言い張った。もちろん何の説得力もなかったが。他の団体では、女子練習生なんか望んだってそうそう入ってこないだろう？　俺たちは桃を、絶対に男子に負けない、パジロの、いや台湾のプロレス界のトップ女子レスラーに育てるんだ。アパロは、以前、海外から来た女子レスラーと対戦したことはあったが、身近に女子練習生がいたことはなかった。だがフィットネスジムでは、少なくない数の女性会員たちを教えてきた。桃が諦めずに続けていければ……。アパロは、徐文二が言うような、トップ女子レスラーうんぬんとまでの期待はしていなかったが、彼には自信があった。桃が諦めずに努力し続ければ、きっと彼女を良いレスラーに鍛え上げることができる。

「今日は受け身の練習をしないんですか？」桃が聞いた。
「うん。みんなだいぶ疲れたみたいだから。あとは座学にする。受け身は、その後まだ時間があれば、それか明日にやろう。どうせ明日も練習だ。今日の分まで、明日まとめてやってもいい」

宇徳が、えええっ！と悲鳴を上げ、柔道マットで試合序盤の動きを練習していた阿華を驚かせた。お前、ぶーたれ男のキャラでデビューしろよ。石灰が阿華の首にロックを掛けたまま、宇徳に言った。

アパロは講義を始めた。

先週はキャラクターの話をしたな。すべてのプロレスラーにはリング上のキャラクターがある。今後お前たちも、それぞれ少なくとも一つのキャラクターを持つことになる。デビューの前に決めるんだ。宇謙が手を挙げた。彼は弟よりおとなしい性格だったが、いつも的を射た質問をした。

「あの、レフェリーと司会者について知りたいんです。でもキャラクターとはあまり関係がないですよね」アパロは練習生に、疑問があればいつでも質問をしていいと言ってあった。

彼はちょっと笑って言った。いい質問だな、宇謙。レフェリーと司会者、それにマネージャーも加えてもいいが、この三つの役割はレスラーのキャラクターととても関係が深い。お前たち、アメリカン・プロレスや日本のプロレスをよく観るよな？　もし明日、パジロが急に試合を開催することになったら、レフェリーは俺たちが順番でやることになる。司会はたぶん、林地区長にお願いするしかないだろう。でも実際は、こうした役割は、すべてレスラーのキャラクターの延長なんだ。

徐文二のキャラクター「悪魚（アルユイ）」の出生地の設定を、誰か覚えているか？　「コンクリートで封印された溝仔尾（ガアベイ）自由街の大排水溝[*4]」桃が言った。そうだ。でもこういう設定を、リングで悪魚自身が説明するわけにはいかないだろ？　だから司会者が紹介するんだ。石灰は「太魯閣のセメント工場からやってきた一五〇キロの巨漢」。実際には、石灰はせいぜい一〇〇キロくらいしかないけどな。司会者がレスラーのプロフィールを読み上げるのは、観客に、これから出場するレスラーのキャラクターを印象付けているんだ。

観客は、コンクリートで封印された溝仔尾のありさまを想像するだろう。太魯閣に行ったことがあるなら、道中で見かけたセメント工場がすぐに頭の中に浮かぶはずだ。体重を出すのは、具体的な数字を使って観客に目の前のレスラーの強さを信じさせる効果がある。マジシャンの目くらましと同じだな。司会者は、阿華のリングネーム「小黒蚊(シアオヘイウェン)」に続けて、「決して叩き潰せない男」と紹介する。試合が始まり、リングで披露される小黒蚊の素晴らしい空中技の数々を目の当(ま)たりにしたとき、観客の頭の中ですべてが絶妙に繋がって、このキャラクターをしっかり記憶することになるんだ。

じゃあ、レフェリーは？

レフェリーには、試合中、双方の選手の架け橋になって、進行をコントロールしたり、両選手が怪我をしていないか注意したりする、という役割がある。宇徳、もしお前が悪玉レスラーなら、レフェリーをどう利用する？

「レフェリーの目を盗んで相手を攻撃したあと、小芝居をしてごまかします」

そうだな。それに、レフェリーに対して無礼な態度をとったり、反則スレスレのことをしかけたりもできる。レフェリーの視野は必ず狭くなくてはいけない。悪玉の汚い動作は、レフェリーにはほとんど見えていない。でも観客には、すべてよく見えている。これで、悪玉のキャラクターが強調されるわけだ。逆に善玉レスラーは、レフェリーを尊重し、レフェリーの言うことに完全に従う。不公平な判定も甘んじて受け入れる。これで観客は、善玉の側に同情や共感を寄せるようになるんだ。

マネージャーについては、僕が言うまでもないだろう。WWEで何人ものプロレスラーについたスーパーマネージャー、ポール・ヘイマンを見ればわかる。彼の不遜な態度、強調された訛り、人の感情を逆なでするセリフを駆使し、ほとんど口をきかないレスラーを横に立たせても、あっという間に観客の注目を釘付けにする。観客は知っている。彼のセリフひとことひとことが、彼の脇にいるレスラーを演出しているんだ。彼の声色や息遣いでさえ、すべて演出の一部分だ。

レフェリー、司会、マネージャー、この三つの役割は、すべてレスラーのキャラクターの延長だ。オンラインゲームの脇役キャラみたいに、善人はいっそう正直で善良に、悪人はいっそうずるがしこく邪悪に見せる役割を果たしている。

「でも台湾のプロレスで、レスラーとマネージャーの組み合わせをほとんど見たことがないです」宇謙がまた挙手した。

手は挙げなくていいよ、そのまま質問していい。マネージャーは必ずしも、本当に業務上のマネージャーである必要はない。団体に所属する他のレスラーが演じてもいいんだ。台湾のプロレスで、マネージャーを見たことがないって？　俺の以前のキャラクターには、マネージャーがついていたんだよ。

「以前のキャラクターも、やっぱり覆面レスラーですか？」桃が聞いた。

「俺はデビュー前から、覆面レスラーになろうと決めていたんだ」

「アパロさんのマネージャーはどんなキャラクターだったんですか？」

「……桃、俺がどんなキャラクターだったのかを先に聞くべきじゃないのか？　マネージャーはレスラーの添え物なんだから」

俺は、マスクをかぶり、余計な動きや反応を一切しないキャラクターだった。マネージャーがひと言命令を下すと、狂ったように相手を攻撃する。マネージャーが「やめろ」と言うと、即座に動きを止める。マネージャーは饒舌で、やたらと相手を挑発するのが好きだった。韻を踏んだ、芝居がかったセリフを好んで使った。そして、この設定の肝は、俺が一切話をしないキャラクターだったというところだ。

「その分、マネージャーがおしゃべりなんですね？」宇徳が聞いた。そうだ。彼専用のマイクも用意して、観客にしっかりセリフを聞かせるようにした。

マネージャーを演じるのは、俺の先輩レスラーだった。交通事故で脊椎に金属を入れ、リハビリに半年から一年かかると言われていた。リングに復帰できるかどうかは怪しかった。それで、団体が先輩と俺を組ませる設定を思いついた。観客には想像もつかなかっただろうけど、実生活での先輩は、もしかして口がきけないんじゃないかと疑うくらい、無口な人だった。

宇謙が質問した。「ということは、セリフは全部……」

そうだ。ほぼすべて俺が考えていた。俺はフルフェイスのマスクをかぶっていたから、先輩がリングでセリフを忘れても、口の動きで教えてやることができない。だから毎回の試合の前に、いつも長い時間をかけて準備をしなければいけなかった。俺が原稿を書き、先輩が暗記する。マネージャー役は大変だった。セリフを暗記しなきゃいけないし、リング上で演技もしなきゃいけない。だけど、俺はこのキャラクターが嫌いだった。

「どうしてですか?」

うん。ちょっと話が逸れすぎたな。今日はキャラクターの概念を説明するはずだったのに、なんで俺の話になったんだ? ……一番大きな理由は、リング上のキャラクターがふだんの俺と先輩の性格と完全に逆だったってことじゃなかった。

さっきも言ったけど、マネージャーは本来、レスラーの個性を引き立てるための存在なんだ。でも俺たちの場合、所属団体が先輩の状況を考慮して、彼のリング生命を延ばすために、俺のキャラクターを設定したんだ。こういう言い方も良くないかもしれないが、もし先輩が怪我をしていなかったら、あるいは石灰のように、怪我をした後、ちゃんと休養をとることにしていたら、俺はもっと自分の考えに合うキャラクターを作り出すことがでつではあったけどな。

それぞれの性格と違いすぎてたっていうのも、もちろん俺がこのキャラを嫌いな理由の一
ハハハ。こんなこと言うべきじゃないのはわかってるけど、俺と先輩のキャラの設定が、

「アパロさんはこんなにしゃべるのがうまいのに……」宇徳が言った。

きたはずだった。

「講義のはずが、いつのまにアパロ・ロホックの昔語りの時間になったんだ？」
練習が一段落した石灰と阿華が、宇謙と宇徳の傍らに腰を下ろした。
「そうだよ。ちょっとしゃべりすぎたな。そろそろランニングの時間だ。準備して、五分
後に下で集合だ」
「最後まで話せよ。実際の体験から学ぶのが、一番いい講義じゃないか。あの頃は別の団
体にいたから、俺も詳しくは知らない。俺だって聞きたいぞ」上半身裸になった阿華が言
った。
「お前、走りに行きたくないだけだろ？　本人の口からは聞いたことはないけど、俺は近
くで見てきた。アパロ、本当に話すのか？」石灰が口をはさんだ。
「ほかの人は聞いたことないんだから、最後まで話しましょうよ」桃が粘った。
「……わかった。どうしても聞きたいのなら、これはレスラーとマネージャーの、完全に

失敗した組み合わせの話だ。目も当てられない間違いの例だと思って聞いてくれ」

俺と先輩のチームワークは、始めからうまくいかなかった。

先輩は、俺が脚本を書くことには同意したが、試合になると、俺が書いたセリフをほとんどまともにしゃべることができなかった。何回かの試合の後、俺は団体内の他の先輩に、こんなんじゃだめだ、俺に新しいキャラクターをやらせるか、別のマネージャーと組ませてくれと掛け合ってみた。でも先輩は、自分がもっと努力するから続けさせてくれ、と団体に訴えた。

リングに上がることを諦めきれない先輩の気持ちは、俺にも理解できる。だけど俺のリング生命はどうなる？　まだ始まったばかりだというのに、先輩と一蓮托生（いちれんたくしょう）なんて……。

先輩がセリフをとちると、俺のリングでの動きにも影響した。ふだんの練習でやってる動きすらできなかった。

「観客の反応は死ぬほど寒かったよ。あの頃、団体の中でも、自ら進んでアパロと対戦しようとするやつはいなかった。アパロのキャラは、マネージャーの命令なしでは動けない設定だろ。対戦に集中することなんかできないからな。悲惨だったよ」石灰が付け加えた。

台湾のプロレスラーにとって、一試合一試合がとても貴重だ。どの団体も興行能力なんかほぼないに等しいから、一シーズンに一回でも試合に参加できれば御の字というものだ。

団体が半年に一回しか大会を開催しないのなら、一年で出られる試合はたったの二回。それを逃したらもう来年を待つしかない。

俺は思った。このままでは、俺はだめになる。

所属団体にとって重要な年度大会が来たとき、俺はそれまでと同じように、先輩のための脚本を書いた。だが俺はもう一つ、別の脚本も用意した。最初の脚本では、先輩が相手を挑発するセリフをひとくさり並べ立てた後、正式に試合が始まることになっていた。

先輩が口を開く直前、俺は彼を押し止めた。先輩は自分が何か順番を間違えたと思ったのか、呆然として俺を見た。俺は先輩の手からマイクを奪うと、俺とマネージャーとの関係はここまでだ、と宣言した。さらに俺は、過去の試合における先輩への不満を、セリフに乗せて洗いざらいぶちまけた。

自分では一時間もしゃべっていたように感じたが、後で石灰に聞くと、たかだか六、七分のことだったらしい。

「一番ひどかったのは、先輩が交通事故に遭った件もバラしたことだよ。満場の観客の前で、先輩に向かって〝病院に帰ってたっぷり休んでろ〟って言い放ったんだ」石灰が言った。

団体のスタッフもレスラーたちも、ひどく狼狽していた。俺の対戦相手ですら、しゃべり続ける俺を止めようとした。俺は最後に言った。いまこの瞬間から、誰も俺をコントロールすることはできない。俺を抑えられるのは俺だけだ。俺がしゃべり出したら、誰も止められない。俺は司会者に向かって力いっぱいマイクを投げつけ、ガウンを脱ぎ捨てると、はやく試合を始めろとレフェリーを急かした。俺の耳に、観客の熱狂的な反応が響いていた。俺のデビュー以来、ブーイングを受けない試合はこれが初めてだった。

「やり口はひどかったけど、確かに稀に見る素晴らしいマイクパフォーマンスだったよ。アパロのひと言ひと言に煽られて、観客の興奮がどんどん盛り上がっていった」石灰がつけ加えた。アパロは続けた。

リングの陰で俺が紙に書き出し、何日もかけて暗記した文章は、あの瞬間、もうセリフではないものに変わった。言いたかったことのすべてが、自然に口から飛び出した。そして俺の動作、まなざし、声の抑揚が、言葉の余白を埋め、予期しない効果を生み出した。笑われるかもしれないが、俺は今に至るまであの時のことをはっきり覚えている。

もしプロレスの神様がいるならば、あの日、俺のコーナーに立って微笑んでいてくれたはずだ。この日の俺は、頭で考えることも判断することもまったく必要なく、リング上で自由自在に動くことができた。そして俺の一挙手一投足は、すべてが最適で完璧だった。観客はたぶん、これがあらかじめ決められた筋書きだと思っただろう。この大会で、会場が最もハイになった試合だった。俺自身も、ふだんの練習でもできないような試合をすることができた。

「お前のマイクパフォーマンスの才能は知ってたけど、聞いてるだけで、まるで当日観客席に座ってたみたいな臨場感だな」阿華が、アパロに向かって拱手（きょうしゅ）をした。「でも、処罰されただろう？」

もちろんだ。団体が俺に下した処罰よりも、先輩が二度と口をきいてくれなくなって、長いこと練習にも来なくなってしまったことのほうが俺にはこたえた。だけど、俺はようやく自分自身のキャラクターを取り戻したんだ。

「アパロが受けた罰は、無期限の連敗だった。彼が作り出した筋書きに繋げるために、俺のキャラクターは〝マネージャーのかつての弟子〟ということに調整された。マネージャーの仇をとって、リング上でしたたかにアパロを打ち負かす設定だ」石灰が言った。

俺はそれからも試合で素晴らしいパフォーマンスを見せた。所属団体も、もう俺が話すことを制限しなくなった。でも、どんなにいい試合をしても、俺は勝たせてはもらえなかった。俺と石灰との対戦だけでも、一年で三回試合して、俺が勝ったことは一度もなかった。

「三回ともいい試合だったよな」石灰がアパロの肩を叩いた。

「もう一つ質問していいですか？」宇謙がまた手を挙げ、すぐに慌てて下ろした。

「もちろんだ。でももう四時だし、先にランニングに行ってこよう。下で集合だ」

アパロがしんがりになり、石灰が列を先導して走った。西海広場に完成した高級ホテルと複合式ショッピングモールの中を通り抜ける。小城の人たちの記憶から消え去りつつあるが、工事が始まる時、この場所でプロレスの真似ごとをしていた大学生が亡くなる事故があった。事故どころか、西海広場という名前そのものが、いつしか小城市民の口に上らなくなり、さらには話し手の年齢が推測できる死語になってしまった。同じような言葉に、以前の場所では解体されてしまった自強夜市や、消えてしまった南濱夜市がある。同じような言葉に、わずかな間だけ復活した自由街の大排水溝――コンクリートで覆われ区画線を引かれた現在の時間貸し駐車場ではなく、かつて「紅毛渓」の名で人々に記憶されていた小川――がある。同じような言葉に、小径の脇で防風林が猛り生えていた拡張前の県道一九三号線がある。同じような言葉に、南濱、北濱に分かれていた二つの公園がある――その後、醜い区画整備で一つに繋げられ、何の記憶も持たない太平洋公園ではない。同じような言葉に、外国の観光客が大量に押し寄せてすっかり変貌してしまう前の小城の姿がある。

同じような言葉は、他にもたくさんたくさんある。保存が議論されることもなく取り壊されてしまった名も無き古い木造家屋たち。西海広場で切り倒され枯死する前のナンヨウザクラ、リュウキュウマツ、ガジュマル、クロマツ。強制立ち退きの後に解体された溝上人家地区と、ぞんざいに切り取られ、清掃事務所向かいの空き地に捨て置かれた福住橋と第二福住橋。不審火で焼け落ちた東線鉄道職員宿舎。将軍府脇の嵩(かさ)上げされる前の美崙渓の堤防。拡幅もむなしく、小城に日常的な渋滞をもたらしただけの蘇花公路整備計画……。アパロが自分のキャラクターを取り戻し、自分の名前を取り戻すことができても、決して取り戻すことができないものがあった。

区民センターに戻った後、宇徳は補講のために早退してゆき、クライアントから催促の電話が入った阿華も急いで家に戻って行った。桃は、みんなに一瞬で飲み干された大瓶の水を再び汲みに行った。石灰は、激しい練習で、既に長方形の並びを留めていない柔道マットを、教室の隅に重ね直した。マットを片付けると、石灰も用事があると言って先に帰って行った。

「質問は何だった?」アパロが宇謙に聞いた。
「覆面レスラーになった理由を知りたいんです」
宇謙はうなずいて、汗を拭いたタオルを傍に置き、きっちりと正方形に畳んだ。
「わかった」

小城で生まれ育ったお前は、俺の顔をひと目見て、原住民だってわかるよな?だけど、俺が通った他県の大学の同級生たちにはそういう生活体験がないから、見分けることができない。新入生歓迎会で俺が原住民だと言ったときの、みんなの「黒くないけど、本当に原住民なのか？」という表情を、俺は永遠に忘れない。

おかしいだろう？　ひどいステレオタイプだよな。肌の色が白いパンツァである俺自身が、こんなステレオタイプはでたらめだと証明しているはずなのに。でも、俺の存在でステレオタイプの誤りを証明できたとしても、ステレオタイプそのものを揺るがすことはできない。大人になると、揺るがせないものごとは他にもたくさんあるとわかってくる。

俺は自分のアイデンティティーを誇りに思っている。だけどこの原住民という特殊なアイデンティティーについて、もやもやした矛盾も感じている。このアイデンティティーは、俺が自分で選んだものではないからだ。

俺がこのアイデンティティーに分類されたこと、そこに所属していった過程と、このアイデンティティーが特別かどうかは、全く関係がない。物心ついた時には、俺はもうここに属していた。社会の中で、俺たちは、自分たちのアイデンティティーは特別なんだと常に意識させられている。

俺は、原住民だ。これは事実だ。だけど誰かが俺の肌の色だけを見て、俺の背景を知らなかったら、きっと俺のアイデンティティーを疑うだろう。俺は自分が小城人であることが好きだし、自分が原住民であることが好きだ。自分がパンツァであることが好きだ。それでも俺は、完全に自分でコントロールできて、自分で決めることができるアイデンティティーが欲しかった。歪曲されない、誤解されない、重荷を背負い過ぎないキャラクターが欲しかった。俺はリング上で、そのアイデンティティーを見つけることができた。

「パンツア[*5]……って、なんですか？　阿美族は〝アミス〟じゃないんですか？」宇謙が聞いた。

アパロは笑って宇謙の頭に手を載せた。

「そうだ。俺のことを、阿美族とかアミスとか呼ぶのは構わない。ただ俺は、自分のことをパンツァと呼ぶ。漢字で書くと〝邦査（パンチャー）〟だな」

「どうして？」

「それを聞くのか？　つまりだ、例えば誰かが〝プロレスは芝居だ〟と言っても、俺は受け入れる。だけど、俺にとって——お前にとっても同じだと思うが、プロレスは本物なんだ。こう言えばわかるか？」

宇謙はうなずいた。アパロは彼の眼差しから、宇謙が本当に理解したと感じた。

俺がレスラーを志した時、唯一なりたかったのが覆面レスラーだった。生まれついたままの姿で、リング上のキャラクターを演じることはできなかった。俺は、自分でデザインし、作り上げ、他人からどう見られるかを自分で決められるアイデンティティーを纏（まと）いたかった。マスクを何色にするか俺が自分で決めれば、他人はその色を受け入れるしかない、俺がそういう見た目のレスラーだと受け入れるしかない、そんなレスラーになりたかった。

俺が自分で決めたアイデンティティーは、俺のアイデンティティーのそれ以外の部分とは違う。もちろんそれ以外の部分にも、俺はいる。だけど、そこにはステレオタイプとか、偏見とか、先入観とか、……あるいは俺が自分でも知らない俺の特徴までもが含まれている。それが、俺が最初の覆面キャラクターを拒否した理由だ。あれは俺が自分で決めることができないものだった。もちろん、俺はマスクのデザインをコントロールできたし、マネージャーのセリフもコントロールすることができたが、俺が自らセリフを言うことはできなかった。

前の所属団体では、俺は創立以来二人目の覆面レスラーだった。最初の覆面レスラーの先輩は、既にほぼ引退していた。現役を退いて、団体の顧問をやっていた。彼は俺が覆面レスラーを志望していることを知ると、俺を自宅に招いて部屋を見せてくれた。そこは、俺がそれまで見たことのないくらい大量の、プロレスのマスクに関する本や資料が集められた部屋だった。

俺は、先輩のデスクの脇にあるガラスケースに気がついた。本来ならばそこには、海外のネットショップで購入した本物のマスクがたくさん展示されていたはずだ。有名な覆面レスラーが実際にかぶったことのある試合用マスクもあったはずだ。俺は、どこかでそのガラスケースを見た記憶があった。先輩が言った。君はもしかしたら、「プロレス博物館」

で、マスクコレクションの楽しみについて書いた文章を読んだことがあるかもしれない。あの、大量のマスクをコレクションしていたおっさんが、私だよ。

でも、俺の目の前にあるガラスケースは、今は完全に空っぽだった。先輩は、ある試合で飛び技に失敗して、膝に重傷を負い、リングからの引退を余儀なくされていた。早急に手術を受ける必要があったから、先輩は、マスクコレクションをすべて処分した。値のつかないマスクは愛好者にプレゼントし、売れるものはネットオークションに出した。

あっという間に売り切れたよ。すごく安く値付けしたからね。先輩は言った。アパロ、君が覆面レスラーを志望していることにもっと早く気がつけばよかった。もう君に贈ってあげられるマスクはないんだ。だけど、私は君に唯一無二のマスクの作り方を教えてあげるよ。私からこれを引き継いでくれ。

俺は先輩に聞いた。引退するにしても、どうして永年かけて集めてきたコレクションを全部処分しなければならなかったんですか？

先輩はしばらく沈黙した後、答えた。

「自分を諦めさせるためだ。二度とリングに戻れない身体になって、私はもう、マスクを見るのがいたたまれなくなった。特に自分のマスクは」先輩は両の掌をくっつけ、マスクのような形にして、自分の顔を覆った。「マスクを金に換えれば、手術の時、保険の効かない素材も使えるかもしれない。自分の膝に対する償いみたいなもんだね」

もし、お前たちの中で覆面レスラーを目指すやつがいるなら、ネットで既製品のマスクを買うのもいいが、できれば俺からマスクの作り方を学んでほしい。あの時、俺が先輩から教わったように。

俺の今の覆面キャラクターは、俺が完全に自分でデザインしたものだ。俺は、アパロ・ロホックがパジロマンそのものだとは思っていない。団体の名前にも使った「パジロ（パンノキの実）」と、俺の名前の「アパロ（パンノキ）」はつながっている。でも「アパロ」も「パジロ」も、俺たちがパンノキとか、パンノキの実と呼ぶものを示している標識に過ぎない。そもそも「パンノキ」とか「パンノキの実」という名前だって、標識でしかない。それらはすべて、「ある方向」を指し示しているだけで、「その方向そのもの」ではないんだ。

マスクは、覆面レスラーの〝顔〟だ。〝顔〟を入れ替えれば、すぐに違うキャラクターになることができる。それどころか、別のレスラーがその〝顔〟をかぶっても、観客は気がつかないかもしれない。これが、俺が覆面レスラーをやっている理由だろうな。

ああ、もう遅いな。お前ら、帰る時間だ。

アパロは、桃と宇謙に言った。明日の午前の練習は、今日やるはずだったトレーニングと、受け身の練習を両方ともやるからな。それから、今夜、自分のリングキャラクターを考えてみること。宇謙は弟にも伝えておけよ。キャラクターの個性、コスチューム、話し方、歩き方、それから、入場するときの音楽、キャラクターの出生地の設定、決まり文句と得意技。ただ考えるだけじゃだめだ。どうしてその設定にしたのか、明日、皆の前で発表するんだ。設定の背景まで明かす必要はないが、どう説明するかよく考えろよ。これをすることで、設定した特徴と、キャラクターの間に、自然とつながりが生まれる。これが今日の宿題だ。他のことは、明日また説明する。

アパロは靴を履いている桃と宇謙を呼び止め、付け加えた。

「覚えておけ。リングキャラクターはお前たち自身によく似ていてもいいし、全く似ていなくてもいい。リングに上ったお前たちは、絶対にふだんのお前たちではない。でもリングに上ったお前たちと、ふだんのお前たちには、何かのつながりがある。今の話を理解できたら、きっと素晴らしいキャラクターを作り出すことができるはずだ」

外はすでに、完全に暗くなっていた。アパロは、二階の窓から宇謙と桃が帰っていくのを見送り、窓を一つ一つ閉め、鍵をかけた。教室内にごみが落ちていないのを確認し、自分の持ち物とその他の雑多なものを片付け、トレーニングバッグを背負って、下に降りていった。受付の利用者記録簿にサインして時間を記入し、ポケットの奥をもぞもぞ探ってようやく鍵をひっぱり出し、区民活動センターの正面ドアを閉め、鍵を掛けた。

ヘルメットをかぶり、アパロはオートバイでそこを後にした。

パジロマンのマスクが、二階の出窓のところで、まだじんわりと湿気を放っている。教室後方の壁面の鏡にも、もう一つのパジロマンのマスクが見える。

＊訳注

1　阿美族

台湾では、十七世紀に中国大陸から漢人が移民してくる以前から住んでいた民族が存在する。それらの民族を「もとから住んでいる人々」の意味である「原住民」または「原住民族」と呼ぶことが、憲法にも加えられている。二〇二〇年現在で政府が認定している原住民族は十六民族あり、認定されていない民族も多数存在すると言われる。台湾原住民族の人口は、二〇二〇年八月現在で約五十七万五〇〇〇人（正式に認定されている十六民族のみの統計）、台湾の人口の約二・四％に当たる。阿美族（アミ族）は、花蓮、台東、屏東など、台湾東部に広く居住し、台湾原住民族の各民族の人口のうち、最大である約四十％を占める。

2　阿美族の言葉での名前を回復した

日本統治時代、皇民化政策により、台湾原住民は日本名を名乗ることを強制されていた。戦後、中華民国政府は、原住民であっても戸籍上は漢名（中国式の姓名）を登録するように法律で規定した。一九八〇年代に入ると、台湾原住民族の権利回復を要求する運動の高まりとともに、民族名や個人名を漢名から各民族語での名前に戻す「回復正名運動」が活発化する。その後、一九九五年の姓名条例の改正などにより、現在、台湾原住民の戸籍上の名前の表記は、漢名、民族名の漢字での表記（音訳）、民族名の漢字での表記とローマ字表記の併記などの方法を選ぶことができるようになっている。

3　父親の名前

伝統的な阿美族の名前には「姓」の概念はなく、自分の名前の後ろに母親または父親の名前を付けたして名乗る。

4　溝仔尾自由街の大排水溝

「溝仔尾」は、日本統治時代、花蓮港寄りの市街地の発展に伴い、小川や湿地であった窪地を周辺の排水を集める水路として整備したもののこと。排水溝とはいえ、その両岸には柳の木が植えられ、小魚やトンボも生息する市民の憩いの小川でもあり、周辺には民家や商店、さらには色街などができた。一九五一年の大地震発生後、被災者を収容するために小川の上に仮設住宅が建設される。ここに市民が定住し、「溝上人家」と呼ばれるようになる。その後この周辺は、飲食店や風俗店が集まる繁華街ともなった。

一九七〇年代以降、溝仔尾周辺および溝上人家は市の再開発計画に伴い、その取り壊し、立ち退きが幾度も問題となるが、その度に住民や市民の反対や訴訟にあう。二〇一四年、溝上人家は強制執行により解体され、二〇一七年には大排水溝が暗渠化されて、市が「シャンゼリゼ通り」と名付けた長い直線の空間となり、駐車場として使用されるようになった。

5　パンツァとアミス

阿美族の人びとは、阿美族の言葉では自分たちの集団を「パンツァ（Pangcah、阿美語で〝人間〟を表す語）」と呼んでいる。「阿美（アーメイ）」、または「amis（アミス）」という呼称は、本来は阿美語で「北」を意味する言葉。なぜ彼らが「阿美族」「アミス」と呼ばれるようになったかは、「卑南（プユマ）族が、自分たちより北に住んでいる阿美族を〝アミス〟と呼んだから」等の諸説がある。

青い夜行列車

藍皮夜車 Midnight Blue Train

夢の中で、卓兄はコーナーポストをよじ登ろうとしていた。観客であふれる、名前も知らぬ体育館。一列目に座る主治医、理学療法士、看護師、仕事の同僚、家族たちが、彼の名前を叫んでいる。現実には彼らが知るはずのない彼の呼び名を。卓兄は、彼の最大の得意技「マスク・スプラッシュ」を繰り出すところだ。彼がこの技を使うのは三、四年ぶりだ。対戦相手はリングの中央に横たわっている。レフェリーは、卓兄がさらに高いところに登るのを止めようとしている。彼は深く息を吸った。準備はいい。膝を深く曲げ、対戦相手めがけて、飛ぶ――。

卓兄は、はっとして夢から覚めた。がたがた揺れる青い夜行列車は、小さな駅で三分間停車する予定だった。列車はのろのろとプラットホームに入ってゆく。完全に停止する直前に、老朽化したブレーキのせいでがくんとひどく揺れ戻した。急な振動で、彼は右膝がまた悪さを始めた気がした。手を伸ばして膝を調べる前に、彼は、自分が無意識のうちに両手で頬の表面をつかもうとしたことに気が付いた。あぁ、職業病だ。

発車ベルがついに鳴りやむとほぼ同時、最後の一秒で若者が列車に飛び乗った。数秒後、息を切らしながら、若者が車両間の手動ドアを開けた。バックパックを背負い、近場へ旅行にでも行くようだった。若者は切符を手に、座席を探した。実際は空いている席に適当に座っても良かった。青色の古い鈍行列車、しかも夜行だ。空席が多いことだけが取り柄だな。卓兄は思った。若者は卓兄の近くで足を止め、通路を隔てた座席に腰を下ろした。二席とも空いていたが、若者は窓際の席に座り、荒い息をした。顔をぴったりと窓につけ、何かを探しているようだった。若者が息をするたび、窓が白く曇った。

卓兄は、若者が通路側の座席にバックパックを置き、灰色のフード付きパーカーを脱ぐのを見ていた。卓兄は急に肌寒さを感じ、自分の列のやはり通路側の席に置いていたバックパックから、薄い上着を取り出し、後ろ前に羽織った。列車は、再びがくりと大きく揺れた後、発車した。プラットホーム上にいた官帽姿の駅員と、駅舎の古い建物がゆっくりと後方に遠ざかっていく。若者はまだ窓の外を見つめていた。

列車は三分の間に二度も大きく揺れ、卓兄の膝に不快をもたらした。彼は尻を前の方に少しずらし、身体を斜めにして通路の方に右足を伸ばした。若者はもう窓の外を見るのを諦めたようだ。若者は、卓兄が動くのをちらりと見たが、すぐに頭をむこうへそむけた。姿勢を調節した後、卓兄は荷物棚を見あげて、工具箱がちゃんと元の位置に置かれているのを確かめ、後ろ前に羽織った上着の襟を引き上げた。車内がもう少し暗ければいいのだが。高速を走る時の長距離バスのように。しかし、交通不便な台湾東部に行くのに、北部を経由して東部へ向かう長距離バスは無かった。あったとしても、卓兄の膝は、数時間続く細かな振動に耐えられないだろう。

卓兄は、先ほど中断された夢に戻ろうと思った。眠気がゆっくりと戻って来た時、車内に派手な音楽が鳴り響いた。それは卓兄のすぐ右側で鳴っていた。卓兄は思わず目を開けた。それは彼がよく知っているが、まさか深夜の鈍行列車の中で耳にするとは想像もしていなかった曲――、大好きな覆面レスラー、獣神サンダー・ライガーのテーマだった。音楽は、通路を隔てた隣の座席、二つの座席を一人で占領している若者の方から聞こえていた。正確に言えば、若者のジーンズのポケットの中の、スマートフォンから聞こえてきた。

曲はまさに卓兄が最も好きな、聞くたびに熱く血が滾(たぎ)るサビの部分に入るところだ。観客の歓声に応える獣神サンダー・ライガーの姿が目に浮かぶ。彼はマントを脱ぎ捨て――、ここで若者が音楽を止めた。ほどなく、曲が再び冒頭から鳴ったが、若者は素早くキーを押し、音を切った。卓兄は完全に眠気が醒め、若者から目が離せなくなってしまった。若者のスマートフォンの画面がまた光った。今度は音楽が鳴り出す前に若者がキーを押し、そのまま電源も切ってしまった。卓兄が自分を注視しているのに気がつくと、若者は右手を額のところへ持っていき、卓兄に向かって少し頭を下げ、詫びの気持ちを表した。

「すいません、起こしてしまいましたね」若者はもう息を切らしていなかった。

「いいんだ」卓兄はうなずいた。「急用じゃないのかな、出なくていいの?」

「急用かもしれません。でも出たくないんです。だからもう切りました」

「あぁ」他人のプライベートに口を出すつもりはない。「その音楽……」

「電源を切りました。もう鳴りません」若者は慌てて説明した。

「そうじゃないんだ」

若者は不思議そうな顔をした。

卓兄は椅子の背もたれを元の位置に戻した。「つまりね、私は覆面レスラーが好きでね。特に獣神サンダー・ライガーは大好きだ。最後まで聴けなくて残念だと思って」

「そうでしたか」若者は笑顔を見せた。

「あなたもサンダー・ライガーのファンですか。曲を聴いてわかる人は、めったにいないですよね」若者は、バックパックと入れ替わりに席を移ってきた。

「この車両に二人いるよ」

「この列車全体で二人だけかもしれませんね」

「私も移ろう」卓兄も自分の荷物を置いていた席に移り、左手を差し出した。「ここでプロレスファンに会うとはね。名前は？」

「ジョンって呼ばれています。あなたは？」ジョンは握手を返した。

「私は卓だ。みんなには卓兄貴と呼ばれているが、君はそう呼ばないでくれよ」

「じゃあ、卓兄（たくにぃ）でいいですね」

「うん。ジョンはどこまで行くんだ？」

「小城です。卓兄は？」

「私も小城だ。ハハ、縁があるね」

「本当ですね」

●

「卓兄も小城の人ですか」ジョンが聞いた。卓兄は首を振った。「君は？　学生なの？」「数日前までは。でも、帰って兵役に行くんです」「こんな遠くの学校に通うの、大変だね。帰省に時間がかかるだろう」「卓兄は小城に遊びに行くんですか？」卓兄は頭上の工具箱を指差した。「私は電気工事士なんだ。小城で仕事がある」「こんな遠くから？」「景気が悪いからね。君も知ってるだろう。知り合いの現場監督から声をかけられてね。小城市街の大きな空き地で工事が始まるんだ。ホテルとかショッピングセンターを造る。少なくとも半年以上は逃げられないな。空き地の名前は何だっけ」「西海広場」「そうそう、西海広場。それから、以前の後輩にも会おうと思っている。彼も小城人だよ」

ジョンは、プロレスファンに出会えて嬉しかったが、卓兄が西海広場の工事に関わる人だと聞いて、少し複雑な気持ちになった。「電気工事の後輩ですか？」ジョンが聞くと、卓兄は首を振った。「どう言えばいいかな。君は台湾プロレスを観る？」ジョンはそんなに観ません、でもいくつかの団体は知っています、と答えた。

卓兄は自分のバックパックから、Ａ４くらいの大きさの本を取り出し、ジョンに手渡した。本といってもそれほど厚みはなく、雑誌程度のものだった。タイトルに書いてある日本語はジョンには読めなかったが、英文のタイトルと同じような意味だろう。『ローカルプロレスラー図鑑　Local Wrestler Directory』。カバー上に表示してある年号は、数年前のものだった。ジョンは不思議そうに卓兄を見た。

「これは日本のプロレスファンが独自に発行しているんだよ。英語は読めるだろう？ローカルレスラーの図鑑だ」卓兄はジョンに目次のところを見るように言った。「ほら、台湾のプロレス団体も載っている。それ以外は全部、日本各地の小さい団体だ。こういうのを、〝インディペンデント・プロレス〟とか、〝インディー・レスラー〟って呼んでいる人もいるけどね」

ジョンはこんな図鑑を見たのは初めてだった。目次に名前のある台湾の団体については少し耳にしたことがあったが、それ以外の日本の団体はほとんど知らなかった。

ジョンは卓兄に、「プロレス博物館」というネット掲示板を見たことがあるか聞いた。

「ハハハ！　もちろんあるよ。『台湾プロレス区』の管理人だったこともある」「本当に？　掲示板でインディペンデント・プロレスとか、インディー・レスラーのことを書いている人がいるけど、正確な定義って何ですか？」「うーん、正直に言えば、あんまり有名じゃない団体のことだな。いや、いいんだ、事実だから。もっと厳密に言うと、テレビ番組を作るほどの経営能力はなく、地元だけで試合を行っているような団体のことだな。資金力、人力、選手の充実度なんかも、アメリカ、日本、メキシコのメジャー団体には比べようもないね。みんなが名前を知っているような団体は、インディペンデント団体ではないね」

「そうだったんですね、なるほど」ジョンはうなずいた。

卓兄が、台湾の団体を紹介しているページを開いた。「これが、私だよ」卓兄が指さしたのは、四分割されたページの左下角にある、覆面レスラーの写真だった。もちろんすべて日本語だったが。各選手の写真に生年月日、出身地、デビュー日、得意技と出場テーマ曲の五項目の基本データが記載され、その下にレスラーの簡単な紹介文が載っていた。

「僕より十歳上ですね」「見えないだろう。まだイケるぞ」「ハハハ、そうですね」卓兄は図鑑を取り返してパラパラとめくった。「ああ、後輩は載っていないな。たぶんこの翌年か、その次の年のだな。でも、これは私が載った最後の年なんだ」「どうして？」「この年、私は引退したんだ。後輩はその翌年のデビューだ。彼も以前の団体からは脱退して、いまは小城に戻っている。彼は原住民なんだ。阿美族だよ。君もそう？」ジョンは首を振った。「ごめんな、私には見分けがつかないんだ。小城と言えば、すぐ原住民をイメージする。ステレオタイプだろ？　後輩はいつも文句を言っていたよ。そうだ、彼も覆面レスラーなんだ。彼のマスクは、私が作り方を教えたんだ」

「この本は君にあげよう。これは最後の一冊だ。他のは全部人にあげてしまった。前はプロレス関連のいろんなものを集めていたけど、数年前に全部処分したんだ」卓兄が言った。ジョンは何度も礼を言った。「サインしてもらってもいいですか？」「他人に正体がバレるのは、覆面レスラーのタブーなんだよ。でも、もう引退したから構わないだろう。貴重だぞ。ハハハ、レスラーとしての最後のサインだ」

卓兄は覆面レスラーの写真の横に、リングネームと日付をサインし、日付の脇に「青い夜行列車にて」と書いた。さらにサインの脇に「縁のあったジョン君へ」と付け加えた。

「今日はプロレスの神様に祝福されているみたいです。田舎に帰る列車で、すごくマニアなプロレスファンに出会ったと思ったら、プロレス博物館の管理人で、本物の覆面レスラーだったなんて。最高にツイてる」「後ろの二つの肩書は、もう過去形だけれどね」卓兄が言った。

「卓兄は、どうしてこんなに早く引退してしまったんですか？　仕事の都合ですか？」「台湾のレスラーの九十九%は、プロレスを続けていてもいなくても、必ず別の仕事を持っているよ。食べていけないからね。私が引退したのと、プロレスのコレクションを処分してしまったのは、両方とも同じ理由なんだ」卓兄はズボンの右裾をまくり上げ、右膝が見えるようにした。

列車ががくんと急停車した。卓兄は口をすぼめ、ひゅうっと息を吐き出した。降りる人も、乗ってくる人もいなかった。

卓兄の膝には、左右対称の位置に一センチほどの二つの傷があった。別にもう一つ少し長めの傷が、膝蓋の下縁から脛(すね)の方に向かって伸びている。それほどはっきりしたものではなく、遠くから見れば、二つの点と短い縦の直線が、膝に描かれたキャラクターの顔のようにも見えた。卓兄はズボンの裾をまくったまま、膝をジョンに見せた。

三年前に手術したんだ。卓兄は言った。

「君は『スプラッシュ』という技を知ってる？」

「はい。ボディ・プレスのことですよね。図鑑には、卓兄の得意技だって書いてあったけど、決め技だったんでしょう？」

「そうだ。あの頃、私はこのスプラッシュで有名だった。でも、そのせいで膝の手術が必要になったんだ」

卓兄は、覆面レスラーだった頃のことを話し出した。

●

現役を引退したとは言え、私はまだいい体をしているだろう。君もプロレスファンだから、私のこの体格を見たら、打撃技か、派手な投げ技なんかが得意だったと思うだろうね。だが私の得意技は、鳥人系の選手や、中型の体格の選手の十八番だと思われているコーナーポストからのスプラッシュだった。

若い頃はそれほど気にしていなかったし、観客や所属団体の戦友たちも、覆面をかぶった巨軀の男が、コーナーポストからダイビングするのをとても喜んでくれた。私がリングにぶつかる時、この列車のおんぼろブレーキよりも大きな音がした。でも、この体重で試合中に何度もスプラッシュをすることは、膝に相当な負担をかけていた。年齢が上がるにつれ、痛みが出てきた。でも、歴戦の傷というのは避けようがないものだった。レスラーはみな、全身傷だらけなんだ。

私たちのような怪力型のレスラーが覆面をかぶると、それは恐ろしげに見える。ある年の台湾プロレスカーニバルで——台湾のプロレス団体が一堂に会するイベントだが、私と、別の団体の怪力レスラーの対戦が組まれた。プロレスファンの前評判がかなり高いカードだったよ。君も知っていると思うが、いわゆる「夢の対決」というものがある。異なる団体の、あるいは異なる世代のレスラーが、満を持して一つのリングで対戦する。私たちの対戦もそういうものだった。私も、対戦相手の先輩レスラーもそれぞれの団体では負け知らずで、手ごたえのある対戦相手がいなかったんだ。だからこの試合の話が来た時、私自身も非常に楽しみだった。

でも、君が今まで観たことのある「夢の対決」を思い出すと、事前の期待に反して、試合内容に失望したことも多かったんじゃないかな？　例えば世代を超えたレスラー同士の対戦だと、年上のレスラーは、身体能力上あまり負荷の強いリングパフォーマンスはできない。若い方のレスラーは、相手に合わせて加減するから、試合内容は精彩に欠けたものになりがちだ。

一方、団体を超えた対決は、実力の拮抗する団体がそれぞれ旬の選手を出してくるから、面白い試合になることが多い。だが普段は別の団体で活動している選手同士は、お互いに対戦する機会が少ない。事前に十分な時間を割いて、お互いの呼吸を知るための練習をしなければ、現場で臨機応変にやるしかなくなる。

私たちの場合は後者だった。もちろん試合前に話し合いを持ち、三十分一本勝負、試合の終わらせ方までは決めた。私も相手も、それぞれの団体の強豪選手としてのイメージを作りあげることに成功していたから、どちらが負けても都合が悪い。言い換えると、どちらも勝ちを譲りたくなかった。だから両団体の上層部と、当人同士が話し合いを繰り返し、時間いっぱい闘った後、引き分けで終わらせることにした。これで双方のレスラーの体面も保てるし、試合の説得力も損なわれない。

序盤戦のすべり出しは良好だった。逆水平チョップ、手刀打ち、エルボー、ラリアット……、打撃の応酬だ。私がこう撃てば、やつがこう撃ち返す。お互いの肉の上に相手の拳が炸裂するたび、派手な音が会場内にこだまし、観客の興奮を盛り上げていった。

序盤の部分はおおよそ七、八分を想定していた。この日のレフェリーは、現役を引退した台湾プロレス界の大先輩が担当してくれていた。三十分間みっちり闘わなければいけないので、レフェリーは残り時間を私たちに細かく告げてくれた。七分間の序盤戦と言っても、開始直後の挑発のやりとりに、既に二分間ほど費やしていたが。

試合は徐々に中盤戦に入っていった。

ジョン、君なら怪力型の対戦相手をどうやって攻撃する？　そうだ。身体の一か所を集中的に攻撃する。試合前の話し合いで、対戦相手には私の脚を攻撃するように言ってあった。そうすれば、やられた脚がひどく痛むように私がふるまって見せ、その隙を利用して相手がフォール技をかけられる。あるいは、ロープワークをからめた打撃技や投げ技をかけてきてもいい。これで試合のリズムに変化が生まれるし、「覆面レスラーの分が悪そうだ」

と観客の予想を誘導することもできる。

私は相手に、途中で私のマスクを脱がそうとしてくれとも頼んでいた。覆面レスラーのマスクは絶対に脱げてはいけない。覆面レスラーを侮辱するこんな挑発行為に、観客はきっと興奮するはずだ。

彼は私の右膝に、ロープの反動を利用したスライディング・キックを見舞ってきた。その後、右脚を痛めて片膝をついた私に、彼が一連のフォール技をかける流れだった。ところが、勢い余った彼のキックが、私の右膝にまともに炸裂した。私は打ち合わせどおり痛がって見せたが、実際めちゃくちゃに痛かった。しかも本当にまずい感じの膝の痛みだった。

列車は、断続的にトンネルを通る区間にさしかかった。小城へ向かうには、必ず通らなければならない一段だ。トンネル内の気圧の変化で、ジョンは耳に違和感を覚えた。

私のマスクを見ただろう。フルフェイス型だ。口元が出ていないから、苦悶の表情は誰にも見えない。膝の痛みは、何とかやり過ごした。相手は打ち合わせ通り、私のマスクを脱がしにかかった。客席から激しいブーイングが上がった。私がマスクを守ると、相手は私にシャープシューターをかけようとした。

仰向けに寝た私の両足を彼が両手で持ち上げ、彼の左足を私の右脇腹の横あたりに踏み込む。踏み込んだ脚の太ももの上で私の両足を交差させ、ほどけないよう右手で抑えたまま、左脚を軸に一八〇度身体の向きを変えれば、私はその勢いでひっくり返されてうつ伏せになり、彼は私に背を向けて立っている状態になる。ここから彼が腰を落とすと、シャープシューターが決まる。

彼が体を回転させる瞬間、私は彼に言った。右膝がやばい。彼は小さな声で、わかった、と言い、私の右膝にあまり圧をかけないようにしてくれた。私はもちろん、この技が十分に効いているアピールをし、もがき苦しむ様子をやって見せた。私は匍匐前進していき、サードロープに手をかけた。レフェリーが止めに入り、相手は技を解いた。この時、観客席はすでにかなりハイな状態になっていた。会場内に、私と対戦相手、それぞれへのコールが交錯し、私もハイになった。

相手は再び、私の手と頭を押さえつけた。フォール技のフルコースだ。私は今にもタップアウトしそうな様子を見せながら、間一髪で彼の固定をすり抜けた。ここまでのところ、私たちはどちらもかなりうまくやっていた。レスラーというのはこういうものだ。それがエールでもブーイングでも、観客の興奮を感じると、肉体の苦痛や起こりうる危険についてはすっかり忘れてしまう。

ここから私が攻勢に転じた。実は、さっき引っ張られた時にマスクが緩み始め、中盤戦では両手で常にマスクの状態を確認しなければならなかった。一方、右膝の負傷もアピールし続けていたが、実際に痛みがどんどんひどくなっていた。

試合は終盤にさしかかった。相互に放ったラリアットを食らい、リングに倒れてわずかな休息をむさぼる二人に、レフェリーが、あと六分だ、がんばれ、と声をかけた。客席は、天地がひっくり返るような盛り上がりだった。信じられないかもしれないが、リングの外がどれほど大荒れでも、リングの上は永遠に静かだ。リングに横たわった対戦相手が、いけるか?と聞いてきた。もちろんだ。あんたの体力が心配なだけだ。わかった。続けるぞ。休みは終わりだ。立ち上がって、片付けちまおうぜ!

あの六分間を無事に戦い終えていたら、私はいまでも引退していなかったかもしれない。私は対戦相手を場外に突き落とした。ここで、とどめを刺すようなスプラッシュをお見舞いするつもりだった。私はふだん、めったに場外に向けてスプラッシュをしなかった。もちろん相手は身を躱(かわ)す段取りで、試合前に私たちは何度も会場の床を確認した。私が飛び込む地点は、特別にマットを厚く積み重ねてある。

対戦相手がいつの間に伝えたのか、ロープをよじ登ろうとする私を、レフェリーが、いや、先輩が引き止めた。別の技にしたほうがいいんじゃないのか。先輩は口の動きで「ひざ」と言って見せ、首を横に振った。

観客が絶叫し、私を煽る声が轟いていた。会場全体が、私の名前を呼んでいた。私は言った。自分の目で見てみろ、耳で聞いてみろよ。こんな状態で飛ばずにいられるか! 私は先輩を押しのけ、素早くコーナーポストをよじ登ってそのてっぺんに立った。両手でマスクの位置を確認し、大きく息を吸う。準備はできた。膝を深く曲げる。横たわる対戦相手が軽くうなずく。私は彼に向かって飛び降りた。彼との距離がどんどん縮まる。リングと床との間の距離も加わり、いつもより長く飛んでいるように感じられた。対戦相手が身を翻し、マットを重ねた部分を私のために空けるのが見えた。

自分では、予定の地点に美しく飛び込めたと思っていた。

着地の瞬間、「パン！」という短い音がしただけだった。周囲にも聞こえていたかと思ったが、実際には私にしか聞こえていなかった。リングの外はやかましかったが、あの音は今でもよく覚えている。私の右膝の内側で鳴った音だった。

マットに転がり、私はまずマスクの様子を確認した。その後、右膝をきつく抱いて大声で叫んだ。後になって皆に聞くと、今日はずいぶん没頭しているなと思ったそうだ。現場では、皆、私が迫真の演技をしていると思っていたんだ。くそっ、演技じゃなかったんだ。痛みが少し弱まると、やってしまったとわかった。右脚は完全に力が入らなくなっていた。でも、私はリングに戻らなくてはならなかった。

リング脇では、両団体のレスラーと練習生全員がこの「夢の対決」を観戦していた。私が飛び降りた場所は、ちょうど相手団体サイドだった。私はその中の見知ったレスラーを手招きして、小声で告げた。登れないんだ。彼はすぐ理解した。そして他のメンバーたちに声をかけた。彼らは、大技を試して自爆し、床に転がっている私を取り囲んで、袋叩きにしているように見せかけた。それから私を担ぎ上げ、殴ったり小突いたりしながらリングに押し戻した。サードロープの下からリングに押しこまれた私のところに、すぐにレフェリーがかけ寄ってきた。私は先輩に言った。立てない。

状況を察した相手団体のレスラーたちが、全員で、リングの反対側にいた私の所属団体のレスラーたちに向かってなだれ込んでいった。双方の選手が入り乱れ、とてつもない規模の場外乱闘を始めた。相手レスラーは、場外に落ちたまま牽制されてリングに戻れないような様子を演出した。

こうして、私たちは何とか三十分をやりすごした。観客はそれはもう激烈に興奮し、会場全体が熱狂のるつぼとなっていた。

私は正式な引退試合なしで引退してしまった。だが、あの試合を私の引退試合としても良いのなら、もう十分に満足だ。これっぽっちの後悔もない。

車両間の手動扉が開き、車掌が、まだ眠っていない乗客の切符の確認を始めた。優しいことに、熟睡している乗客は起こさなかった。

「ジョン、君の同級生たちもプロレスファンだと言ったね。君たちはプロレスの真似をすることがある？」

「あんまりしないですね」ジョンが、どこか心ここにあらずのように言った。

「絶対に、しないほうがいいと思うよ。私が良い例だ。どんなに安全な場所であっても、専門の訓練を受けていても、それでもまだ自分の身体を損ねる危険性があるんだ」

卓兄は右膝をさすった。

ジョンと卓兄は、それぞれ切符を出して車掌に見せた。車掌は、検印を押し、次の車両に移っていった。

●

あの日、自力でリングから降りられないような状態だったが、私はすぐには手術を受けなかった。

試合が終わったあと、骨の位置がずれたか脱臼でもしたんだろうと思い、行きつけの中医[*1]にかかった。中医は、確かに骨の位置が少し歪んでいるようだと言い、いつものように矯正しようとしてくれた。ところが、ほんのちょっと矯正してもらっただけで、昇天するほどの激しい痛みが走った。私は仕方なく、練習をすべて中止した。もちろん試合にも出られなかった。脚は以前の経験のように放っておいて自然に治ることはなく、逆にどんどん痛みが増してきた。我慢できなくなってようやく、大きな病院の整形外科に行った。レントゲンで診（み）ると、骨のほうは大丈夫だった。だがＭＲＩの結果、前十字靭帯が断裂し、半月板も損傷していることがわかった。

整形外科の医者は手術の必要性を説明してくれたが、私が知りたかったのは、膝が治るかどうか、どのくらいでリングに戻れるのかだけだった。医者は、私の怪我がプロレスによるものであることを知ると、二度とプロレスができなくなるとは言い切れないが、と前置きしたうえで、少なくともリハビリに一年以上かかる、と言った。加えて、私の怪我の履歴を見て、手術後すぐにリングに戻りたいんだろうが、それではすぐまた次の手術を受ける必要が出てくる、そして最後には動かなくなった足を引きずって、一生過ごすことになるよ、と言った。手術後、おとなしく治療に専念すれば、リングには戻れないかもしれないが、少なくとも歩くことのできる脚を死ぬまで使うことができる、と。

私は黙った。もういい歳でもあった。とりあえず、そんな大手術をするには一体いくらかかるのか知りたい、なるべく良い素材を使って、リハビリ期間も短縮できる形で、と医者に言った。

医者は、見積もりを出してくれた。私の状況では、二つの手術を一度にする必要があった。前十字靭帯の再建と、半月板軟骨の修復だ。どちらも膝関節の近くに小さな穴を開け、関節鏡を使って行う。傷口も小さくできるし、術後のケアも比較的しやすい。前十字靭帯の再建材料には、自分の身体のどこかの筋肉や靭帯を使うことができる。使える部位の候補は幾つか選択があり、医者は太ももの薄筋腱を使うことを勧めた。薄筋腱は再生する。ただしそれなりに時間はかかる。薄筋腱の張力は前十字靭帯の半分しかないので、二本の薄筋腱が必要だ。しかも筋肉が減るから、太ももの筋力は大幅に減退する。半月板の修復については、手術で開いてみないと破損状況が確認できない。もし細かく破損していたなら、破片を取り除くしかないし、単純に割れたのであれば、その部分を縫うことになる。費用は、修復の際に使用する医療用素材の量によって決まる。半月板の修復は、一針およそ一万元だった。

何人もの医者に問い合わせ、同様の手術をしたことのある友達にも聞き、だいたい十万元用意すればなんとかなるだろうと考えた。私は、自分の部屋に並ぶ、長年かけて蒐集してきたレアなプロレスグッズのコレクションを眺めた。大部分はマスクだった。中でも貴重な試合用マスクは、オーダーで造らせたガラスのコレクションケースに並べてあった。膝が治っても、もう二度とリングには戻れない。レスラーを引退したら、もう二度とマスクを目にしたくなくなるだろう。見たら辛くなる。自らの手で製作したマスクは特に。想像するだけでももう苦しかった。

手術の資金を捻出するため、そして、自分自身の未練を断ち切るために、私はコレクションの整理を始めた。書籍や雑誌は、世界の終わりの日に、あるいは無人島に流された時にも持っていたいと思える十数冊だけを残し、他は全部知り合いにあげてしまった。あげきれないものは、プロレス博物館上で無料で放出した。

マスクについては、安い量販バージョンのものは、プロレス仲間や後輩にあげたり、プロレス博物館にアップして、欲しい人に送ったりした。送料は私が出した。やるなら、徹底的にやりたかった。高価な試合用マスクはネットオークションにかけた。買った時よりも安い値段で出したものもあったから、あっという間に売り切れた。マスクを整理している時、二代目タイガーマスクの試合用マスクを、うっかり、無料で配る量販品のマスクに混ぜて送ってしまったらしい。まあいい。マスクはきっと、新しい主人を見つけるだろう。

「本当に美しかったよ。とっても精巧にできた、二代目タイガーマスクのマスクだ。私は一度だけ、こっそりかぶったことがある。もちろん私が所有しているものだけれど、かぶってみると、なぜか、誰かのマスクをこっそりかぶっているような気になった。特に虎の耳のあたりから顎にかけての白い毛の部分が美しかった。いまでも手触りを覚えているよ」

ジョンは、卓兄の両手が、空中にマスクの形を描くのを見ていた。マスクの細部について話しながら、卓兄が手を伸ばし、ジョンの顔の上でタイガーマスクの白い毛の位置を再現した。ジョンは、顔をそむけたかった。手の動きを真剣に見ているふりをして、卓兄の視線を避けた。同じような動きを、誰かがしたことがあった。だが、灯りが違い、場所が違い、そして匂いも違う。ジョンは他のことを考えようと努力したが、無理だった。

コレクションを処分している間、膝の痛みは日を追って激しくなっていった。だが、そのことは辛くはなかった。本当に辛かったのは、最後に手元に残った五枚半の、いや四枚半のマスクを処分した時だった。三枚は私がリングで使ったもの、一つは予備のものだ。それと、縫いかけのものも一枚あった。私はそれらすべてを、マスクを製作する時に使うマネキンヘッドにかぶせた。ヘッドは、理容用品店から買ってきたものだ。マスクをかぶったヘッドを焼却桶に入れ、家の近くの河川敷に運んで行って火を点けた。

最初は、遠くから眺めるだけにしていようと思っていた。炎はまず、人工皮革の上の染料を舐め、その後マスク全体を飲み込んだ。ビニールが燃える刺激臭が鼻を突き、黒煙が上がった。私は堪えきれずに近寄って行き、焼却桶の脇に立った。黒煙が私の方へたなびき、私を包み込んだ。刺激臭に、洟(はな)水と涙があふれた。あの時のにおいは忘れない。自分が最も愛するものを自分の手で葬り去ったにおいだ。洟水と涙は流れるままにしておいた。たったひとり、部屋でぐちゃぐちゃ泣いているよりマシだろう。ハハハ。

予定の金額が集まったのは、だいたい予想していた時期だった。部屋を埋め尽くしていたコレクションと引き換えに、銀行通帳の中のまとまった数字を手にした。ネットのプロレスファンたちからの感謝の言葉も。でも、それらについては、特に何の感慨もなかった。

手術に関して言うことはない。合計四日間入院した。術前一日、術後三日。なんだかんだで九万元近くかかった。

恐ろしいのはリハビリのほうだった。一か月以上かけて右脚を持ち上げるところから始め、術前のように異物感なく、普通に歩けるようになるまでさらに一か月かかった。階段を降りるのがこんなに痛く、こんなに疲れることだとは思わなかった。シャワーが浴びられるようになったのも三週間後だ。膝を曲げる角度を制限する装具を付けたが、痛むからといって脚を動かさずにいるのも良くなかった。血行が悪化し、すぐに腫れ上がるからだ。術後、スクーターに乗ったり、一人でバスに乗ったりできるようになったのも、一か月半経ってからだった。毎日、折に触れて足をまっすぐに伸ばすことを忘れないようにした。朝に目を覚まして最初にすることは、痛みをこらえて膝を十分に伸ばし、右足のすべての関節を温めることだった。そうしないと膝に激しい異物感がわき、膝関節がひどくぎくしゃくした。なんとか道を歩けるようになり、階段を上り下りできるようになり、再びしゃがむことを学び、平衡感覚を取り戻す訓練をした。一つ一つの動作が、とても辛かった。

手術から半年経ち、最後のリハビリが終わる時、理学療法士は言った。傷口はふさがっているようだし、筋力も一般人の水準まで回復した。でも、激しく走るのは避けるように。跳んだりしゃがんだりもできるだけしないように。

あれから三年が経った。一年目にときどき早歩きをしてみた以外は、十分間以上走ったことはない。跳んだりしゃがんだりはなおさらだ。

今では、日常生活の動作はほぼ問題なくできるようになった。だが私の身体には、怪我をした瞬間の感覚と、怪我への恐怖だけが残った。レスラーとしての肉体の記憶はすべて失われてしまった。今まで一度も訓練などしたことがないかのように。

怪我から一年後、私はようやく所属団体の練習に顔を出すようになったが、傍で見ているだけだった。団体は、顧問として私の籍を残してくれた。私は、練習生たちがマットの上で、さまざまな角度の受け身を練習するのを見ていた。私にとって、すべてが馴染みのない動きのように感じられた。自分が簡単にできそうな動きは、一つもなかった。

どうしてこんなことが私の身に起きてしまったのか、私にはわかっている。後悔しているかと聞かれれば、していないと言いたいところだが、やっぱりしていると言わざるをえない。

私はいつも、さまざまな形のスプラッシュを繰り出す夢を見る。夢の中でだけは、私はプロレスラーの肉体でいられる。夢の中の私の耳には、永遠に、怪我をしたあの日、あの会場の歓声が響いている。あの日の観客の熱狂は、台湾のどんな大会でも聞いたことがない。私は記憶を美化しているのか？　たぶんそうではない。夢の中で、私はとても幸せだ。少なくとも夢の中では、私はまだ覆面レスラーなんだ。

●

卓兄はぐっすり眠ってしまった。右脚のズボンの裾を下ろすのを忘れたまま。ジョンは裾を下ろしてあげようとしたが、卓兄の右手が、まくり上げた裾を膝のあたりでしっかり押さえていた。ズボンと、うっすらとした痕のある右膝を。

眠りに落ちる前、卓兄はジョンに言った。もし今後、プロレスの闘いは本物なのか、嘘なのかと聞かれたら、君は私のことを話すといい。

ジョンは卓兄に聞いた。今でもプロレスを愛していますか？　もちろんだ。愛しているからこそ、辛いんだ。

青い夜行列車は、もう東部を走っていた。ここから先は、今までよりさらに長いトンネルが連続する。ジョンはまた耳が不快になるとわかっていたので、トンネルが続く区間に入る前に、眠りの中に逃げ込もうと決めた。ジョンは知っている。辛いとはどういうことか。

●

青い夜行列車は、ついに終着駅の小城に着いた。相変わらず、完全に停車する前に、何度も強烈に揺れ戻した。

工具箱を下げた男と、バックパックを背負った若者が、駅ホールに降りたった。駅前広場は街路灯の明かりがわずかに照らすだけで、付近の店はとっくに閉まっていた。ベンチの上で何人かのホームレスが熟睡していた。幸せな夢を見ているのか、そうでないのかはわからない。

「こんなに遅く、卓兄は泊まるところがあるんですか？」

「週明けの月曜に、現場監督に挨拶に行く。この数日は駅の近くに泊まって、観光でもしようと思う。君は？　家に帰る？」

「西海広場隣のファストフード店に行きます。高校の同級生とそこで約束しているんで」

「今から？　じゃあ私も行って、西海広場を回ってみようかな。現場を見てみたいから」

男と若者は客待ちに並んでいたタクシーに乗った。運転手はそれまで居眠りしていたようだった。

「西海広場の脇のファストフード店までお願いします」ジョンは運転手に言った。

「遠い？」

「いいえ。十分くらいです」

車はタクシープールを出て、国連三路を走り出した。すでに灯りの落ちたバッティングセンターを右に曲がり、国連五路に入る。商校街と交差した後、進豊街と名前を変えた道を進み、帝君廟を過ぎて直進、明礼路に入る。小城で最も歴史のある明礼小学校の前を通り過ぎ、ここで初めて、夜間でも点滅していない信号にぶつかった。赤信号だった。

「そこが中正路です。右に曲がると、すぐ広場です」ジョンが言った。

「ほんとに近いね」卓兄が言った。

男は下を向いて、ズボンの上から膝を撫でた。若者は突然何か思い出したように、下を向いてスマートフォンを起動した。仲間たちがまだ西海広場にいてくれるといいが。電源を切らなければ良かった。

彼らには、広場の方角で交差する赤と青の光は見えない。

信号が緑に変わった。

タクシーは右折する。赤と青の光が、塗料用標準色色票番号十八番「純黄」色の車体の上で交互に反射した。彼らにもうすぐ見えるだろう。

広場はすぐそこだ。

＊訳注

1　中医

中国語圏では西洋医学及びその医者のことを「西医」、中国伝統医学及びその医者のことを「中医」と呼ぶ。ここでは、身体の筋肉、関節、筋などの故障、不調に対し、鍼、推拿、マッサージなど中国医学の方法での治療を行う診療所のこと。台湾では身体の不調に漢方薬を処方して治療する内科的な中医診療所や病院の他に、このような整形外科的治療を行う中医診療所もあり、国民健康保険で受診できるところもある。

訳者あとがき

本書は、台湾発のプロレス小説だ。リングの中と外で繰り広げられる、プロレスに出会い、それに魅せられた老若男女の人生のドラマが、少しずつ繋がりながら展開していく十篇の連作短編小説になっている。

プロレス小説とは言え、そこに描かれるのは市井の人びとの、人生におけるほんの少しだけ特別な一日だ。登場人物の多くは、人生が一時的に停滞していたり、やるかたない思いを抱いていたり、何かの壁にぶつかっていたりする。彼らはプロレスに出会うことで、人生をほんの少しだけ前に進める。或いは生き方そのものを大きく変えてしまう者もいる。

著者、林育徳は、一九八八年花蓮生まれ。中学時代から詩作を始め、学生時代を通じ、詩作で多数の受賞歴がある。高校卒業後、桃園、台北の大学を転学した後、故郷・花蓮に戻って、国立東華大学の華文文学系に編入、華文文学研究所創作組（大学院の創作コース）で、小説家であり、東華大学華文文学系教授である呉明益氏（『歩道橋の魔術師』『自転車泥棒』『複眼人』等の著者）に師事した。本作品『リングサイド』（原題：擂台旁邊）は、大学院の卒業制作として創作された作品で、著者が初めて書いた小説作品でもある。完成後、自ら複数の出版社に売り込みをかけ、最終的には文学系の大手出版社・麥田出版の編集者の目にとまり、二〇一六年に台湾で単行本が出版された。また、「ばあちゃんのエメラルド」は、同年の第十八回台北文学賞コンペティション小説部門の大賞を受賞している。

作品中で繰り返し問いかけられるのは、かつてプロレスについて語るとき常に議論されてきた「真と偽」の問題、そしてプロレスが行われるどんな場面、どんな場所にも必ずついて回る「生と死」の問題だ。だが、そんなハードな問いだけではなく、作品には、登場人物たちの言動に託された著者のプロレスに対する愛があふれている。それにはなぜか押しつけがましさがなく、プロレスにほとんど興味のない読者でも、その「熱さ」を素直に感じ取れるところが、この作品の大きな特徴だろう。

では、実際に台湾でプロレスはどのくらい人気があるのか？　本作を読み終わった方はお気づきのように、基本的にはとてもマイナーな娯楽ジャンルであることは間違いない。

本作中の登場人物の多くがそうであるように、台湾の人がプロレスに接触する機会のほとんどは、テレビを通じたものだ。「タイガーマスク」でも語られる、一九七〇～八〇年代に出現した初期の非合法ケーブルテレビ局では、日本のプロレス番組をビデオ録画したものが放映され、これが非常に人気を博したそうだ。現在、台湾ではケーブルテレビの普及率が全世帯の八〇%を超えていると言われ、一般家庭では常に一〇〇前後のチャンネル(もちろん合法的なもの)が視聴できるようになっている。ニュースチャンネルから、総合的な娯楽チャンネル、児童向け、映画、音楽、スポーツ、投資情報に宗教まで、さまざまな専門チャンネルがあり、アメリカや日本のプロレス番組も放映されている。

著者によると、台湾では、日本プロレスのファンの年齢層は比較的幅広く、日本のプロレス団体が台湾で開催するイベントには、テレビでプロレス番組が放映されるようになった初期からプロレスを観てきたであろうかなり高齢(八十代以上)のファン——「ばあちゃんのエメラルド」のばあちゃんと同世代か——が、子や孫に付き添われて観に来ているという。一方、WWEなど、アメリカのプロレスのイベントに来るのは、ほとんどが十～二十代の若者だそうだ。

そして作中には、いくつかの台湾インディーズプロレス団体も登場する。二〇二〇年十二月現在、「NTW 新台灣娛樂摔角聯盟(New Taiwan Entertainment Wrestling, 新台湾プロレス)」、「Puzzle 帕舒路運動整合(パズルプロモーション)」などの団体が活動しているほか、作中に名前が登場する「TWT 台灣摔角聯盟(Taiwan Wrestling Taipei, 台湾レスリング聯盟)」「TEPW 台灣極限職業摔角(Taiwan Extreme Pro-Wrestling, 台湾極限プロレス)」なども存在しており、それらの選手、スタッフを合わせると、全体で一〇〇名ほどが参加しているという。作中では「台湾のインディーズプロレスが開催できる試合イベントは年に二回ほど」と描かれているが、現在は月に一度程度、どこかでイベントが開かれるようになっているそうだ。また、台湾出身のレッカ選手が、日本のプロレス界で活躍している。

著者自身は小さい頃から熱心なプロレスファンだったわけではない。「おじいちゃんおばあちゃんの家に行くとテレビでプロレスが流れているので、それを観ていた程度」の、「ふつうのプロレス視聴者」だったそうだ。その後、故郷・花蓮を離れて北部の大学に進学し、慣れない他郷での生活や、自分の創作の方向性と大学の授業内容のギャップに悩んで鬱々としていた時期に、深夜のテレビで放映されていたプロレスを「再発見」する。「一種のオタク的な心理だと思うが、〃こんな深夜にやっているこんなマイナーな娯楽を、俺は発見したぞ!〃と、うれしくなった」という。以来、真剣にプロレスを追いかけるようになった。小説の登場人物たちと同様、著者自身もプロレスに救われた一人なのかもしれない。

本作品の台湾原書のオビには、「プロレスをテーマにした初めての華文小説」という宣伝文が載っている(本当にそうであるかは、ネットを含めた創作発表のプラットフォームが無数にある現代の環境での検証はほぼ不可能であるので、ここでは断言はしない)。著者は、本作を書いた動機について「中国語では、誰もプロレス小説を書いていなかったから」と語った。もしそういうものがあれば読みたいと思ったが、探しても見つからなかったので、自分で書くことにした、という。作中にはアメリカＷＷＥや、日本のプロレス団体や選手も頻繁に登場するが、特に、台湾のプロレス団体やプロレスラーについては、日本人が全く知らない（それどころか、台湾人の多くもほとんど知らない）詳細な歴史や情報が詰め込まれている。

本作は、著者のプロレス愛の結晶であるとともに、著者の花蓮愛の発露でもある。作中で「小城」（中国語で「小都市」の意味）と呼ばれる台湾東部の街は、著者が生まれ育ち、現在も暮らしている花蓮のことだ。作品で描かれる、大資本による開発で変容していく街、利権追求とお祭り騒ぎに踊る地方政治、一度は故郷を離れるが再び戻ってきて何かを始める若者、台湾原住民の揺れるアイデンティティー……などのモチーフは、著者が花蓮の生活で日々、目にしている、感じているものだろう。

花蓮市内とその周辺のいろいろな場所も、実名・仮名で多数登場する。花蓮を訪れたことがある読者は、あの辺りか、と風景を思い浮かべながら読むと、より味わいが深まるはずだ。一つ例を挙げると、「タイガーマスク」「西海広場」「紅蓮旅社」「パジロ」などに繰り返し登場する「西海広場」は、現実では花蓮市街中心部の「東洋広場」と呼ばれた一角のことだ。売却時の数度にわたる入札の不調、マツとガジュマルの枯死事件、高級ホテルとショッピングセンターの建設などは、この数年に東洋広場を巡って実際に起きた騒動やそれに関する報道を、そのまま作品に取り入れている（実際の東洋広場では、二〇一三年に財閥が土地を獲得、一四年から二十一階建ての〝超六つ星級〟某高級国際チェーン系ホテルの建設が始まったが、一八年の花蓮地震や、新型コロナウイルスの世界的流行など度重なる障害やトラブルに遭遇し、二〇二〇年十二月現在、いまだ完成を見ていない）。

このように本作では、特にプロレスや花蓮をめぐって、実在の人物や実際に起きた事件、〝庶民史〟ともいうべき大小の事がらが膨大に書き込まれている。時に記述が詳細すぎて、フィクション作品にしては、虚実の「実」の部分が過剰なのでは？と感じるところもあるかもしれないが、これは著者が意図して書き込んでいるものである。著者は本作のことを、「タイムカプセル」のようなものなのだ、と言った。

「僕はこの小説で、台湾のプロレスの歴史を書き残そうと思った。誰かが台湾のプロレスのことに興味を持ったときに、この小説を読めばそれがわかるように。同様に、花蓮で失われてしまったもの、失われていくものを小説に書き留めておきたいと思った」

ごくマイナーなジャンルであり、地方のごく小さな街での出来事であるかもしれないが、本作品の土台に描かれるのは、まぎれもなく、いまのリアルな台湾の一面だ。その上に、著者が創造した一つ一つの「物語」が展開されていくのである。

本作品は、私が参加している台湾の本の版権や情報を日本に紹介するユニット「太台本屋 tai-tai books」で、日本出版社への売り込みをし、めでたく翻訳出版が叶うことになった。

私たちがこの作品に出会った経緯を少し紹介しておきたい。

太台本屋 tai-tai books代表である黄碧君（エリー）さんは、二〇一二年に華文文学の翻訳者、天野健太郎さんと「聞文堂ＬＬＣ」を結成し、台湾作品を日本に紹介していた。

台湾の本について少しでも興味のある読者なら、天野健太郎さんのことを知っているだろう。呉明益『歩道橋の魔術師』や、陳浩基『１３・６７』を訳し、同時代の台湾や香港の作品のおもしろさを、日本読者に呈示してくれた翻訳者だ。非常に残念なことに、天野さんは二〇一八年十一月十二日に、若くして病逝された。呉明益の大作『自転車泥棒』の翻訳を完成させ、日本版単行本が発売された五日後のことだった。発売直後には著者・呉明益さんが来日し、いつものように天野さんが通訳やコーディネートをして、講演やメディア取材などのプロモーション活動を行う予定だったが、急遽、そのすべてを呉さん作品の日本でのエージェントであり、天野さんの友人でもある太台本屋 tai-tai booksメンバーで引き受けることになった。

虎ノ門にある台北駐日経済文化代表処台湾文化センターで行われた講演の折、呉さんは当初予定していた内容を大幅に変更し、翻訳者である天野さんとのやり取りや、その丁寧な仕事ぶりの話をした。講演の終盤、呉さんは、天野さんは自分でもこんなに早く亡くなると思っていなかったはずだという趣旨の話をした。

「なぜならつい先月、天野さんから私の教え子のところに、『あなたの小説を日本に紹介したい。十二月に台湾に行くので、会ってほしい』と連絡があったからです」

そう言って、呉さんがスクリーンに映し出したのが、『リングサイド』の台湾原書《擂台旁邊》の真っ赤なカバーだった。

もちろん、そんな感傷的な動機だけで、この作品を日本の出版社に売り込んだわけではない。読んで、日本の読者に紹介する価値があると判断したからだ。〝呉明益さんの学生〟という手がかりがあったにしろ、新人作家の第一作という現地でもメジャーではない作品に目をつけ、日本でもいける、と判断した天野さんの眼力には、やはり感服するしかない。

『リングサイド』は、天野さんが日本に紹介しようとしていた最後の作品(の一つ)だ。天野さんが日本に売り込む台湾文学作品は、基本的に天野さん自身が翻訳したいと思っている作品だ。天野さんが自分で翻訳したかった作品を横取りしてしまい、少し申し訳なく思っているが、日本への売り込みに成功したという点に免じて、半分は許してほしいと思う。

著者、林育徳は、『リングサイド』を提出して大学院を卒業した後、花蓮県にある中央政府の機関の広報の仕事などをしながら二作目の小説を書いていた。二〇二〇年九月に政府の仕事を辞め、同十二月現在は、作品の仕上げと格闘技のトレーニングに専念しているようだ。ちなみに、二作目は台湾の地方政治に取材した小説で、タイトルは『縣長旁邊(県知事の横で)』、二〇二一年刊行予定だそうだ。

本書の担当編集者、小学館出版局文芸編集室の柏原航輔さんの発案により、日本語版カバーと扉のイラストは、台湾の漫画家・阮光民（ルアン・グァンミン）さんにお願いすることになった。阮さんは、圧倒的な画力と物語力を兼ね備えた、いまの台湾を代表するベテラン実力派漫画家のひとりだ。二〇二〇年には、呉明益『歩道橋の魔術師』を漫画化した《天橋上的魔術師 圖像版》阮光民巻が台湾政府文化部主催の漫画賞「第十一回金漫賞」の「年度漫画賞（コミック・オブ・ザ・イヤー）」、日本政府外務省主催の第十四回「日本国際漫画賞」の優秀賞を受賞、ドラマ化もされたオリジナル作品《用九柑仔店》が同じく金漫賞の「跨域應用賞（メディアミックス展開賞）」を受賞した。『リングサイド』のエッセンスが、阮さんの手によってどのように視覚化されているか、こちらも楽しんでいただきたい。

本作品を通じて、日本の読者のみなさんに、台湾に、若手作家のこんな活力とエモーションあふれる文学作品があることを知ってもらえたら幸いだ。そして、機会をいただけるなら、さらにたくさんの、台湾の〝いま〟を感じられる、そして〝読んで面白い〟作品と作家を紹介していきたい。私たちの手もとのリストには、まだたくさんの名前が並んでいる。

二〇二一年一月

三浦裕子

林育德　リン・ユゥダー

1988年台湾・花蓮生まれ。プロレスファン。花蓮高校卒業後３つの大学を転々とし、６年かけて卒業。東華大学華文文学研究所（大学院）で、呉明益氏に師事。中学時代から詩作を中心に創作活動を展開し、全国学生文学賞、中央大学金筆賞、東華大学文学賞、花蓮文学賞、海洋文学賞など受賞歴多数。本書収録の短編《阿嬤的綠寶石》（ばあちゃんのエメラルド）で、2016年第18回台北文学賞小説部門大賞受賞。本作品『リングサイド』（原題：擂台旁邊）は大学院の卒業制作。現在も花蓮在住。

訳 三浦裕子　みうら・ゆうこ

仙台生まれ。早稲田大学第一文学部人文専修卒業。出版社にて雑誌編集、国際版権業務に従事した後、2018年より台湾・香港の本を日本に紹介するユニット「太台本屋 tai-tai books」に参加。版権コーディネートのほか、本まわり、映画まわりの翻訳、記事執筆等をおこなう。

画 阮光民　ルァン・グァンミン

漫画家。代表作に《東華春理髮廳》《天國餐廳》《警賊》《用九柑仔店》など。呉明益『歩道橋の魔術師』を漫画化した《天橋上的魔術師 圖像版》阮光民巻が、2020年台湾政府文化部第11回金漫賞年度漫画賞、第14回日本国際漫画賞優秀賞を受賞。

リングサイド

2021年2月24日　初版第一刷発行

著者　林育徳
訳者　三浦裕子
発行者　飯田昌宏
発行所　株式会社小学館
〒101-8001
東京都千代田区一ツ橋2-3-1
編集　03-3230-5959
販売　03-5281-3555

DTP　株式会社昭和ブライト
印刷所　凸版印刷株式会社
製本所　株式会社若林製本工場

Printed in Japan
ISBN978-4-09-386588-3